火狩りの王

〈三〉牙ノ火

日向理恵子

角川文庫
23498

黒き虚空のかなたより
帰還せる　銀の天つ星
その糠星に　祈れかし

そは比類なき月の妹
世を嘆き　人の子を想う
小さき揺らぐ火なれば

目次

第五部　魂の番犬

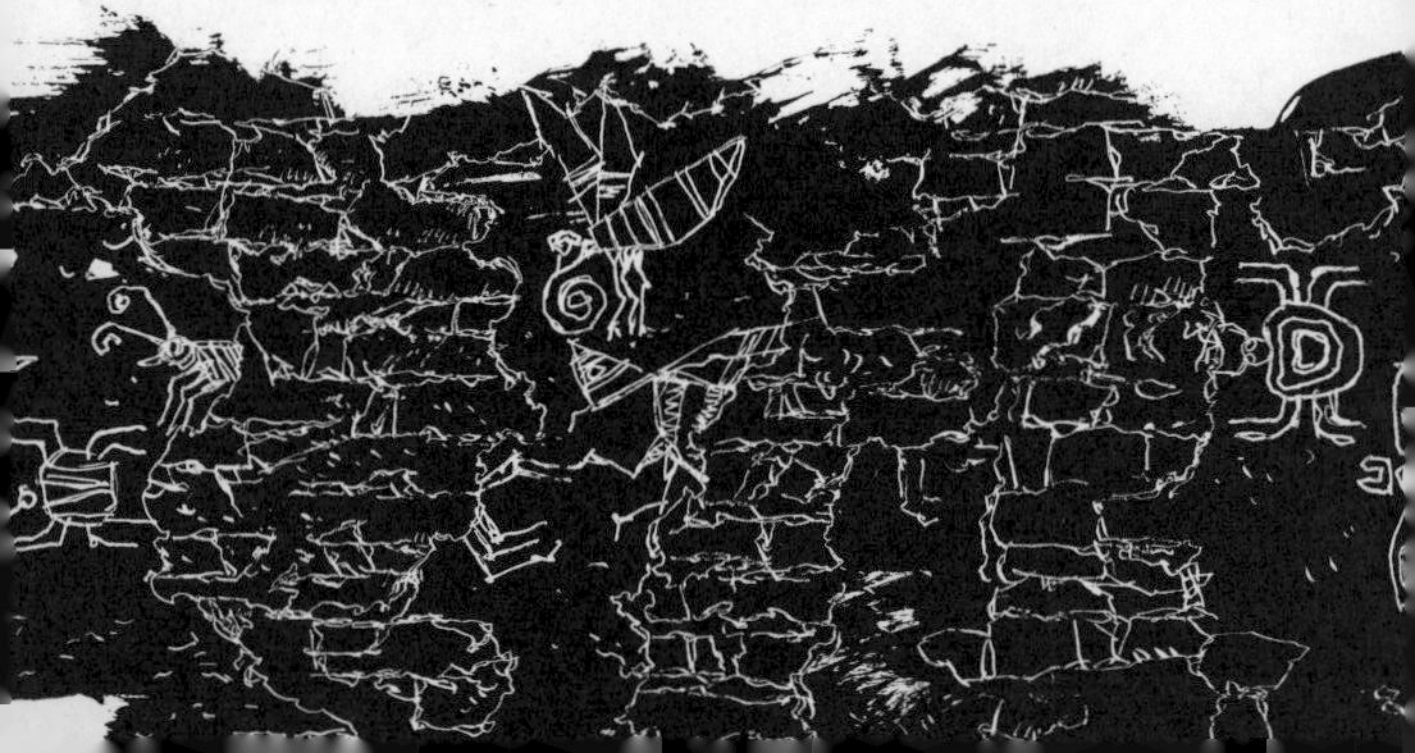

第六部　小さ星

登場人物

灯子《とうこ》　十一歳の少女。自分をかばって命を落とした火狩りの形見を家族にとどけるため、首都へ向かう。

煌四《こうし》　首都に暮らす十五歳の元学生。油百七の元で、雷火の研究を行う。火狩りを父に持つ。

かなた　灯子が出会った火狩りが連れていた狩り犬。火狩りとともに行動し戦う。

緋名子《ひなこ》　煌四の妹。胎児性汚染により生まれつき病弱。体に大きな異変が起きた。

明楽《あきら》　流れ者の女火狩り。困難をこえていく力量の持ち主。狩り犬はてまり。

火穂《かほ》　厄払いの花嫁として村を出された。回収車で灯子と出会う。

照三《しょうぞう》　回収車の乗員。灯子たちを首都に連れて行くとちゅうで大けがをする。

クン　〈蜘蛛《くも》〉の子ども。森に捨てられていた。

炉六《ろろく》　島出身の凄腕《すごうで》の火狩り。狩り犬はみぞれ。

油百七《ゆおしち》　燠火《おきび》家の当主で偽肉工場の経営者。煌四に雷火による武器開発を指示。

綺羅《きら》　燠火家の一人娘。美しく聡明《そうめい》。

火華《ひばな》　油百七の妻。年齢不詳の妖艶《ようえん》な夫人。貧民区の出身。

ひばり　神族。風氏族に属し、人間を監視するしのびを自在に操る。

シュユ・キリ・ヤナギ・クヌギ　首都の隔離地区に住む木々人たち。

くれは　燠火家の使用人だったが、行方知れずとなった。

第五部

魂の番犬

一　豪雨

　血まみれでがたがたふるえていた灯子《とうこ》が、はたとなにかに当惑したようすを見せて、身動きを止めた。頭から浴びた炎魔《えんま》の返り血、はらわたの残骸《ざんがい》のために、着物をまとった灯子の全身はべっとりと汚れ、悪臭がこびりついている。汚れて乱れた髪が、幾すじも顔に貼りついていた。

「……あ、明楽《あきら》さんが、けがをしておって」

　顔をうつむけ、灯子が弱々しい声を発した。その手が、火狩《ひか》りがあつかう武器であるはずの三日月鎌をにぎりしめている。煌四《こうし》が油百七《ゆおしち》に見つかるのをおそれて、うけとるのを辞退した火狩りの鎌。父親の遺品であるその鎌の刃《は》には、黒い血と炎魔の体毛がぬめりつき、それがふるわれたばかりなのだとわかる。

　信じられなかった。これを使って、灯子が、結界を越えてきた炎魔と戦ったのだ。金にでも換えてくれればと、煌四がつきかえしてしまった鎌で。

　お姉ちゃん、と呼びかけながら、三つか四つほどの男の子が、灯子の着物のそでをつかんでしきりに揺する。灯子は中途半端にうつむいて、その呼びかけに反応しない。男の子が引っぱるにまかせて、頭や髪を危なっかしくぐらつかせるだけだ。

白塗りの鳥居にかこまれたトンネルの手前には、結界にはばまれて首都へ入りこむはずのない炎魔たちが、森から続々とさまよい出てくる。すでに息絶えている同族たちを踏みこえて、なおも赤い目を光らせ、工場地帯へ押しよせてくる。炉六《ろろく》とみぞれ、そして明楽が、森の腐臭をまつわりつかせた大量の炎魔たちを迎えうっていた。

正気を失った獣たちの足どりはおぼつかず、口からはしたたるほどのよだれを垂らしている。どの獣も、病にとり憑《つ》かれて身もだえているように見えた。おそらく炎魔本来の動きはできていない。火狩りたちがここで食い止めるには有利となるが、なによりもまず、炎魔はその数が圧倒的だった。

戦いからはなれ、かなたが灯子を守る位置に立ってうなっている。かなたの遠吠《とおぼ》えが、工場地帯へむかおうとしていた煌四たちの耳にとどいたのだ。尾をふり立て、毛並みの先まで緊張をみなぎらせているかなたは、焚三《たきみ》医師や煌四に牙《きば》をむいたあのときとは一変し、父のそばにいたころのすがたそのものだった。

「大丈夫だ、かなたが呼んだおかげで、加勢に駆けつけたから。もうすぐ、ほかの火狩りたちもここへやってくる」

かなたのそばには、きっと緋名子《ひなこ》がいるはずだ――いっしょにいてくれ、無事でいてくれ、そう念じながら、必死で走ってきた。そうしてたどり着いた場所には、たしかに緋名子がいた。出ていったときの寝間着すがたのまま。熱はないようだが、あちこち泥だらけになって、はだしの足には無数のかすり傷ができている。

「……緋名子、もうどこにも行くなよ」

建物の壁を背にし、決してこちらへ近寄ろうとせず立ちつくしている緋名子に、言葉をむける。煌四は生まれてはじめて、妹をにらみつけた。緋名子の細い肩が、びくりとすくむ。けれど、やはりその顔に表れる表情は薄く、瞳《ひとみ》はべつの世界を見ているかのように、読みとることのできない動きをする。

煌四は、歯噛《はが》みした。いつもいつも、熱を出しては、なにかにおびえては、煌四の足にすがりついてくるのに。どうしてこんなときに、壁に背中をくっつけたまま、はなれて立っているのだ。やっと再会できたのに、なぜ一度も煌四のことを呼ばないのだ。

緋名子の足もとには、動かない小さな体が横たわっている。その子どもを知っていた。灯子といっしょに、町の路地から隔離地区へとあとを追った木々人《きぎびと》だ。シュユという名だった。幼い木々人は、やわらかな手足から生えた木の葉を枯らし、首をくったりとかたむけて目を閉じている。首には牙によるものと見える深い傷があり、骨が折れまがっている。もう、死んでいる。

シュユの死が、灯子に鎌をふるわせたのだろうか。わからない。とにかくいまは、灯子とその腕を揺する男の子、そして緋名子を安全な場所へ逃がさなくてはならなかった。

「歩けるか？　これはもう、はなしていい」

灯子に呼びかけ、鎌の柄《つか》をにぎったままの手を開かせようとした。が、灯子の細い手は、ますますきつく鎌をにぎりこむ。

「首都の火狩りがみんな来る。灯子は、もうこれを使わなくていいんだ」

呼びかける声が、ほとんど懇願の響きを帯びた。はげしい後悔が、煌四の背におおいかぶさっていた。あのとき、すなおにこれをうけとり、自分がどこかへ隠しておけばよかったのだ。村を出て森を越え、やっとの思いでとどけてくれたというのに。煌四が無責任につきかえしたりしたせいで、灯子のような子どもが炎魔と戦うはめになってしまった。

「あのう……さっき、そこに……女の子が、おりましたか？」

視線をうつむけたまま、左手の指で、灯子がゆるゆると頭上を指さす。

「え？」

煌四は眉《まゆ》を寄せ、ちらと上を確認してから、首をふった。

「だれもいない。行こう。ここにいたら危険だ」

「でも、明楽さんが」

なおも言葉を紡ぐ灯子のようすがおかしいことに、煌四はようやく気がつく。全身のふるえは止まったが、鎌をにぎる手にも煌四につかまろうとする手にも、痛いほどの力がこめられ、うつむいたきりの目はどこにも焦点をあわせていない。

「お姉ちゃん」

男の子がそでを揺すると、それにあわせて灯子の頭もぐらりとかしぐ。

「けが、したのか？」

肩をつかんで顔をのぞきこむ。灯子は煌四の顔に視線をむけないまま、首をかしげるようにかぶりをふった。

「明楽さんは……？　かなたは、ここにおるんですか？　……目が、見えません」

ごめんなさい、とつぶやく灯子の声が、炎魔の咆哮《ほうこう》にかき消された。

（目……？）

焦りが、ひたいに汗をかかせた。灯子の目に、傷がついているようすはない。だが、どこにも焦点をあわせていない目が、光をとらえられていないのはほんとうのようだ。

灯子の肩を支えながら、トンネルのほうを見やる。炉六とみぞれが、大小かまわず確実に炎魔を狩ってゆく。それといっしょに戦う明楽もまた、金の鎌をふるっている。しかし、その動きにしなやかさはなく、灯子の言うとおりひどい傷をおっているのがこの距離からでもわかった。

「とにかく、行こう。ここからはなれないと」

煌四は灯子の手を引こうとしながら、緋名子をふりかえる。緋名子の目は煌四を見ず、足もとに横たわる木々人の死体を見おろしている。その暗いまなざしが、なおのこと煌四を焦らせる。また、人間ばなれした動きで、どこかへ駆け去ってしまうのではないか。こうするあいだにも、緋名子の目は、退路を探っているのではないか……

そのときだった。かろうじて受け身の姿勢をとりながら、明楽が先ほどの灯子と同じに、こちらへ投げ飛ばされてきた。返り血も本人の出血もいっしょくたになって、あたりに飛び散る。くせのある赤毛が、頰にへばりついている。

「――なにすんだ！」

すばやく起きあがって鎌の血をふりはらいながら、明楽が炉六にむかってどなる。大けがをおっているとは思えないほどの大声だった。トンネルの方角から、白い毛玉のようなあの小さな犬が、明楽を追って走ってくる。

煌四は目をこらし、結界を越えてきた炎魔の数を見さだめようとする。すでに息の根を断たれて動かないものも多いが、あとからあとから、結界の鳥居さえへし折りそうなほどの数が押しよせてくる。

「けが人は引っこんでいろ。千年彗星《せんねんすいせい》が来たぞ。ここでお前が死んだのでは、兄貴も浮かばれんだろうが」

炉六のよこした言葉に、明楽がぐっとくちびるを嚙む。呼吸は乱れきり、傷だらけのその体では立っていることすらままならないはずだった。

「ここはまかせて、とっとと神宮へ行け。〈蜘蛛《くも》〉に先を越されるぞ」

工場の稼働音も、炎魔の群れの咆哮もすりぬけて、炉六の声がとどく。狼の炎魔の首を切り裂き、山羊《やぎ》のつのを手がかりに身をおどりあがらせて脛骨《けいこつ》を断つ。ムササビや狐、小型のものは、みぞれが目では追えないほどの俊敏さで歯牙《しが》にかけてゆく。

「だって……」

言いかけた明楽のかすれる声は、よどみなく動きつづける機械の音にかき消された。工場は動いているが、いまここは、ほぼ無人と化しているはずだ。海際の家をあとにしたその足で、煌四は学院の教師たちが集まっている屋敷へむかった。そしてなりふりかまわず、いますぐに工場から人々を避難させるよう呼びかけてくれとたのんだのだった。直前に上空に現れた燦然《さんぜん》と輝く彗星を、その場にいた者たちも目撃しており、火十《ひとお》先生の「燠火家《おきび》さんのお達しだから」という言葉に後押しされて、経営者を身内に持つ教師たちは、すぐさま動いてくれた。

「いっしょに来てください」

煌四の声に、明楽がふりかえった。呼吸が荒い。

「ここには、もうすぐ首都の火狩りが集まってくる。灯子の目が、見えないみたいだ。安全な場所へ移したあと、ぼくは雷火《らいか》の打ちあげ位置にむかいます。神宮へ行くなら、早く」

そう呼びかけながらも、こんな体で神宮まで行けるはずがないとも思う。さっきまで炉六たちとともに炎魔を狩っていたのが、信じられない。明楽のひたいからはあごまで血が流れ、肩や背中、腕から首にかけても深い切り傷でいっぱいになっている。出血もかなりの量だ。煌四は、トンネルのそばにある貧民区へ目をやった。明かりはみな消されているが、あそこの住民はまだ避難していないかもしれない。仮に人がいなくとも、水や布は手に入るはずだ。灯子たちを安全な場所へ移動させ、明楽の手当てをしなくては……

「目？　灯子が？」

明楽の犬、てまりが、主《あるじ》と煌四を見あげてギャンギャンとわめき立てた。

（まだか？　ほかの火狩りたちは……ひょっとして、しのびが邪魔をしているのか？）

際限なく結界を越えてくる炎魔から、明楽は目をそむけられずにいる。ここで食い止めることができなければ、工場からの人ばらいをしたとはいえ、首都は簡単に破壊されてしまうだろう。

炉六が血だまりに足もとをすべらせ、咬《か》みかかってきた小型の猿の炎魔を、危ういところでしとめる。炉六一人でここを守るのにも、もう限界が来ている。

煌四は頭の芯《しん》にしびれを感じながら、鎌をにぎったままの灯子を無理やり肩に担ぎあげ、壁を背にした緋名子のとなりまでさがる。煌四が近づいたことで身をこわばらせる緋名子の手首をとった。煌四の手で軽々とにぎりこめるほど細い手首を、力をこめてつかんだ。反射的にか、つかまれた手を引っこめようとする緋名子に、低く声をたたきつけた。

「逃げるな！」

びくりと、緋名子が動きを止める。なにも見えていないという灯子まで、煌四の声に身をすくめた。ずっと病気で、泣き虫で、自分や母をたよるばかりだった妹をどなりつける。それが、こんなに怖いことだとは思わなかった。想像してみたことすらなかった。

頭の中で血が沸き立って、暗い視界にでたらめな模様がいくつもはぜた。煌四の中で形をたもってきたなにかが、あるべきでないすがたに変容してゆく。

強い雨の襲来する気配が、煌四の耳もとをざわつかせたそのときだ。

「……うううぅ」

間近で、獣じみたうなり声がした。とっさに、炎魔が近づいてきたのかと身がまえる。が、肩をいからせて食いしばった歯のあいだから声を発しているのは、さっきまで灯子を揺すっていた小さな男の子だった。幼い全身をわななかせながら、男の子はかなたの前まで歩み出る。

小さな男の子のあげるうなり声が、あたり一帯の空気の底をふるわせた。男の子は一心にトンネルの手前をにらみ、低いうなりを空気に送り出しつづける。煌四の体を、少年神ひばりと対峙《たいじ》したときと同じ、根源的な恐怖がつきぬけてゆく。

人の手を借りずに動いている工場群からこぼれる照明と、まだらをえがく暗闇。その黒さが、いびつにうごめく。男の子の足もとで、影がうごめいて這《は》いずりだす。……虫だ。男の子の衣服のすそから、おびただしい数の虫が這い出し、炎魔のいるほうへむかってゆくのだった。あるものは細い触角をかかげ、あるものは無数の脚を動かし、あるものは腹を蠕動《ぜんどう》させながら進み、あるものは翅《はね》を使い、またあるものは、八本ある脚をよどみなくくり出して。

〈蜘蛛〉——

その言葉が、煌四の意識を埋めつくした。虫たちはトンネルから出てくる炎魔と同じく、際限なく男の子の服の下から這い出してくる。目の前にいる、気遣わしげに灯子に呼びかけていたこの子は、人ではないのだ。

虫たちが、ぞろぞろと炎魔にむかって進んでゆく。炉六とみぞれが異変を察知して、炎魔の群れから一旦《いったん》しりぞく。

男の子のうなり声はしだいに高まり、かん高いわめき声になっていった。息つぎもしていない。子ども特有のかなきり声が、闇をつんざいて響きわたる。

「クン……」

煌四が担ぎあげている灯子が、背後で声をわななかせて身じろぎする。

幼い〈蜘蛛〉のはなった虫たちは、炎魔の群れに着実に到達し、その中へもぐりこむ。黒い毛皮の獣たちと小さな虫たちのすがたは、夜の中であっというまに溶けあい、見わけがつかなくなる。トンネルの手前からこちらへむかおうとしていた炎魔たちが、とたんにばたばたとたおれはじめた。虫たちが毒によって、一瞬で猛々《たけだけ》しい獣たちの命を食いつぶしたのだ。

腹の底が凍えた。全身をこわばらせて立つ小さな背中を見る自分の目に、畏怖《いふ》が浮かんでいるのをはっきりと感じる。煌四のおそれは、きっと緋名子や灯子にも伝わってしまっている。

虫たちにも動じることなく炎魔の動向を見すえていたかなたが、ぴくりと耳を動かした。明楽が、俊敏にふりむく。工場地帯のむこうから、犬の声がいくつもかさなって聞こえてくる。

やっと、火狩りたちが駆けつけたのだ。狩人《かりゅうど》たちのかかげる照明が、地を這い、宙を飛ぶ虫たちを照らす。こみあげてきた安堵《あんど》はしかし、つぎの瞬間、虫を操る男の子に飛びかかっていった獣の影に破り裂かれた。

炎魔ではない。狩り犬だ。小柄で毛足の短い一匹の犬が、まっすぐ男の子に、いま炎魔をたおしている子どもに、襲いかかっていった。

〈蜘蛛〉だ、とだれかのさけぶ声がした。

うしろから狩り犬に飛びかかられ、〈蜘蛛〉の子が路面に転倒する。狩りのため鍛えられた犬は、ためらいなくその首すじに食らいつこうとする。煌四が動こうとするより先に、明楽の足が犬のしりを蹴《け》りあげていた。ギャンと悲鳴をあげ、小柄な犬は横ざまに吹き飛ばされる。

「……面倒な」

炉六が舌打ちをするのが聞こえた。首都の火狩りたちが駆けつけてくる。最初に感じた安堵は、いまやふりはらいようのない怖気《おぞけ》に変わっている。

「おい！　こっちだ、炎魔がまだ来る！　どんどん狩れ！」

炉六が声を張りあげた。大多数の火狩りは、同族の死骸《しがい》を踏みこえて崖《がけ》のむこうから現れる炎魔に、金の鎌を光らせ、犬を従えてむかってゆく。炎魔を狩ることを生業《なりわい》とする狩人たちが、獣たちを食い止めるために走ってゆく。犬たちがあらんかぎりの力で駆ける。手に手に三日月鎌をたずさえた火狩りたちは、まちがいなく炎魔を狩ってゆく、はずだった。

　煌四の肩で、灯子が身をよじろうとする。が、手にした鎌が煌四を傷つけることをおそれたのか、動きを鈍らせる。なによりいま、灯子は目が見えないのだ。かなたが、ただならない量の殺気を感じとって、全身の毛をふくらませる。

　路面にたおれた〈蜘蛛《くも》〉の子に、明楽がおおいかぶさる。その動作がごく自然なものに感じられるほど、火狩りたちのはなつ気迫は圧倒的だった。

「どけっ！」

　だれかが明楽のこめかみを蹴りあげる。また血が飛ぶ。体勢を崩した明楽の腹に、つま先がめりこむ。はげしくむせて腹部を押さえ、明楽は起きあがることができない。てまりがちっぽけな牙《きば》をむき、全身で威嚇するが、それにひるむ者などいない。炎魔にまっすぐむかわなかった十名ほどの火狩りたちが、あっというまに〈蜘蛛〉の子をとりかこむのを、煌四はその場に凍りついたように見ているだけだった。

　実際にはそれは、たいした長さの時間ではなかったろう。が、鍛えあげた狩人たちが、訓練された犬とともに幼い子ども一人を痛めつけるのには、充分すぎる時間だった。

〈蜘蛛〉の子の二の腕を、だれかがつかんで引きずり起こすのが見えた。犬たちがはげしく吠《ほ》えたてる。子どもの体を殴打する音は、水のつまった袋を、壁にたたきつけるのに似ていた。

(なんだ……これ)

問いが熱を帯び、沸騰しながら湧きあがってくる。この火狩りたちは、なにをしている？　あの子どもは、たとえ正体が〈蜘蛛〉なのだとしても、首都へ入りこむ炎魔と虫を使って戦っていたのに。

トンネルの手前では、新たな炎魔を火狩りたちが数で押している。それをしりめに、この路地に残った者たちは、小さな子どもをなぶり殺しにしようとしている——

「……聞こえなかったのか、炎魔はあっちだ！」

煌四は大声でさけび、緋名子の手だけははなさないまま、灯子をおろして自分のうしろへ座らせた。

あいた手でかばんの雷瓶《らいびん》を探る。頭に血ののぼったあの火狩りたちの目を、閃光《せんこう》でつぶさなければ。

が、そのとき煌四の体が、大きくかしいだ。まったく予期できなかった。手首をつかまれたままの緋名子が、煌四の手をふりほどいたのだ。肩がぬけるかと思った。信じられない腕力で煌四の手から逃れた緋名子は、舗装を蹴って高々と小柄な身をおどりあがらせた。それと同時に——

上空に垂れこめた雲が、ふとその緊張を断つ。地べたで起きる惨状へ、雨がぶちまけられた。

空気をうならせながら、地上の者たちへ鋭い爪を立てるように、雨が一挙に降りしきる。

蹴りつけた〈蜘蛛〉の子の髪の毛をつかみ、やすやすと持ちあげた体をさらになぐっている火狩りたちの中心に、緋名子がおり立つ。一瞬で路面を水びたしにした雨が、緋名子の足に踏まれてはじける。牙をむく狩り犬たちは、突然のことにわずかな混乱をきたす。髪をつかまれ、宙吊《ちゅうづ》りにされた〈蜘蛛〉の子は、ぐったりと力を失っていた。

「やめろ！」

起きあがろうともがきながら、明楽が声を張りあげる。その言葉は、火狩りたちにむけられているのだと思った。しかし明楽が緋名子にむけてさけんだのだと、煌四はしびれてうまく動かない頭でやっと理解する。

緋名子は〈蜘蛛〉の子を持ちあげている火狩りを見あげると、おどろいているその火狩りの、脚のつけ根のあたりに手をつきこんだ。ポケットに甘いものを見つけた子どもが、待てと言われるのを聞かずにお菓子を奪おうとするように。……ただそれだけに見えたのだが、〈蜘蛛〉の子を捕らえていた火狩りは、絶叫しながらうしろざまにたおれこんだ。その脚のつけ根から、血しぶきの飛ぶのが見えた。緋名子の細い素手にも、なにか黒々とした液体がついているのが。

どんな言葉を探すことも、できなかった。

ただ息を引きつらせる煌四を、かなたが一瞬、心配そうにふりかえる。

投げ落とされた男の子の体をかかえあげ、緋名子は周囲に立つ火狩りたちを見あげる。きっとなにが起きたのか理解できないまま、それでも男たちは、狩人の本能からすぐさま戦いに立ちかえる。

「お前も〈蜘蛛〉かあ！」

裏がえりそうな怒声が緋名子にむけられるのを、煌四はたしかに聞き、聞いたと同時に思考と身動きを縫いとめていた糸が切れた。雨が全身を打つ。

かばんから、雷瓶をとり出す。瓶を包んでいた保護用の布を雨の中へ捨て、投げようと腕をふりかぶった。ガラスに閉じこめられた黄金の火が、手の中で波を打つ。——が、瓶をかまえたままの手首を、だれかにきつくつかまれた。

「——おいモグラ。そんなもん光らせたら、よけいにこの場が混乱する」

無愛想な声とともに、臭気が鼻をつく。ふりむくと、ぼろをまとった木々人が背後に立ち、煌四の手首をにぎっていた。雨に濡《ぬ》れた髪が、刺青《いれずみ》の彫られた頬にまといついている。その左腕から生えた細い枝葉が、雨をうけて重たげにおどっていた。

灯子とともに地底で会った木々人だった。キリという名の。

煌四をにらんでいた目が、ふとそらされる。眉間《みけん》にしわを寄せ、キリが見つめているのは、路面にたおれふしてもう動かない幼い木々人、シュユの亡骸《なきがら》だ。

「……だから、鳥なんか」

ほとんど独り言だったのだろう。小さな仲間を見つめるキリの声は、雨音にかき消されてうまく聞きとることができなかった。背後の壁際に座らせた灯子は、火狩りの鎌をにぎりしめたまま、視線をむけるべき光を見つけられず、瞳《ひとみ》をたよりなくさまよわせている。

暗くつめたい波のような気配が煌四の胸におおいかぶさり、怒りも衝動も思考も、圧倒的な重みで打ちひしいだ。小さな者たちが無残に打ちのめされているのに、それを救う存在がいない。

心臓がどっどっと無遠慮にはねまわるが、それすら自分とはかかわりのないことに思われた。自分はものを知らず、なにもできない子どもだ。それは身に染みてわかっているはずだった。

（だけど……）

無知であろうと、できることがあるはずだ。前方の緋名子。うしろにいる灯子。〈蜘蛛〉の子。けがをしている明楽。……全員をたすける方法を探ろうとする。雨の音が、うるさく頭の中をかき乱す。

「千年彗星が……〈揺《ゆ》る火《ほ》〉が来たぞ！」

片ひざを立てて背すじを伸ばし、明楽が雨音をしりぞけてさけんだ。

「星を狩り、火狩りの王が人々を治める。そのときが来た。火を狩る鎌を、王になるためにふるうときだ！」

明楽の言葉に、この場の火狩りたちが気おされたようすを見せる。てまりが、飛びあがりながら吠えたてる。脚のつけ根からはげしく出血し、のたうちまわる火狩りのそばに、〈蜘蛛〉の子がたおれ、それを守るように身を低くかがめて、緋名子が周囲をとりかこむ男たちを、犬たちを凝視している。

一匹の炎魔が、群れをぬけてこちらへ来る。本来ならば、土や岩を踏むはずの蹄《ひづめ》が、人が造った平らな舗装をいらだたしげに蹴りつけながらこちらへむかってくる。赤く燃える瞳はとうに正気を失い、草食獣の持つ逃走本能の残り火だけが、それを走らせているかのようだ。

枝づのをふり立てた鹿型の炎魔が、トンネルの手前で応戦する火狩りたちの頭上を高く飛びこえ、こちらへ突進してきた。抵抗するいとまもなく、狩り犬の一匹がその前脚に踏みつけられる。仲間の即死にもひるまず、〈蜘蛛〉の子に最初に飛びかかった短毛の犬が炎魔ののどに食らいつく。自分より数倍以上も大きな獣の黒い首にすがりつき、圧倒的な力でふりまわされてもはなさない。呆然《ぼうぜん》としていた火狩りたちが、そのすきに戦う体勢を整えた。金色の鎌をふりかざし、やっと本来対峙《たいじ》するべきものにむかってゆく。最初の一匹につづいて駆けてくる炎魔たちに、牙と鎌がむけられる。

「緋名子」

妹の名前を呼んだのが自分でないことに、煌四はなぜか、すぐには気づくことができなかった。声のしたほうをかすかにふりむく緋名子に、伸びてくる手があった。血まみれの両腕が、緋名子の体を抱きすくめる。明楽だ。明楽は自分の下へかばうように、緋名子を抱いた。緋名子の頭がかしぎ、視線をどこかへやる。それがたおれている〈蜘《く》蛛《も》〉の子の無事を確認するためなのだと、煌四はひどく遠くのできごとのように視界にとらえた。

　雨の音が耳をふさぎ、煌四はキリにつかまれたままの右手を、ゆっくりとおろす。鈍い動作にいらだったのか、キリが舌打ちをする。鉄色のつめたい雨の中でも、その音だけは、なぜか近く、生々しく感じられた。

　火狩りたちは群れをぬけてきた数匹の炎魔をたおすと、ほかの仲間たちが戦っているトンネルへむかっていった。犬を失った者は、鎌だけをたずさえて駆けてゆく。

　灯子のそばにかなたがついているのをたしかめると、煌四は手にした雷瓶をかばんにしまいながら、路上にとり残された明楽と緋名子、〈蜘蛛〉の子に近づいていった。緋名子は肩をこわばらせてぺたりと座りこみ、明楽に抱きすくめられたままになっている。横むきにたおれている〈蜘蛛〉の子のそばへかがんで手をふれると、まだ体温があり、息をしていた。まぶたがこぶのように腫《は》れあがって、同じようにいびつにふくれあがったくちびるを難儀そうに動かしながら、それでもちゃんと呼吸している。

（どこか、建物の中へ移動させないと……）

　この子も、それに灯子も、このまま雨に濡れつづければ、体温がさがってゆくばかりだ。咬《か》み傷やなぐられたあとはあるが、見たかぎり骨折しているようすはない。それでも、内臓はどうなっているかわからない。

煌四は工場地帯をふりかえり、待機中の二台がおさまっているはずの、回収車の格納庫までの距離を測ろうとした。三つ子の塔のようにならぶ火を備蓄するタンク。そのとなりにある、ほぼ立方体に近い箱型の建物が格納庫だ。複雑な造りの建造物の入り組む工場地帯では、そっけないすがたがかえってめだつ。雨風や日光にさらされるうちに輪郭の直線をすりへらしたその建物の中に、回収車だけが黙って森へ出立するときを待っている。

「クン」

緋名子におおいかぶさって顔をふせたまま、明楽が、思いがけずしっかりとした声を発した。

「クンっていうんだ。その子の名前。大丈夫。〈蜘蛛〉だから、人間になぐられたぐらいじゃ、その子は死なない」

言ってから大きく息を吐き、緋名子の髪をなでると、明楽は顔をあげて立ちあがった。よろめく足を、あおむけにたおれてびくびくと痙攣《けいれん》している火狩りのほうへむける。煌四が呼びかけるひまもなく、明楽は自分のずたずたになった上衣《うわぎぬ》を脱ぐと、まだ出血しつづけている火狩りの脚のつけ根にそれをあて、布を傷口になかば押しこんだ。そでの部分を包帯がわりにして、上からきつく縛る。

「……木々人。こいつの手当て、できない？」

キリにそう問いかける明楽に、煌四は目をみはった。

か。

「なんで……」

この火狩りは、いま明楽がクンと呼んだ〈蜘蛛〉の子をなぶりものにした一人ではないか。灯子のことを「お姉ちゃん」と呼んでいた子を。いきさつはわからないが、親しい間柄であるはずだ。まずは〈蜘蛛〉の子の、いや、明楽自身の傷の処置が先ではないか。

思わず疑問をこぼした煌四を、明楽がふりかえって見あげた。

「ほっといたら、こいつは失血死する。そしたら、緋名子が一生苦しむことになる」

明楽の声が、きっぱりと空気に刻まれた。

ざわりと胸の底でふるえたものがなんなのか、煌四にはわからなかった。自分の顔が引きつるのが感じられる。引きつった顔のまま、明楽にむかってうなずくのがやっとだった。

そのとき、ふと異質な気配が訪れた。トンネルの手前にあふれる炎魔、鎌を手に戦う火狩りたち——それらをとりかこむように、錆色《さびいろ》の、あるいは苔色《こけいろ》の影たちが現れる。いったいどこから現れたのか、おそらくこの場にいる人間の中に、出現の瞬間を目撃した者は一人もなかった。

錆色の直衣《のうし》をまとった者と、苔色の直衣の者、あるいは同じ色あいのかさねを引きずる者……それは、神族たちだ。音もなく動く影は全部で八つ。どこからともなく出現した八名の神族が、等間隔に弓なりの陣を作って、戦う者たちをかこむ。その出現に火狩りたちがひとしなみに動揺し、手もと足もとを狂わせる者もいる。

「――炎魔のあとから〈蜘蛛〉が来る。〈蜘蛛〉の用いる火に備えよ」

神族の一人が、そう唱えた。低めた声がさわぎをまるで無視して、地の底を這《は》うように響く。その声に呼びさまされて、ずりずりと崖《がけ》の土が揺れ動きだした。火狩りたちがどよめき、逃げだす犬が現れた。

地中からはち切れるように、木々の根が空へむけておどりあがる。崖の上部が、ふくれあがってそりかえるようにむこうへ、森のあるほうへ崩れだした。工場地帯を、首都を黒い森とへだてる崖とトンネルに、すさまじい力が集中した。白塗りの鳥居が裂けて壊れ、トンネルが土砂で埋まる。生きたままつぶされる炎魔を見やって、明楽が舌打ちをするのが聞こえた。

神族の引き起こす崖崩れの音がつづく中、明楽は負傷した火狩りの背後へまわり、両わきの下へ腕をさし入れた。呆然と目を見開き、がたがたふるえている火狩りを、回収車の格納庫へ、そのまま引きずって運ぼうとする。

「いまのうちにはなれる。手伝って」

明楽の息はひどく乱れて、だれにむけて呼びかけているのか、もはや判然としない。明楽もまた、全身の傷から出血しすぎているのだ。

「……あっさりと処理しやがって。来るなら、もっと早く来いよ」

崖の前の神族たちを見やりながら、キリがあきれたように顔をゆがめた。つぶやいてから明楽にむきなおる。

「ちょっと、あんたのほうが死にそうじゃない。手伝うけど、まともな手当ては期待しないでよ」

憮然《ぶぜん》と口をとがらせながら、キリがあおむけで痙攣している火狩りの腰から、短刀を引きぬいた。その刃《やいば》で、左腕に密集して生えた枝をひと息に切る。雨のしずくを散らして、重たげに枝葉が落ちた。軽くなった腕で、キリは明楽を手伝いはじめる。痛いのだと、たしか言っていなかったか。ヤナギにむかって、あの埃《ほこり》っぽい地底の庭で。

トンネルが崩れても、逃げのびた炎魔たちはまだいる。火狩りたちはその獣たちを狩るためにふたたび体勢を整えはじめた。そのさらに手前、灯子に近い位置で、打ち捨てられたずだ袋のように動かない小さな亡骸《なきがら》が横たわったままになっている。キリはもう、死んだ幼い仲間のほうをふりむかない。シュユの骸《むくろ》をそのままにして、まだ生きている火狩りを、明楽と二人で格納庫のほうへ運んでゆく。てまりが四つ脚をせわしなく動かして、そのあとについていった。白い犬が首に布を巻きつけられているのがいやに克明に目に入ったが、それは布が血で汚れていたためだった。犬はけがをしているようすもないのに。

怒号や悲鳴や咆哮《ほうこう》が、そして機械の稼働音が充満しているはずなのに、煌四の耳に、それらはひどくぼやけて感じられた。たたきつける雨が、頭を麻痺《まひ》させている。

緋名子が〈蜘蛛〉の子を軽々と背中におい、こちらを見ずに顔をふせたまま、明楽とキリのむかう先へはだしの足をむける。煌四のそばをすりぬけて、緋名子は雨の中を走っていった。

「…………」

いま真横を通りすぎていったのは、ほんとうに緋名子なのだろうか。緋名子が雨に打たれるところなど、煌四は見たことがなかった。天気の悪い日にはかならずひどい頭痛やめまいを起こし、家から――いいや、寝台から出ることなどなかった。緋名子が自分より小さな子をおぶっているすがたも、見たことなどなかった。そんなことは生まれつき、妹にはできなかったのだ。

そのとき、空腹を訴えるのに似た細い鳴き声が、雨のすきまを縫ってこちらへとどいた。はっとして、煌四はふりむく。呼んだのはかなただ。壁を背に座った灯子のとなりで、かなたが煌四を呼んでいる。

とたんに雨音が血の脈をせかし、煌四は灯子のもとへ走った。行こう、と呼びかけてから、灯子が目が見えないと訴えていたのを思い出す。その手は、まだ鎌の柄《つか》をにぎりしめたままだ。力をこめているために指の節がまっ白に浮きあがり、肩は小刻みにふるえていた。

「灯子……行こう。たのむ。もう、炎魔と戦わないでいいから」

まるで、子どもが親へ懇願するような声になった。灯子の手を開かせようとふれると、灯子はふるえる肩を縮め、ますます力をこめる。呼びかけても、青ざめた顔のまま動こうとしない。

と、かなたが、三日月鎌の刃《やいば》を口にくわえた。牙《きば》ではさんだ刃を、慣れたしぐさで犬がわずかに引っぱる。すると、煌四がいくら呼びかけても応じなかった灯子が、ひくっと息を呑《の》んで手の力をゆるめた。かなたはそのまま、金の鎌を灯子からうけとる。小柄な体が先に立って駆けだしたかなたに遅れないよう、煌四は灯子をかかえあげた。

灯子がひえきっている。

「ひっ――」

灯子の口から、声が出かかってとぎれた。なにか言おうとしているのかと耳をすました煌四は、灯子が泣きそうになるのを必死にこらえて、のどを引きつらせているのだと気づいた。

トンネルを越えてきた炎魔は、どうやら着実にその数をへらしているらしかった。火狩りたちが猛々《たけだけ》しくさけび声をあげるほうを見やったが、黒い獣の死体の山と、大勢の狩人《かりゅうど》たちの中に、炉六のすがたを見つけることはできなかった。

二　星の追憶

見えない。……なにも見えないのに、なんとさわがしい。

突然自分の身に起きた異変に混乱して、灯子はかすかな身じろぎすらできなかった。

いろいろの音が、耳へ入ってきては意味を結ぶ前に散らばって遠のく。

全身をぐっしょりと濡《ぬ》らしているものが、雨なのか自分が斬りつけた獣の血なのかの区別もつかないで、それでも灯子は、春を遠のけにやってきたはげしい雨のにおいを感じていた。

目が見えなくなったというのに、灯子は、狼狽《ろうばい》することも嘆くこともできなかった。おそろしさは鈍重に腹の底へうずくまり、これ以上ふくれあがろうとはしない。恐怖を感じるだけの力が、もう体に残っていないのだ。疲れた。寒さが、手足の感覚をしびれさせている。

だれか知らない大人が、恐怖と苦痛からしきりに声をあげている。身を揺すってこの場から逃げようとするが、自分で体を動かすことができないらしい。生々しい血のにおいと、脂汗のにおいが混じりあう。

「大の大人が、これくらいでぎゃあぎゃあわめくな。あんな小さな子をなぐっといて」

明楽の声が、怒っている。怒るその声があちこちにはねかえるので、ここがどこかの建物の中なのだとわかる。さっきまで体をじかに打っていた雨は、高い屋根を打つ音を響かせ、ここまではとどかない。

（……ばあちゃんの目も、こんなふうだったんじゃろか）

赤ん坊のときに目をつぶされたばあちゃんにとって、世界ははてしなく暗いのだろうと、てっきりそう思っていた。だが、これは、暗いのとはちがう。見えない目には、明るさも暗さもなかった。灯子には皮膚の感覚と、いやに鋭敏になった耳が拾う音だけが残され、それらがうけとめきれないほどに外界のようすを灯子に伝えつづける。においと気配、温度、塵《ちり》ほどに微細な空気の振動。それらがたえまなく、あらゆる方位から、全身へそそぎこまれる。目だけがいまは静かだ。

（これじゃ、明楽さんを手伝えん。それに……帰ったら、おばさんがきっと怒る）

村での毎日の畑仕事を、このままこなせるだろうかと、灯子はぼんやりと考えた。そんなことをいま考えたところで、帰れるかどうかもわからないというのに。いや、そもそも、そんなことを考えているときではないのに。……火穂《かほ》の目が見たい。そう強く思った。火穂の、澄んだ真水をたたえたようなあの目を、せめてもう一度見たかった。

「ちょっと。手当てしろって言っといて、けが人なぐるなよ。乱暴なやつだな」

とがめるのは、キリの声だ。シュユを心配して、地下の穴から出てきたのだろうか。

シュユが死んだのを、キリはもう知ったろうか。強気をたもつ声の底が、細かにふるえている。

座っているのか寝転がっているのか、体がしびれて自分の姿勢すら判然としなかったが、そばにずっとかなたがいるのは感じられた。家族のもとまで帰り着いたのに、また灯子のかたわらにいる。あんなに炎魔と戦ったのだ。かなたも疲れはてているはずだった。犬の背をなでるくらいのことは、まだ許されるだろうか。……しかし、灯子の意識は皮膚と耳が受容するもろもろに翻弄《ほんろう》されて、自分の腕の一本さえ、動かし方が思い出せない。

「つぎは、クンの手当てしてやって」

音のはねかえりが、近くに大きな機械がうずくまっているのを知らせる。それは、黒い森から現れるのを半年ごとに村で迎えた、回収車の気配だった。装甲におおわれた傷だらけの車体が、そそぎこまれた金色の火をごくごくとうまそうに飲みくだし、走るための力に変えるのを、灯子は見せてもらったことがある。あれを見せてくれた人の亡骸は、いまごろ黒い森の中で、どうなっているだろう。

「はあ？　あっちは〈蜘蛛《くも》〉なんだろ。神族さまの体なんだ、しばらくほっといたって、死にやしないって。あんたのほうが先に死にそうなんだって、いくらばかでもわかるだろ？」

キリの憎まれ口に、明楽がほんのり笑っている。見えなくとも、その笑みがわかる。

甘えるように細く鳴く、てまりの声。

機械油のどぎつさに、さかんに挑みかかるようにして、雨水がにおい立つ。ここにいる全員が髪や衣服や体毛に雨をしみこませて、同じにおいをまとっている。外では、はげしい雨脚が衰えることなくつづいていた。

土の下から水を飲んで、草木がいっそう精を出し、畑の作物も伸びられるだけ伸びようとする。そんな時季を、首都でも迎えようとしているはずだ。その首都の結界が、破られてしまった。炎魔は、まだ崖《がけ》から湧いているのだろうか？　こちらへも来るだろうか。工場の人たちは？　炎魔たちは水路を越えて、町まで行くかもしれない。もしそうなったら、だれが炎魔と戦うのだろう。

眼窩《がんか》の火が消えると同時に、くたりと黒いかたまりとなって地にふす獣……自分が鎌をふるった炎魔の形を思い起こそうとして、それがうまく思い出せないことに、胸の底がふうと虚《うつ》ろを深くした。

「これ、使えますか？　回収車が出発前で、物資が積みこまれていてよかった。布と、薬と――清潔な水も」

せわしなく車から駆けおりる靴音につづいて、煌四の声が言う。

「早く手伝え、とろくさいな。おいモグラ、血を見てへこたれるとか、迷惑なことするなよ」

キリが毒づいた。〝モグラ〟と呼んでいるのは、どうやら煌四のことらしい。

手当てをうけるために、キリたちに背中をむけて首をうなだれているのだろう。ややくぐもった声を、明楽がさし出すようにつらねた。

「……たのむ。もう、灯子に鎌を使わせないでやって。もしものときにって、そう言ったあたしがばかだった。あの子は鎌で殺しすぎる。そうしなきゃならないことにばかり出くわしてきたから。殺すのと狩るのはちがう。灯子はもう、鎌を使っちゃだめだ」

ふと、こちらをむいてそばに立つ者の体温があった。緋名子だ。なにも言わず、呼吸を押し殺して灯子を見おろしている。

小さな手が伸びてきて、布で灯子の髪や顔、着物をぬぐってくれた。灯子はやっと、自分が体をまるめて横たわっているのだと知る。緋名子の手もつめたい。慣れない手つきで灯子の体をぬぐう緋名子の、小さな心臓のことことと動く音さえ、聞きとれる気がした。緋名子はつぎにかなたの体もふいてやり、そしてかなたに抱きついた。犬はじっと、おとなしくしている。しばらくそうしてしがみついていてから体をはなし、緋名子は、灯子の前に置かれたなにかへ意識をむけた。

そこに置かれているのは、灯子がふるった火狩りの鎌だ。

（ああ、そうじゃ。緋名子のお父さんの、鎌じゃった）

勝手に使ったことを、けれど緋名子はとがめなかった。一度も口をきかずに、そろそろと手をさしのべ、おそろしげに鎌の柄《つか》にふれる。だいじな狩りの道具だから、うっかりけがをしてはいけないからと、手をふれるのを禁じられてきたのだろうか。ふれてはだめだと言った声をなつかしむような、悲しげな手つきだった。

目が閉ざされているのに、なぜこんなにあざやかに感じとるのだろう。不思議に思いながら、灯子は自然と息を呑《の》んだ。

自分のそばへひざをついた緋名子が、親の形見の三日月鎌を、その完璧《かんぺき》な弧をたしかめるように、頭の上へかかげる。金の三日月をあおぐまなざし。見えないはずのそのすがたが、ありありと脳裏に映し出される。白い寝間着をまとって頭上に鎌をいただく緋名子は、まるで月に仕える幼い巫女《みこ》だった。黒目がちの瞳《ひとみ》が、注意深く金色の弧をなぞっている。

〝──姉さまにそっくり〟

ふいにおそろしく澄んだ声音が、灯子の胸の中に響いた。

（……だれ？）

おどろいて問いかけるのにはこたえずに、若い風にも、川に浮く光にも似たその声が響く。

〝だけど常花姫《とこはなひめ》は、もうこの世にいらっしゃらない。もう姉さまのすがたとは会えない〟

知っている。この声の主と、たしかに以前接したことがある。灯子はそれがだれだったかを思い出そうと、あわてて記憶をたぐった。そばにいるかなたの耳が、ぴくりと動く。

そのとき高い耳鳴りが、体に残されていた感覚をいっぺんにふさぎ、灯子はまっ暗闇の虚空へほうり出された。明楽たちの声もかなたの気配も閉め出され、自分が呼吸をしているかさえ、さだかでない。

虚空におぼれかかった灯子を、蛙の稚児《ちご》でもすくいとるような手つきで、何者かがつかまえた。灯子はすぐにそれが、さっきの声の主だとさとる。同時に、記憶がよみがえる。

星が死ぬ光景。燃えつき、滅びてゆく地平を、つめたく見おろしていた黒い月の夢。そして、鎌をふるい、それでも明楽の足手まといにしかならなかった灯子を、首をかしげて屋根の上から見おろしていた、小さく華奢《きゃしゃ》な影。あの竜神のひげのような、長い髪の――

〝帰ってきても、きっとこんなふうだろうとは思っていた。世界は、変わっていないのだろうって〟

だれかが手をとる。緋名子の手よりもいくらか大きい、しかし手ざわりのよく似た、もろそうなつめたい手。その手の感触が、夢とうつつ、あちらとこちらの、越えてはならない境界をとろかす。流れこんでくるおそろしさに、灯子はぞくりと身をこわばらせた。

〝怖くてたまらなくて、軌道をはなれたのに。……もどってきてしまった〟

境界が押し崩され、そのむこうから、細い手と声の主が入ってくる。こちらへ、侵入してくる。その存在は、きっと緋名子にも明楽たちにも気づかれていないだろうと思った。犬たちにさえ。

灯子は、自分の手をにぎる者の、そのすがたを目にした。見えなくなったはずの目で、見た。こちらに横顔をむけた、痩《や》せこけた少女がいる。落ちくぼんだ目と、枯れ枝のような手足。体内から発光しているかのような、ぼうとした白さが、骨と皮ばかりのその身をおおっている。決して薄れない朝もやとも見える淡い光をまとって、すさまじく長い髪がうしろへなびく。流線形をえがいてたえまなく揺れる髪は、まるで一対の銀色をした翼だ。

まちがえようがない。あの少女だ。工場の屋根の上に立ち、こちらを見おろしていた、あの。

あんなにさかんに降りしきっていた雨の音がしない。灯子と手をつないでいる少女、そのほかには何者もいなかった。

暗い、はてのない空間に二つの体は浮かんでいる。いや、暗いのではない。とらえられないほど遠く、巨大な存在から発せられた光線が、あらゆる方位から降りそそいでいる。それらは灯子のちっぽけな目が感受する前に通過してゆき、雪の気配をふくんだやわらかな虚空に吸いとられ、うけとめられて消えてゆく。消滅と同じ速度で、光はつぎつぎと交差してそそぐ。なにを照らすとも知れない、目にも肌にも感ぜられない静かで莫大《ばくだい》な光が、灯子たちの存在をつらぬきながら無数に行き交っている。

（死んだのかな……）

とっさにそう思った。水もないのに体が浮いている。一度ふさがれたはずの視界に、白い少女のすがたが映り、視線をあげるとななめ頭上にいつか見たあの広大な地平がひろがっていた。少女の背後には、ふちに鋭い光の弧をやどした月がひかえているのが見える。

ここは、月の手前の空間なのだ。

「死んでいない」

先ほど胸の中に響いたのと同じ声音が、目の前にいる少女の口から紡ぎ出された。その顔が、たなびく髪のすきまに見えた。

小さい。頰は極端に痩せこけ、そのために、口もとにしわが寄っている。ほのかにふせた目。長いまつ毛が、まなざしに濃い影をたたえさせている。

「死んだのは、わたしたちの姉さま。それに大勢の人間たち。ほとんどすべての生物種。あなたではない」

なつかしい歌を口ずさむように、少女が言う。いや、少女なのだろうか。髪の毛に隠れた横顔は小さく、あらわになった腕は折れそうに細いが、二つに結わえた長い髪は幾億もの年月を思わせるほどに白い。つないだ手にわずかでも力をこめれば、指は簡単に砕けてしまいそうだった。

「……だれ？」

問うと同時に、灯子は自分の輪郭がぴんと張りつめるのを感じた。思い出したように、心臓が大きくひと打ちする。抑えることのできない焦りが、体中を痛みとなって駆けめぐった。

白く光る少女のまなざしが、こちらへむけられる。その瞳の色をなんと呼ぶのか、瞬時に言葉をあてはめることができない。それは、澄んだ銀色に見えた。あるいは虚無をやどした無限の黒にも、深い水を思わせる青みを帯びた透明にも。目の中に光の粒子がやどっている。ハカイサナの泳ぐ海で揺れていた、色の波がある。

「ハカイサナ。わたしが軌道上にいたころ、あれは、魂の船と呼ばれていた。遠い国で製造された、鯨に似せた泳ぐ墓碑。代価をわたせば、死者の名をその体に記すことができる。昔の人間たちが作ったの。──ほんものの生きた鯨は、もうあまりいないみたい」

月の手前。そこに浮かぶ者。──千年彗星。

「〈揺る火〉、ですか……？」

その呼び名を、灯子はいまはじめて口にするかのように感じた。明楽と、煌四と、その名をつけられた星について話したことがあるというのに。

機械人形。明楽は千年彗星のことをそう言っていたのだ。昔の人間と神族がいっしょに作った、人工の星だと。

灯子を見つめて、少女が悲しそうに眉《まゆ》をひそめた。瞳の中に、深い奥行きのある色が揺れる。複雑な波形をえがいて、両の耳の下で結わえた白髪《はくはつ》が揺らぐ。しなびたように肉づきのない体に、長すぎる髪が重荷になっているように思えた。

逃げ道を求めて、鼓動がどんどん速くなる。逃げ場などない。浮かんでいる虚空から逃げるすべなど、灯子にはない。

「……もう充分に死んでしまったのに。まだ殺しあいをする」

さびしそうな横顔が、地平をふりあおぐ。夢の中で、黒い月に看取《みと》られて焼けていった地平……そのところどころが、黒いかさぶたにおおわれている。それは、黒い森だ。人の踏み入ってはならない、甘ったるい腐臭のする森。

無防備な白い首が目に入る。作り物のように細い——金色の鎌をつき立てれば、ひとたまりもないほどのたよりない首が。

いま一度、その名を問おうとした。が、灯子にはもうその空間で声を発することができなかった。こちらをむいて、少女がかすかに頬笑《ほおえ》む。あるいは泣いているのかもしれなかった。

飢えたみなしごのようだった。

(ちがう、見えるはずがない。わたしの目は、ばあちゃんとおんなじになったんじゃ……こんな景色が、見えるはずがない)

だったらこれは、ただの夢なのだ。

千年彗星がこんなすがたをしていたら、明楽は鎌をふるうことができない。火狩りの王は生まれない。そんなことが、あってはならない。

それならばこれは、夢にちがいない。……

「……目をやられたんなら、この薬が使えるかもしれないけど」

　ぼやけていた声がしだいにはっきりと聞こえはじめ、灯子は、なかば眠りかかっていたことにどきりとした。疲れきった体が、灯子の思いに関係なく、意識を閉ざそうとしている。顔にふれる手があり、きついにおいで、それがキリのものだとわかる。

　やはり夢だったのか、そう思うが、手足の先には虚空の気配が、耳の底には澄んだ声の響きが、異様なまでにありありと残っている。鼓動がひどく速いままで、しかし目だけが見えない。灯子の体は、かたい床の上に寝転がっている。あおむけに、頭はだれかのひざに載せられている。明楽が、灯子の頭をひざに支えてくれているのだ。血と雨と、消毒液のにおいが鼻を刺激する。

「かもしれない、って……」

　当惑をふくんだ煌四の声に、キリがふんと鼻を鳴らす。

「あたしが持ってるのは、見本だ。初期の木々人が作られたときに、神族からわたされた……できそこないの試験体でも、薬ぐらいは作れないかって、持たされたらしい。古い薬だ。だから効き目があるのかどうか、あたしは知らない。これが信用できないんなら、人間のまともな医者に診せて。──けど」

　そこでキリの声は、灯子の上にかぶさるように近づいて、とぎれる。キリの手や肩がこわばっている気配がする。雨をふくんでもなおかさかさした髪が、灯子の頰にわずかにふれた。

「……まがりなりにも、神族さまの作った薬だ。火狩りの傷も、ほとんどふさがったろ。こいつは、シュユをたすけようとしてくれたんでしょ」

「うん。ありがと」

明楽が親しみをこめてキリの背中に手をそえるのが、頭を載せられているひざと、空気の動きから伝わる。

「お願いする。こんなまま、灯子を置いていけないから」

明楽の声は、もうさっきほど苦しげではなかった。てまりが頭のそばを歩きまわる足音が、落ちつきをとりもどしている。かなたのものではない小さな舌が、灯子の手をなめはじめた。動きがせわしないせいで、くすぐったい。かなたが、ぐうとのどを鳴らす。

「動かないでよ。目を開く薬を入れるから」

キリが言う。キリの指が灯子のまぶたにふれ、上下に開かせる。

(目を開く薬……?)

こんなところにあったのか。首都に。村のそばの森をうろついたところで、見つからないはずだ。

「ごめんなさい」

声が意思とは関係なしに、弱々しくのどから這《は》いずり出た。

灯子が森へ立ち入らなければ、煌四や緋名子の父親であった火狩りは、命を落とすことなどなかった。紙漉《かみす》きの村まで、もうたどり着くというところだった。なんということをしたのだろう。けれど、どうすればよかったのだろう。

明楽の手が、灯子の頭を両側からつつんで支える。

――あほうな子。木々人がくれん薬、目を開く薬はな、使えんからくれんのじゃ。使《つこ》うては、体の毒になるから……

楮林《こうぞばやし》をぬけ、燐《りん》たちの働く畑のあいだをぬけて。木漏れ日のさす林道で、おばさんが灯子をふりかえり、紡いだ言葉が、あのときのにおいごとよみがえる。

（毒……どんな毒になるんじゃろう）

明楽の手とキリの手が、灯子の頭を支え、慎重にふれる。虚空に浮かぶ夢の中、長い髪をたなびかせた少女とつないでいた感触が生々しく残る手を、てまりがひりひりしてくるほどになめつづける。

怖がっていた。夢の中でかたわらにいた子どもは、世界のありさまを見て、怖がっていた。

「あんたたち、あんまり無茶はしないでよ。木々人のところにある薬は、もうこれで最後だから」

両目の表面に、とろりとした液体が落とされる。反射的にまぶたを閉じると、その上にキリがてのひらを載せた。

「〈蜘蛛《くも》〉が来て、神族と争ったあと、きっと首都はただじゃすまない。あたしらみたいな失敗作のいる場所は、たとえ地底にだって、もう残らないだろう。そうなる前に死んで、むしろシュユにはよかったのかもしれない」

灯子の髪をなでる手がある。それが明楽のものかキリのものか、もう判然としなかった。

(緋名子……？)

緋名子の気配が消えていた。かかげ持っていた、鎌の気配も。――どこへ行ってしまったのだろう。

「煌四。あんたはこのあとどうするの？」

「……予定のとおり、雷火を打ちあげる。燻家《いぶし》の、栽培工場へむかいます」

「そうか。神宮に近い建物だね。そこまで、いっしょに行く」

上のほうに響く話し声が、しだいに遠のく。するすると砂がこぼれ落ちるようにして、灯子の体から力がぬけていった。

伝えるべきことがあるのではなかったか。千年彗星について。いや、ちがう。あれは夢だ。けれどいつのまに、夢など見たのだろう？

降りつづく雨が、埃《ほこり》と金属のにおいをきつく際立たせている。灯子は自分がだれかにせおわれるのを感じ、おぶって歩きだすそのだれかの邪魔にならないよう、あとはただ静かにしていた。

三　道行き

全身をかたくこわばらせていた灯子が、ようやく体から力をぬいた。灯子の上へおおいかぶさるように体を寄せて、明楽が大きな息をつく。雨に濡《ぬ》れてくせが強くなった赤毛が、肌着しかまとわない背中に垂れる。てまりは忙しく灯子の手をなめ、明楽の手をなめ、甘えた声を鼻の奥にふくませて尾をふる。かなたはかたわらに座って、それを見守っている。

犬たちがおのおののやり方で鎌の使い手たちを労っているのを見やりながら、煌四は地に立つ力がたよりなくかしぎそうになるのを、どうにか耐えていた。

キリは眉《まゆ》を寄せ、視線をうつむけたままでわずかに顔をそむけた。砂の色をした髪が、煌四からその表情を隠す。灯子の頰に寄せていた顔をあげ、明楽が鼻をすする。包帯を巻いた手で、明楽はごしごしと顔をぬぐった。

降りしきる雨音にさえぎられながら、それでも外がしだいに静まってゆくのが聞きわけられた。本来、工場地帯では聞くはずのない音、獣たちのうめき声と火狩りたちのどなりあう声や悲鳴が、おさまりかけている。犬たちの吠《ほ》える声だけがつづいているので、おそらく狩りは追いこみの段階にさしかかっている。結界を越えてきた炎魔は、もうすぐすべて狩られるだろう。

だが、肝心の〈蜘蛛〉は——古代の火を手に入れ、首都の転覆をもくろむ〈蜘蛛〉は、まだそのすがたを現さない。

トンネルをふさいだだけで、〈蜘蛛〉が引きさがるはずがない。なんらかの手段を講じて、炎魔たちのあとから、結界を越えてくるはずだ。

自分の呼吸の音が、いちいち鼓膜にまとわりつく。壁に設置された照明には作業員の足もとを照らすだけの明るさしかなく、つつましい明かりに、建物に充満した暗さがのしかかっていた。吸いこまれそうなほど黒々とした闇を住まわせた天井には、夜でも手もとまで照らし出すだけの照明が備えつけられているが、いまそれらの装置は息を吹きこまれないままだった。格納庫にはトンネルのほうをむいて、回収車が通りぬけるための扉がある。巻きあげ式のぶ厚い鉄扉のむこうから、雨の音がする。

そびえるほどの威容でたたずむ二台の回収車を、床にぺたりと座りこんだ〈蜘蛛〉の子、クンが黙って見あげている。片方のまぶたは無残に腫《は》れあがり、腕には咬《か》み傷があった。神族の体だからと明楽たちの言ったとおり、クンは手当てをされるとちゅうで目をさまし、けろりと起きあがった。キリが明楽の傷を縫いあわせて薬でふさぐのを、ひと言も口をきかないまま、邪魔にならない場所に座って見守っていた。

クンの近く、回収車の車輪のそばには、脚のつけ根を負傷した火狩りが横たわっている。ここへ運びこんだときよりも、その顔はやつれているように思われた。ひたいと目をおおった布の下、開けたままの口を使って苦しげな息をしている。ひと目でキリが顔をゆがめた傷からは、まだ赤々とした血が、巻きつけた布ににじみ出ていた。衣服ごと、皮膚も肉も無理やりに引き裂かれていた。あとわずかでも深ければ、太い動脈が裂けて、すでに死んでしまっていただろう。あとほんのわずかでも、緋名子の手が深くつきこまれていれば。

火狩りの体にこの傷をおわせた緋名子は、もうここにいなかった。

煌四がキリに何度も舌打ちをさせながら明楽の手当てを手伝うすきに、すがたを消したのだ。灯子のそばをはなれないかなたは、足音をさせずに背後の出入り口へむかう緋名子を目で追っていた。煌四はそれに気づきながら、まだ血を流しつづける明楽の傷口を押さえる手を、はなすことができなかった。明楽は一瞬緋名子に目をやったが、そのまなざしからなにかを読みとったようすで、声をかけることはしなかった。むき身の鎌を——父親の狩りの道具だったそれを気に入りの人形のように抱きかかえ、一人きりで、緋名子は行ってしまった。

車どうしのはざまに、まだ積みこまれていない荷が、箱に入ったまま置かれていた。明日の午前に一台が森へ発《た》つはずだった回収車は、ほぼ完了していた準備の手を止められて沈黙している。燃料はすでにそそがれ、調整をうけ、あとはこまごまとした荷の積みこみを待つだけだったはずだ。荷箱にかぶせられた布は、何者かの用意した屍衣《しい》にも見えた。これからどうするのかと明楽が問い、暗いところへ沈みかける意識を叱咤《しった》して、煌四はのどに力をこめる。

「……燻家の、栽培工場へむかいます。神族と〈蜘蛛〉の戦いから工場地帯をへだてる防壁を、雷火で作る。そのための人員が、退避せずに工場にいるはずです」

そう告げたのは、ほんとうに自分の声だろうか。なんのために燠火家へ身を寄せることを決めたのか、わからなくなっている。綺羅《きら》は回復しただろうか。それを考えることにすら、うすら寒い虚無感がともなった。火狩りの凄惨《せいさん》な傷を見、明楽の全身の手当てをして、幾度ももどしそうになった。まだ胃のあたりから胸まで、形容できない苦味がうずうずと行き来している。

とちゅうまで同行するという明楽は、煌四が布や消毒液とともに見つけてきた携行食を、帯に固定した隠しにしまい、いくつかは灯子の懐へ押しこんだ。

「明楽さん、これを」

煌四がさし出したのは、炉六が雷瓶を埋めこんだ地点が記されている神宮周辺の見取り図だ。雷撃《らいげき》がはじまれば、神宮へむかうためには針に糸を通すような道を選びとらなくてはならないが、それも実際には無事に通れる保証はない。可能な限り、雷火の打ちあげがはじまる前に神宮へ入っていなくてはならなかった。

「おっかないもの作って。あとでとっちめてやるから、おぼえとけよ」

軽口をたたいて、明楽は見取り図を隠しへ押しこむ。

「栽培工場に人がいるなら、灯子を町へ逃がしてやってもらえるかもしれないな。あたしは、姫神《ひめかみ》のところへ願い文《ぶみ》をとどける。〈揺るる火〉を工場地帯へ誘導してもらえるよう、かけあってみる」

ことなげに、明楽はそう告げる。そのためらいのなさに、煌四は焦った。

「だけど明楽さん……それじゃあ、お兄さんと」

その先は、言葉にできなかった。明楽は目をつむっている灯子を、ほのかに笑みの浮かぶ顔で見おろす。

「あたしの兄ちゃんは、千年彗星や火狩りの王のことを伝えに行って、神宮で殺された。当然だよね、統治者にそんなことを言ったんだから、反逆罪だ。あたしは、そのばか兄の妹で、あんたみたいに頭もまわんないから、やると決めたことをやってみるよ。兄ちゃんのときとちがって、勝算はある。無垢紙《むくし》に書いた文字はかならず姫神の目にとまるし、〈蜘蛛〉の進攻がはじまった以上、神族もすましてばかりはいられないだろう」

明楽は迷いのないまなざしを、犬たちにむける。大きなため息をもらしたのは、キリだった。

「あたしは、ここに残る。外がおさまったら、シュユの骸《むくろ》をとりに行く」

疲れきった顔で、木々人がそう言ったときだ。突然に、てまりが牙《きば》を見せてうなりだした。かなたがその場に立ちあがる。ふりむくと同時に、正面の鉄扉とは逆、煌四たちの入ってきた出入り口から無遠慮な音が響いてきた。外側から、金属製の扉をがりがりと引っかく音だ。明楽が短刀の柄《つか》に手をやるのが見え、煌四は即座に全身を緊張させる。クンだけが力のぬけきったようすで、座りこんだままでいた。

がりがり、がりがりと、獣の爪が出入り口の扉を夢中で引っかく。音はやまない。鎌を逃れた炎魔が来た——とっさにそう思った。だが、短刀をにぎって扉へむかおうとする明楽より先に、かなたが音のするほうへ歩いていった。扉の前に立ち、床とのあいだのすきまからにおいをたしかめて、口の中にふくめるように軽く声を発する。すると、音はぴたりとやんだ。

ふりむいたかなたの視線をとらえて、明楽は迷わずに扉を開けた。外には、一匹の狩り犬がいた。かなたよりも一回り小柄な、整った短毛の犬だ。狩人《かりゅうど》はいなかった。犬はかなたと明楽を順番に見あげ、格納庫の中のにおいを戸口から探った。目的のものを見つけて、まっすぐに駆けてくる。灯子のそばにいるてまりだけが、牙をむいて毒づいていたが、入ってきた犬はわき目もふらなかった。白茶けた色の毛並みを雨で水びたしにしたまま、狩り犬は負傷した火狩りのにおいを嗅《か》ぎ、手をなめる。鼻先で、火狩りの頬をぐいと押す。鼻の奥からかん高いよろこびの音を発しつづけ、主《あるじ》の反応がないままでも、犬は輪に近い形にまるまった尾をさかんにふりつづけていた。

「賢い子だな。よくお前の火狩りを見つけた。お前の主人が死なないように、ちゃんと番をしてるんだぞ」

犬にそう声をかけて、明楽は二台の車のはざま、荷箱にかぶせられた布に鞘《さや》からぬいた短刀をつき立てた。勢いよく端を引いてそのまま裂くと、自分の肩に巻きつける。それを見ていたキリが、げんなりしたようすで顔をしかめた。

「だから、あんまり動かすなって。傷が開くよ。まだ死んじゃこまる体なんでしょ」

「もうしばらくはね。ご忠告ありがとう」

そう告げて、明楽は親しみのこもった、けれど険しさの消え去らないまなざしを、キリにむける。赤い髪が、炎のようにたなびいた。

「手当てをしてくれて、たすかった。ありがとう。あんたも安全な場所にいて」

そのまなざしを避けるように、キリはくちびるをとがらせてうつむく。

「はいはい、隔離地区へもどるよ。シュユを連れて」

しかし明楽の声が、うつむくキリの顔をあげさせた。

「……待ってて。あなたたちが土の下に隠れていなくてもいいようにする。首都ではむずかしいかもしれない、だけど崖《がけ》のむこうの森でなら」

翡翠《ひすい》色《いろ》の目をまるく見開いて明楽の顔を見つめていたキリは、ふいに頬の刺青《いれずみ》をゆがめ、不機嫌そうに目もとを険しくした。

「隔離地区の木々人は、待ってるのはもう飽きた。いいから、早く行け」

明楽はそれ以上はなにも言わず、クンの手を引き、煌四は灯子を背におった。入ってきた犬は、負傷した火狩りのそばに座り、肉厚の耳をぴくぴくと動かしている。かなたとてまりをともなって、煌四たちは格納庫をあとにした。雨のとどかないぼんやりとした暗がりに、キリだけが残った。

炎魔が結界を越えてから、どれほどの時間がたっているのだろう。
かなたの遠吠《とおぼ》えを聞いて煌四たちが駆けつけ、格納庫に退避して、そこからの移動だ。火狩りと明楽の手当てだけでも、かなりの時間を要したはずだった。
まにあうのか。

栽培工場までは、地下の連絡通路を使った。主に物資の運搬に使われる、各工場をつなぐ地下道だ。本来なら工員でなければ通ることができないが、人ばらいをした工場から地下通路へは、あっさりと立ち入ることができた。

明楽はまっすぐ前をむき、クンの手を引いて歩く。ふるえの止まった灯子は力のぬけた体を動かさず、煌四も口をきかなかった。犬たちの足音だけが、いまだに現実味を失わずにいる。

あちらこちらに地上とつながる階段や鉄扉があるが、そこを行き来する者はいまはいない。通路の中央には、鉄蓋《てつぶた》をされた地下の水路が、排水の異臭をはなちながら流れている。

いつからか、煌四の感覚は麻痺《まひ》を起こしていた。格納庫で、無数の傷と大量の血を見てから。いや、その傷の一つを生んだ緋名子を、どなりつけてから。それとも、綺羅が麻芙蓉《あさふよう》を嗅いで昏倒《こんとう》し、緋名子が別人のようになったのを目撃してから。あるいは、森で拷問をうける〈蜘蛛《くも》〉と、油百七に雇われた火狩りたちと遭遇してから。または、さらに以前から。……

（だめだ。考えろ。緋名子はどこかにいるんだ。きっと……あの体なら、炎魔に襲われる前に逃げられる。熱を出して、動けなくなることもない）

なにが原因で緋名子の体があんなふうになったにせよ、いまはそれだけが救いだ。地下通路のすぐ上、自動運転の機械だけを残して無人と化した工場地帯。船祭りの期間をのぞいて、工場がこんなふうになることは、いままでなかったのではないか。煌四が声をかけた学院の教師たちが、それをやってのけたのだ。ぼうっとしている場合ではない。いまここは、戦いの場所になっている——町に住む自分たち人間にも、状況は動かせる。

背中におぶった灯子がずり落ちないよう、支えなおす。灯子は眠っているのか、ぐったりと力をぬいたままだった。その体の見た目以上の軽さが、それ自体、とりかえしのつかないなにかの象徴であるかのようだ。緋名子が持ち去ったために、灯子が持っていた鎌はない。

かなたがときおり、煌四の背中の灯子を見あげる。犬の目にはっきりと、村から来た小さな少女への信頼がこもっていた。

「煌四。とっくに考えてると思うけど、あんたはもう、燠火家に従わなくていいんだよ」

ふいに明楽が言った。両手のふさがっている煌四にかわり、携行型の照明で行く手を照らしながら。低めた声には、聞きこぼすことのできない深いなにかがこもっていた。

明楽の言葉に一瞬虚をつかれ、煌四ははげしい恥ずかしさから、顔をこわばらせた。心配されているのだ。

「緋名子は、なにがあったんだかわからないけど、自由に動ける体になった。火狩りやしのびよりも速く動ける体に。あんたが、燠火家のお大尽に義理立てする理由はもうない。このまま地下通路をたどって、町とつながる橋のそばまで行ける。灯子とクンを連れて――」

　煌四はしかし、火穂からたくされた水晶のかたさを思い出し、簡単に折れそうになる意志をつなぎとめた。

「……いいえ。予定どおりに動きます。ぼくの考えた道具は、〈蜘蛛〉と神族の戦闘が、首都の人々に飛び火しないようにするためのものです。燠火家のために作ったわけじゃない。……灯子たちだけ、町へ帰せればいいんですが」

　だがそれには、時間がたりない。煌四にも、明楽にも。

「崖崩れで〈蜘蛛〉が首都へ侵入できず、すぐに機械を使う必要がなければ、灯子とクンを照三《しょうぞう》さんのところへ連れていきます」

　背中で、灯子が息をしている。呼吸するのをためらうかのような弱々しい息づかいに、煌四は無性に苦しくなった。この子に、あたりまえに息をすることさえ遠慮させている何者かに、腹が立った。

「そうしてくれるとうれしい――けど、トンネルがふさがったくらいで〈蜘蛛〉が引きさがるとも思えないしね」

「打ちあげ機は二基あって、〈蜘蛛〉と神族に動きがあれば雷撃がはじまる手《て》はずです。とくに燠火家の当主がむかうはずの、製鉄工場からは。さっきわたした見取り図のしるしのある付近は、できるだけ避けてください」

照明が通路の壁を照らし、そこにある無数の表示書きや引っかき傷、だれのしわざとも知れない殴り書きをあらわにする。いびつな虫のような形が、ところどころにくりかえし残されていたように思ったが、携行型の照明の明かりだけではっきりと見ることはできなかった。

「あんたたちの父さんも、そういう人だったんだろうな」

「え？」

歩きながら、明楽がちらりとふりむく。その横顔のまなじりが、ほころんでいる。笑っている、こんなときに。

「無垢紙《むくし》を作る灯子の村へ、行こうとしていたはずなんだ。家族もほうり出して、かなただけ連れて、行っちゃったんでしょう？　そこまでしたのに、目的地のすぐそばで、炎魔に襲われている灯子をたすけたんだって。そのときのけがで死んだっていうんだから」

歩くのにあわせて、明楽の髪が勇み立つように揺れる。地中に掘られた巨大なトンネルのものものしい暗さにも、そのすがたはきっぱりと明るく見える。

「……ばかですね」

ぽつりと言うと、明楽が前をむいたままで軽く笑った。

「ばかだよね。ばかな親を持って、あんたも緋名子も苦労したでしょうに。もしも灯子をたすけないで無垢紙を手に入れていたら、あんたの父さんが姫神への願い文をとどけて、火狩りの王になったにちがいない。──でも、血の通ったばかでないと、まさか神族の統治体制を変えようなんてことは考えないし、実際にやらないよ」

無人の地下通路に、明楽の声がひかえめに響《ひび》く。天井にめぐらされた配管や沈黙したままの照明装置、通路の行く手。それらを呑《の》みこんでわだかまる暗がりを、明楽の声は労っているかのようだった。

「火狩りなんてやってるやつは、まあたいがい、ばかの類《たぐい》だけど。それでもあんたたちの父さんが、最後に他者を救うことができたのは、そばにかなたがいたおかげだろう。黒い森で獲物を追う火狩りは、魂を自分の犬にあずけるんだ。狩り犬は、自分の火狩りが血や火に酔わないようつなぎとめておく、番犬でもある」

煌四は、となりを歩くかなたを見おろす。声をかけてもいないのに、犬は煌四のわずかな動作を察知して鼻面をこちらへむけた。煌四のこわばった当惑を読みとったのか、かなたは耳をすばやく動かし、はげますように短く鼻から息を吐いた。

「……父からは、火狩りの王という言葉を聞いたことは一度もなかった。隔離地区の木々人は、その名前をつけたのは鎌を生んだ姫神だと、言っていました。中央書庫に隠されていた、明楽さんのお兄さんの本にも、そのことが書いてあった。……いつから語りつがれていたんですか？　それはほんとうに、人を正しく治める存在なんでしょうか」

明楽が足を止め、ふりかえった。照明を前へかかげたままなので、暗さが表情を隠してしまう。が、その瞳《ひとみ》がいまにも泣きそうに揺らいでいるのが見えたと、煌四は感じた。

「姫神が生んだという鎌を持って、人が火を狩るようになったときから、すでに火狩りの王は伝説みたいにささやかれていたみたい。炎魔におびえて暮らすしかなかった人間が、今度はその獣たちを追って、光と暖かさをとりもどせたんだ。うれしかったと思うよ。きっと、さらに未来には、もっと世の中はよくなるだろう……そう信じた初期の火狩りたちと人間たちが作った、夢物語だと言われてきた。けど、夢物語ではおわらせることのできない状況に、どんどんおちいっていった。首都はこのありさま。村の人間は首都よりはるかにせまい結界から出ることすらなく、一生をおえる。だから、神族とはべつの王さまが必要だ」

明楽の足もとで、てまりがくふんと鼻を鳴らす。

「王さまっていうのは、みんながおなかをすかさないよう、考えるんだ。生涯をかけて、他人の暮らす毎日のことを考える。決して人を紙くずみたいにあつかったりしない。……そんなやつがいたら、きっとこの世界はまだ存在していられる。すくなくとも、いまよりもましになることができる」

その声は、地下道の暗がりに貪《むさぼ》られて消えてゆく。煌四はふたたび前へむきなおる明楽の、揺れる髪や、背中に目をそそがずにはいられなかった。鎌と短刀をたずさえた火狩りが、痩《や》せっぽちの灯子よりもなお弱々しい存在に思えた。たすけてくださいと、自分にむかって訴えた灯子よりも、危うくはかない存在に。

「それなら……」

はずみをつけて灯子をせおいなおしながら、煌四は照明を持つ明楽の背中へ呼びかけた。

「それなら、だれがなってもいいというわけではないですよね。〈揺るる火〉を狩るための腕前だけではだめだ。……明楽さんが星を狩るべきだと、灯子は言っていました」

しかし、明楽からの返事はなかった。足もとを行くてまりが、せわしなく四つの脚を動かしながらふりかえり、フン、とふてぶてしく鼻を鳴らした。

「ここだな」

明楽が、栽培工場へつづく昇降機の鉄扉と、そのわきの表示板を交互に照らしてたしかめる。この上の建物に、製造された二基の打ちあげ機の一方がある。

「……ほんとは灯子もクンも、あんたも町へ逃げてほしいんだけど」

明楽はかすかな苦笑を混じらせながら言った。

「あんたは、そういうわけにはいかないもんね。緋名子を連れて帰らなきゃ。狩り犬は番犬だと言ったよね。きっと緋名子は、かなたと同じようにしようとしてる。あの子、兄貴のことをたすけるつもりでいるよ」

背中に揺れるくせのある髪は、果敢な獣の尾のようだ。目もとにも肩にも、のしかかる疲労が見てとれるのに、明楽の声はほがらかさを失わない。その明楽の手に、クンが両腕をからめてきつくしがみついた。

煌四が返事をできずにいるうちに、暗がりに呑まれる通路の先にちかちかと光が動いた。煌四たちとはべつのだれかのかかげる、携行型照明の光だ。

昇降機を使って工場から地下へおりてきた人々が、革靴を引きずりながら歩きだそうとする。ざっと十数名。まだ退避していない者たちがいたのだ。人影が小さいのは、それが監督者に連れられた、子どもの働き手たちだったからだ。

何人かがこちらに気づいてふりむく。明楽がクンとつなぐ手を持ちかえて、〈蜘蛛《くも》〉の子を照明から隠した。

「おぉい。逃げ遅れか？」

照明を手にした監督者が呼び声をあげる。しかしすぐに、明楽のいでたちが工場勤めの者とはちがうことに気づいたらしく、かざしていた照明をおろす。

年少労働者の一団は、肌着の上から布をまとって傷のあとを隠している明楽を、あからさまに警戒している。

「町へ避難するの？」

働き手である子どもたちは、工場勤めの中でも相当幼い部類に入る者たちだった。煌四と年の近そうな少年や少女もいるが、ほとんどが十に満たないか、あるいは四、五歳の子どももいる。紡績工場の子どもたちだろうか、照明のあたる衣服が、みな一様に糸くずにまみれている。こんな子どもたちが最後に逃がされているのかと、煌四は愕然《がくぜん》とした。見知らぬ者たちにむけて、ひと声高く吠《ほ》えたてまりに、子どもたちが一様にぎょっとする。

「あ、ああ、そうだが……あんたたち、どこから来たんだ？」

中年の監督者は、怪訝《けげん》そうにかなたへ照明をむけ、眉《まゆ》をひそめて明楽をねめまわした。それにはこたえずに、明楽は横顔で煌四に目配せをよこす。その意図に気づいて、煌四はくちびるを噛《か》んだ。明楽の一瞥《いちべつ》は、背中でじっと動かない灯子にむけられていたのだ。

「この子、いっしょに連れてってやってもらえないかな。逃げるときに機械に巻きこまれかけて、けがをしてるんだ」

灯子をさししめして、明楽が言う。声のうわべが明るい。

「けが？　あんたらの連れなのか」

うなずく明楽の腰に帯びた短刀と三日月鎌を、男は怪訝な目つきで見やる。

「……病気は？　ほかの子どもにうつるとこまる」

「ない」

明楽はごく短く、きっぱりとこたえた。

「べつにかまわないが、あんたらは逃げないのか？　そっちの子どもは？」

照明を手にした男は、明楽の陰に隠れたクンを視線でしめす。

「あたしの子」

その返答に、相手はそれ以上踏みこんで問おうとはしなかった。明楽がクンを隠そうとするしぐさから、わかった。いっしょに町へ避難させて、またクンが〈蜘蛛〉であると知れたら、ふつうの人間からでさえ、なにをされるかわからないのだ。

子どもたちの中から体の大きい者を呼んで、監督者が灯子を運ぶよう指示を出す。肺を病んでいるのか、のどの奥にずっと咳《せき》をこもらせている少年が、帽子のつばの下からこちらをにらんだ。煌四がかがみこんで床にひざをつかせた灯子を、無言のまま、どこか気味が悪そうに担ぐ。

「野暮用があって、まだ避難できない。その子のことは、海際の地区の、溶接工と洗濯屋勤めの夫婦に聞いてもらえばわかるから。……あそこにこの子の家族がいるんだ」

くらりと揺れた灯子の顔はすっかり色を失って、目を閉じた顔にはなんの表情も浮かんでいなかった。眠っているように見えるが、灯子はまわりの状況をなにもかも知っているのではないかと思えた。知っていて、体を決して動かさずに、口もきかずに、じっとこらえているのではないかと。

灯子をせおった少年を、うしろからべつの子どもが支える。こんな時間まで働くのが日常である、すり切れた服の子どもたちにかこまれても、村で生まれた少女の体はなお貧相だった。こんなにたよりない体で、首都までかなたと形見をとどけてくれた灯子に、自分はきちんと感謝を伝えられたのだろうかと、煌四は突然危うい心持ちになった。

かなたが鼻にかすかな音をこもらせて、物問いたげに灯子と煌四を見くらべる。煌四は、犬にどうこたえてやるべきか、そのすべを見つけることができなかった。

「よろしくたのみます」

明楽が頭をさげ、子どもたちと監督者を見送った。灯子が連れてゆかれるのを、煌四のかたわらにとどまったかなたが、舌を出して見つめていた。小さな歩幅で数歩だけあとを追うように前へ出、立ち止まって、こちらをふりかえる。

「……よかったんでしょうか」

背中の軽さが、灯子をおぶっていたときとあまり変わりなく感じられる。自分がせおっていたのは、子どものすがたをした、なにかこの世から乖離《かいり》した存在だったのではないか。――ふとそう思い、けれどすぐに、そんなふうに思うことは灯子に対する無礼だと考えなおして、煌四は肩にかけたかばんをうしろへずらした。

「あとで怒るんだろうな、灯子は。ああ見えて、すごい怒りん坊なんだ。だけどあたしのわがままだってことで、許してもらおう」

笑みをふくめてそう言ってから、明楽はまっすぐこちらへむきなおった。

「じゃ、あたしも行くね。悪いけど、クンをたのむ」

照明をクンの手ににぎらせる。なにかを訴えることもなく、持たされた照明をただじっと見つめているクンの前へひざをつき、明楽はその小さな肩を両の手でつつんだ。

「クン、置いていくんじゃないからね。ちゃんと帰ってくる。だけど、ぜったいだって いう保証はないから、正直に言う。あたしは、自分よりちっちゃいのが怖い目にあった り、死んだりするのはいやだ。神宮よりも、ここのほうがすこしは安全だと思う。だか ら、この兄ちゃんといっしょにいて。いいか、生きてるんだよ。かならず」

言われたことが理解できているのかどうか、クンはただこくりとうなずく。ほかのし ぐさを、みな忘れてしまったかのように。なにも言わないクンを一度抱きしめ、そして 明楽は立ちあがった。

「……明楽さん、無事でいてください。気をつけて」

くすぐったそうに頭をかきながら、明楽は顔に笑みをやどす。

「うん。煌四もね。あんたも気をつけるんだよ」

明楽に背中を押されて、クンがぎこちなく一歩、前へ出る。明かりが揺れる。腫《は》れた まぶたにふさがれていないほうの目が、まばたきすら惜しんで明楽を見ていた。

操作盤を明楽がいじると、昇降機がおりてきた。格子状の扉を開けて、明楽は先にク ンを乗せる。それにつづきながら、煌四はほんとうに自分の足が前へ進んでいるのか、 確信を持つことができなかった。かなたが、閉められた鉄扉の格子越しにてまりのにお いを嗅《か》ごうとしたが、白い小犬はすましたようすで鼻をうわむけ、主《あるじ》の脚の陰に半分隠 れている。

上昇がはじまる。明楽が手をふるのが見えたが、それもつかのまのことだった。無遠慮な音を立てる昇降機の動きが、足の下にあったはずの現実とつながる根を引きぬいてゆく。

　時間はいつなのか、外がどうなっているのか、明楽はこれからどうなるのか、すべては目の前からさえぎられた。鼓膜の奥に、愚鈍な水がつまっているようだ。その不快さから来る微細なしびれを耳の奥に感じながら、煌四は機械に連れられるまま移動した。

　地下通路から入りこんだ場所は、運搬車の乗り入れや廃棄物の運び出しに使われる栽培工場の倉庫だ。ここは裏手にあたり、回収車の格納庫ほど大きくはないが、巻きあげ式の鉄扉が閉ざされている。作るものが食用植物であるだけに、工場にしては建物内は整然としている。箱詰めした生産物を積みあげるための金属製の台が計八つ。壁には、鉄蓋《てつぶた》をされた廃棄用の穴が設けられている。赤い非常灯だけをともして、中は暗かった。

　煌四は手足に現実味がもどらないまま、隣室に通じる扉にいちばん近い台に近づく。クンの肩をそっと押して、脚を床に固定された頑丈な台の下へ入るようにうながした。

　かなたは煌四を見あげて、指示を待っている。

「ここに、隠れてるんだ。かなたといっしょに。大きな音がしても、出てくるな」

　煌四が口をきいても、クンはのどの奥できゅう、とかすかな音を立てるだけだった。片方しか開かないクンの目が、無言のままに煌四を見つめる。その目に煌四は、とりつくろっている思考を洗いざらい観察されている気がした。大きな音……それは〈蜘蛛〉を、この子の同族を攻撃するときに生じる音ではないか。煌四の考え出した機械で。

湧きあがりかけるひややかな焦りを、くちびるを嚙みしめて押し殺した。

「……かなた」

呼びかけて、その先はただ犬の目を見つめた。かなたは座った姿勢から腹這《はらば》いにふせ、腹にクンをかこいこんだ。クンの体のわきで、灰色の尾が揺れる。

まるでクンの視線から逃れるように、煌四はかばんから雷瓶をつつんでいた布を一枚とり出し、照明の上にかぶせた。影が生まれ、かなたの目つきに鋭さが刻まれる。金属棚にかかっていた雨具と、持ってきたものより小型の照明を見つけ、それをとった。

立ちあがって扉を開け、一人でとなりの区画へ踏み入る。野菜の選別作業に使われる長い作業台と、天井まで積まれた金属の箱。ここにも照明はついていない。静かだ。炎魔が侵入し、非常事態におちいっているはずの工場地帯から、ぽかりと場ちがいの空間へ入りこんだ気さえした。

栽培工場の中に人の気配がないことを、とくに不審とも思わなかった。だがそれは明らかに異常だったのだ。思考が焦りと決心に分断され、まともに事態をとらえられていないのを、どこかひとごとのように自覚していた。〈蜘蛛《くも》〉の動きがあったときにはすぐ配置につけるよう、本来ならば作戦を知る工員が残っているはずだった。退避の呼びかけに関係なく、雷火を打ちあげるための人手が。

昇降機を使わず、階段で屋上をめざす。燻家の栽培工場は、五階建ての建築物だ。鉄塔も、高い煙突もない。工場地帯の中では、かなり背の低い部類に入る。勝手に棚からとった照明は、もう中の火が残りすくなく、消えかけのとぼしい光しか得られなかった。
(灯子の目は、いつ回復するんだろう。またもとどおりに見えるようになるんだろうか……)
そう考えることすら、これからむきあう現実を遮断するための手段だった。これから
ここは、戦いの最前線となるのだ——すくなくとも、人間側の。
緋名子は、地下室に忍びこんだときに、雷瓶の設置場所の見取り図も見ているだろう。
雷火が直撃する場所には、近づいていないはずだった。……いや、幼い妹に地図が、そ
れも工場地帯の地図が読めるはずがないのだから、それは煌四の願望でしかないのだが。
〈蜘蛛〉がやってくる前に、明楽が神宮へ到達してくれることも、ただ願うしかない。
一歩ごとに、体が上昇する。工場内は、深閑としている。違和感や焦りをいだくこと
を、本能的に拒絶している。煌四は消えかかった小型照明と、ぽつぽつと配置された非
常灯の緋色《ひいろ》の明かりだけをたよりに、階段をのぼった。のぼりながら雨具をはおる。
屋上へ出たとたん、雨音と、近接する工場から投げかけられる照空灯が鈍麻していた
感覚を打ちつけ、射ぬいた。
「——遅かったな。悪いが、ここも人ばらいさせてもらった」
涼やかな声が、煌四を迎えた。雨に濡《ぬ》れた屋上に、すでに設置されている打ちあげ機。
神族の目から隠すために、屋上の貯水タンクの陰になる位置に置かれ、被布でおおわれ
ていたが、ぶ厚い覆いはとりのけられていた。

黒い砲身に一羽の小鳥がとまるように、ひばりが腰をかけている。白々とした水干をまとった少年神は、はげしい雨にもかかわらず一切濡れていない。が、雨の降りしきる空を見やるまなざしは、いまいましげだった。

「水の氏族め、降らせすぎだ。これでは、屋根の下でしかしのびを動かせない。……過去の大火災のときにも、火を消し止めようと、やつらはこうして雨を呼んだんだ」

うわの空のつぶやきに、煌四は鋭いほどの不快感をおぼえる。

（この雨は、そうか……神族が降らせているのか）

これだけの豪雨を、神族が操っているのだ——工場で働くことも、なにかを作り出すこともなく神宮におさまっているだけの統治者が、はげしい天候を左右している。過去の大火災のときにも、神族が鎮火のために首都の上に雨雲を呼んだ。それを知ってはいたが、いま頭上から打ちつける雨が、天をおおう黒い雲が、神族の力で現れたものだと思うと、煌四の体は本能的にすくんだ。神の庭。ここは、人間には力のおよばない者たちの管理する空間なのだ。

耳鳴りがする。あるだけの気力をかき集めて、煌四は少年神へ言葉をかえした。

「……なにをしたんだ？」

「言葉どおりだ。ここに残っていた者たちを、引きはらわせた。町へ逃げたんだろう。この機械を動かす者は、もうここにはいない」

煌四の無様さをあざけって、ひばりが小さく笑う。その目が、こちらをむく。

「逃げなくていいのか？　もうじき、首都へ火が来るぞ」

さえずるような声に、背がこわばった。――火。森で拷問されていた〈蜘蛛〉の声が、耳の奥にどろりとよみがえった。

森で見たものの記憶が足をすくませた、そのわずかの瞬間に、黒い打ちあげ機の上へ立ちあがった少年神の髪がはげしい気流にはためいた。その背後の雨の線が、ねじれる。水のつぶてを四方へはね散らし、疾風がこちらへ駆けてきた。目をつむることさえまにあわない。

刃物をつきこまれるような鋭い音を、頭蓋《ずがい》が感知する。ただならない速度の雨のつぶが、真っ向から頰を打ちすえた。

風が頭の中へ切りこんでくる。煌四の脳裏へ、刻まれて断面をむき出しにしたいくつもの光景が、ぶちまけられた。

雨の感触がふっと消え、埃《ほこり》のにおいがそれにとってかわる。配管が天井や壁を伝い、錆《さ》びた表示板をかかげた鉄扉が間遠にならんでいる。これは――地下通路だ。栽培工場の屋上にいるはずなのに、いくら目をこらしても、頭の中には地下通路の光景が現れる。意識のひずみが、体から上下の感覚すら消し去りかけたとき、耳の奥へ涼しい声が鳴りわたった。

「土と木の氏族が、崖《がけ》のトンネルをふさいだ。けれど、荒っぽい策を講じようと、〈蜘蛛〉は止められそうにないな」

ひばりだ。あきらめと冷笑の混じった声音で、少年神はいっそほがらかに告げた。

「来たぞ。〈蜘蛛〉が首都へ入りこんだ」

脳裏に映し出される地下通路……そこに、すみやかに地を這う無数の足音が聞こえはじめる。火狩りともしのびとも、その足の運び方はちがう。ぞろぞろと、おびただしい虫が土の下から這い出してくるかのようだ。

(地下通路……？)

工場の地下通路へ、森から侵入することはできないはずだ。炎魔を入らせないため、通路は崖下《がけした》にあたる位置で湾曲し、工場地帯の下にその範囲をとどめている。

黒い面をつけた顔が、暗闇から現れた。一つ、二つ。その数はふえてゆく。狩衣《かりぎぬ》の上に、炎魔の毛皮。体格にはそれぞれ差異があるのに、〈蜘蛛〉たちの顔はみな同じだ。黒く塗った面。森で拷問をうけていた〈蜘蛛〉の足もとにも、同じものが転がっていた。

地下通路に面した鉄扉が開く。その内側から〈蜘蛛〉は出てくる。工場の地下室につながる扉、工員たちが避難してからわずかな時間しかたっていないはずの出入り口から。

扉のわきに、なにかがかかれている。いたずら書きや、壁面や配管の点検時に書きつけられる覚え書きにまぎれて。文字でも記号でもないその図は、虫に似た形をしている。明楽とたどってきた通路でも、何か所かに見かけた図だ。虫の絵。あれは――

「〈蜘蛛〉を首都へまねき入れるよう、細工をしている人間たちがあったようだな。あ

の図柄を使って、〈蜘蛛〉と通じる人間だと、認識しあっていたらしい」

　ふたたび、ひばりの声が告げる。暗い通路に〈蜘蛛〉がいるのが、煌四にはたしかに見えている。しかし体は逃げようとも隠れようともしない。

　まぼろしなのだ。これは、風氏族の少年神が異能によって見せている、まぼろしの光景だ。

　またべつの扉が開き、その中から顔のない〈蜘蛛〉たちが静かに、しかし乱れのない速さで出てくる。工場へ、首都へ侵入する。

「地下に隠し通路を作るような細工ができるとすれば、大火災からの再建のときか。……そのころから首都にはすでに、〈蜘蛛〉の通り道が用意されていたんだ。人間たちによって」

「人間が──？」

　思わず問いかえした。声はたしかに空気を振動させ、音になった。こちらの話す声は、どうやらまぼろしではない。

　黒くつやのない炎魔の毛皮をまとって、顔を隠した〈蜘蛛〉たちが、地下通路を移動してゆく。灯子はもう、地上へ出ただろうか。侵入者に気づいて警報を鳴らす者はいない。人間はすでに町へ退避している。

「そうだ」

　首肯と同時にみずらの髪がそろりと揺れ、その動きと同時に、煌四の脳裏にさらされていたまぼろしは消えた。

雨がもとどおり、上から打ちつける。

目の前には、雨にけぶる屋上と打ちあげ機、その上にすっくと立つ少年神がいる。

〈蜘蛛《くも》〉が来たという。足もとから、地中を縦横に走る地下通路を使って。

少年神が見せたのは異能によるまぼろしであり、現実にこの下で起きているという確証はない。それでも煌四はせりあがってくる焦燥感を、抑えることができなかった。

「さて。この不恰好《ぶかっこう》な機械で、〈蜘蛛〉と戦えるのか？」

ひばりはこの状況にまるでなじまない、幼さの残ったままの声で言う。声がまろやかに澄んでいるぶん、発せられる言葉はまがまがしく響いた。

「仲間にも……ほかの神族にも、この機械のことをもう伝えてあるのか？」

するとひばりは、妙に軽い調子で口のはしに笑みを住まわせた。

「いいや、ぼくは身内にきらわれているからな。伝えていないよ。お前たちが地べたで這《は》いまわるぶんには、なにをしようとほんとうはかまわない。人間も、〈蜘蛛〉も。〈揺るる火〉に手を出そうとしない限り、殺さない。血はきらいだ」

そうしてひばりは、明らかにちっぽけなものを見おろすまなざしをこちらへやる。

「この機械が用をなすといいが。それじゃあぼくは、お前の養い親の見張りにもどるよ。こととしだいによっては、養い親にしのびが刃《やいば》をむけることもある。当主が消えて、安全な屋敷がなくなっても恨むなよ」

そう言うと少年神はごくわずかにひざを沈め、ほとんど重みを感じさせずに跳躍した。大きな白い鳥が飛ぶように、そのままそのすがたは手すりを飛びこえ、夜の中に見えなくなった。

四　雷　鳴

大勢の話す声がさざめく。

幾重にも折りかさなった声が、すぐにはねかえってくる。ここは、さほどひろくはない室内であるらしい。大勢がそこへつめこまれているため、空気がいやに温まっている。

（どこじゃ。みんな、どこじゃろう）

いない。たくさんの気配があるのに、灯子の知る者は近くにいない――いましがたまで、体のふれるところにいたはずの、かなたもクンも。……

灯子はこわごわ、自分の顔にふれてみた。まぶたの動く感触がある。自分が目を開けているのだということを、時間をかけて確認する。床を這う自分の髪のすじが、わずかの身じろぎにあわせて動くのがわかった。

まばたきをくりかえす灯子の耳に、はっきりと言葉のすがたを持った声がいくつか、飛びこんでくる――そのほとんどが、子どもの声だった。

「……避難だなんて、なんで？　そのうえ、家には帰さないって」

「炎魔が入ってきたんだよ。崖のトンネルから」

「見たの？　炎魔なんて、だれも見ていないよ。入ってくるわけがない」

「星が落ちてきたんだって。遅れてきたやつが、ほんとに見たってさわいでた」

口々に話す子どもたちの声は、不安と高揚感の入り混じった、耳をたたくような音をしている。泣きだす声、うるさいと叱る声、泣く者をなだめる声もある。だれかが、ずっと咳《せき》をしている。

ここはどこだろう。どうやって移動して、この建物へ入ってきたのか、記憶が塗りつぶされて思い起こすことができなかった。油と埃《ほこり》が混じりあって、床はべとついている。食べるもののにおいが、床にも壁にも染みついていた。

キリの使ってくれた薬は、効いているのだろうか。麻痺《まひ》した目の奥へ、この場にいる者たちの影とも、灯子自身の血の脈ともつかない、暗く動くものがにじむ。赤いような黒いような、形をとらえられないなにかだった。

（明楽さんは、神宮へ行きなさった……）

てまりだけを連れて、行ってしまった。煌四も止めなかった。明楽を追う者は、もうない。クンは、かなたは、煌四といっしょにいるのだろうか。けれど、どこに？　煌四は、たしかどこかの工場にむかったはずだが、それがここから近いのか遠いのかもわからない。

一人ぼっちで、知らない大勢の者の中にいるらしいことが、急におそろしく身にせまる。周囲のようすを知ろうと耳をすますが、おぼろに目が陰影をとらえるせいなのか、耳からも肌からも、格納庫にいたときの感覚はあっけなく失われていた。

クンは、けがをしていたはずだ。手当てをしてもらっただろうか。明楽が今度こそ行ってしまって、立ちあがる力を失ってはいないだろうか。明楽は、もどってきてくれるのだろうか。明楽の兄が殺されたという神宮から、無事で――

背中のうしろに壁があるのを、手でさすってたしかめる。横むけに寝転がった姿勢のまま、なんとか目をこらそうと試みた。つめたい頭痛が襲う。のどがかわいた。口の中に血の味がする。戦うときに飛んだ、炎魔の血液かもしれない。片足に痛みが食いこんでいるのは、炎魔に咬《か》まれたあとだ。手当てをされているくせに、傷が痛いと訴える。……こんな目と足で、歩けるのか。その不安とともに、灯子は鎌がないことに気がついた。明楽が、もう使ってはならないと言っていた火狩りの鎌。

（ああ、そうか、緋名子が）

緋名子が、形見の鎌を持ち去ったのだ。むき出しの刃《やいば》を、細い腕にかかえて。――緋名子に、ちゃんと煌四のそばにいるようにと、もっと言っておくのだった。あの痩《や》せ細った子は、自分の身に起きたことを、なにもかも一人きりで引きうけようとしている。

と、近くへやってくるだれかの気配があって、灯子はとっさに体を縮ませた。

「……ほんとなの？　炎魔が入ってきたなんて。警報も鳴らなかったのに」

「ほんとじゃなければ、こんなところに退避なんてさせるかよ。大人たちだけ、先に逃げちまってさ」

「だけど、なんで家へは帰れないの？」

「安全だってわかったら、きっと先に持ち場へもどされるのよ。子どもを工場へもどらせて、炎魔がもういないってたしかめさせてから、大人たちも仕事につくんだ」

低めた声でささやきあうのは、背恰好《せかっこう》から見るに、十かそこらの子どもたちだ。ほかの子どもたちの喧騒《けんそう》からはなれて、灯子のいるほうへ近づいてきた。

「……だれ、この子？」

灯子に気づいて、一人が言う。床にうずくまっているすがたは、きっと異様に映るはずだ。

「ねえ、大丈夫？」

手が肩にふれて、灯子はびくりと身をすくませた。

「これ、血？　けがしてんの？」

心臓が、どくどくとおそれを訴える。

「どこの工場？」

問われた意味がわからず、灯子はとにかく起きあがろうとした。ぐっと、肩をつかんだ手がそれをたすける。相手の顔をたしかめようとするが、視界が前へうしろへぼやけて、目の前にいるらしいその子どもの顔に、焦点をさだめることができなかった。

「……もしかして、貧民区の子どもじゃねえの？」

そう言う声の主が、口もとか鼻を押さえているのが音から感じられる。木々人の体臭と炎魔の血がこびりつき、排水の中にも落ちて、たしかに灯子からはひどいにおいがしているにちがいなかった。

「でも、さっき避難してきた子たちといっしょだったでしょ……？」

「きっと、まぎれこんだんだ」

子どもたちが、壁を背に座る灯子を見おろして、眉《まゆ》をひそめている。

「す、すいません……あのう」

さっと沈黙が降りかかる。声を発した灯子に、壁際へ肩を寄せあう子どもたち――どうやら三人いる――がとまどっている。肩にふれたままの手が瞬時にこわばるので、この子たちがなにかをおそれているらしいのが感じとれた。自分の声がまわりを怖がらせているということに、灯子もまたひどくとまどった。

「こ、工場へ、行きたいんじゃけど。道を」

道を教えてもらえないか――そう問いかけて、灯子は口をかたく結んだ。息をつめながら目をこらすと、そばにいる子どもたちのすがたがしだいにはっきりととらえられた。首都風の衣服を着た、一様に青白い顔をした子どもたちだ。一人は少年、あとの二人は少女で、顔や衣服に埃とインクの染みがこびりついている。灯子を見おろしている子どもたちの発しているのは、とまどいではない。とげのある警戒心だ。この子たちにたよることはできないと、灯子は瞬時にさとった。

子どもたちは黙ったままでいる。

壁にすがって立ちあがると、右足のすねが痛みによって抗議してきた。こめかみにまでびりびりと駆けあがる痛みを、灯子はきつくまばたきをして封じこめる。はじめに肩にふれた手の持ち主が、おどろいたことにふたたび灯子の体を支えた。怖がっているはずなのに、痛いほど力をこめて灯子の腕をにぎる。

歩こうとした拍子に、ことりと、懐からひしゃげた紙の箱が落ちた。明楽が懐へつっこんだのをおぼえている。食べるものの入った箱だ。

そのあとから、折りたたんだ紙が落ちる。しっくりと重みを持った、いやに白い紙。無垢紙《むくし》だ。その白が、傷んだ目にしみとおる。残った三枚の無垢紙は、明楽がすべて持っているはずなのに。

そこに書かれている文字が、ぼやけた視界になぜかくっきりと飛びこんできた。

『灯子へ』

かたむいたくせのある文字。――いつ、こんなものを書いたのだろう。灯子がシュユの亡骸《なきがら》を抱いて、動けなくなっていたときだろうか。あのときこれを書いて、灯子の懐へ忍ばせたのだろうか。

一瞬にして、灯子の呼吸はこわばった。

「……外に出たいの？」

気の弱そうな声の主が、落ちた紙と箱を拾ってくれた。相手の手に自分の指先がふれないよう注意しながら、灯子は深く頭をさげた。悪寒と吐き気がして、ひざにうまく力がこもらない。

「歩けないんでしょ。つかまりなよ」

はじめに肩に手をふれた少女が、灯子の体をなかば強引に動かそうとした。

ふうっと飛びこむように、周囲のようすが目に入る。少年神の見せたまぼろしの到来のしかたと似ていた。四方の壁以外に仕切りのない、油くさい木造の建物。幼い子どもから、上は煌四と同じくらいに見える歳の子どもたちがこの場にひしめき、数人の大人が黄色い照明の下、テーブルをかこんでいる。しわくちゃの老婆も一人、その中に混じっていた。壁際にはすえつけられた大型の炉があり、水場と調理台らしきものも見える。重苦しい空気の中に、ちらほらと、灯子の耳は知っている言葉を拾う。

「火狩りが炎魔を駆除しに……」

「空から、尾のある星が落ちてきて……」

「首都の結界が破られて、黒い森から、〈蜘蛛《くも》〉が」

支えてくれる手にすがって、灯子は一刻も早く外へ出ようと焦る。ここにいてはいけないという直感めいた恐怖が、うまく歩かない足を急がせた。

手の中に無垢紙のきめ細かな感触がある。進みながら、四角く折りたたまれた紙の外側に書かれた文字に目を落とす。文字の太さはでたらめで、線に手のふるえがそのまま残されている。

『足手まといだから、もう来るな。灯子の役目はもうおわってる。』

息を止めたまま、ぐらりとかしぐように、灯子は前へ出る。

「──〈蜘蛛〉？」

部屋の中心から、さけび声があがる。ふいにさわがしくなった室内を、そばにいる一人、灯子から距離をとった少女がふりかえる。肩の動きにおびえが読みとれた。あわてて息を吸ったためなのか、その子は咳《せき》の発作に襲われだし、いっしょにいる少年が心配そうに、背中をはたいた。さするというしぐさを知らないかのようだった。

「神族が〈蜘蛛〉と戦うのか？　それとも火狩りが？」

「人間はなにもしないの？　なにもしないで、こんなところで待機だなんて」

年上の少年や少女が、声を高める。つめられた大人は、集めた子どもたちをおとなしくさせていることが役目なのか、静かにしろとくりかえすばかりで、聞く耳を持たないようだ。ときおり老婆が、いきりたった子どもたちの頭を茶色い手ではたく。

「うるさいね、小童《こわっぱ》どもが。言われたとおりのこともできないで、えらそうな口をきくんじゃないよ」

老婆の怒声を、しかしまともに聞いている者はいないようだ。

「どうせ工場で働いてたって、汚染されて死ぬんだ。いま〈蜘蛛〉と戦って死んだほうがいい」

「いいから、黙りなさい！　監督者はわたしだ。ばかなことを言うと、契約を切るぞ。お前たちのうけ入れ先を廃棄物処理場にまわしたっていい。それとも、腰がまがるまで地下通路の整備をするほうがましか？」

　とうとう、男がテーブルをたたいてどなった。いっそう興奮した少年たちが、すかさず抗議の声をあげる。どよめく声におびえて、まだ幼い者が泣きはじめる。

　灯子を支える少女が、大人びたようすで鼻を鳴らした。

「――いやだな。炎魔だの〈蜘蛛〉だの、ほんとに見たわけでもないのに。大きい子たちはいつもああやって、大人に自分の考えをふっかけるのよ。文句を言ったって、なんにも変わらないのに。学院の生徒じゃないんだから、黙って働いてればいいのに」

　どなり声のやりとりのせいか、室内の温度が急にあがったようだ。前方に暗く見える戸口だけが、静かにひえていた。

　そのとき、戸口へむかう灯子たちを、うしろから呼び止める声があった。

「おい、勝手に外へ出るなよ。ここにいるようにって命令されてるんだぞ」

　灯子の周囲の三人よりもすこしばかり上背のある少年が、嚙《か》み煙草のにおいをさせながらこちらをにらんでいる。すると、やっと咳の発作がおさまった少女が、うわずった声であわてて告げた。

「こ、この子、まちがって入ったみたい。貧民区の子どもだって。帰るって言ってる」

　呼び止めた者が、息を吞《の》んであとずさる気配がする。灯子は手を強く引かれて、よろめきながら戸のほうへ進んだ。

「臆病者《おくびょうもの》。貧民区には伝染病が巣くってるって、みんな怖がってるんだ」

手をにぎる少女が、小さく吐き捨てた。

「けど、あたしの母ちゃんのほうが、よっぽどひどいよ。工場毒のせいで、もう口もきけないの。うー、ってうめくだけ。手も足も変形しちゃって、自分じゃ便所にも行けないし、よだれをふくこともできない。……あたしたちだって、そのうちあんなふうになるんだ。母ちゃんみたいに」

すぐ横にあるその顔を見あげると、照明の明かりをさえぎって、きつく前をにらむ横顔が見えた。二つにくくって胸の前へ垂らした髪が、動作にあわせていやに大きく動く。燐にどこか似ていると、灯子は痛む頭で思った。

灯子と、その手をにぎる仲間を一種のおそれをこめてふりかえりながら、小柄な少年が先に立って戸口へ手を伸ばす。背が低いのに、いやに猫背だった。あごが胸につきそうなほど、背中がまがっている。

「ここは……工場地帯の、どこなん？」

「工場地帯じゃない。ここは、町のはずれの共同炊事場。……いまは、食べるものはなにもないけど」

灯子がおなかをすかせていると見てとったのか、異臭から遠ざかろうとはなれて立つ少女が、そう言った。

「歩けんの？」

手をにぎっていた少女に、はい、と短く返事をする。まだるっこしいしぐさにいらだったのか、その子は顔をそむけてふんと鼻を鳴らした。とにかくどこかへ立ち去らなくてはと、灯子はそれだけを考えた。自分はここにいるべきではない。

ふたたび、テーブルを力まかせにたたきつける音がした。言い争う声がふえてゆく。ここへ集められた子どもたちが、家へ帰せ、あるいは〈蜘蛛〉と戦わせろと、訴えているらしかった。

少年が開けた戸口をぬけると、沈みこむような夜が灯子と子どもたちを呑みこむ。雨はあがっていた。空気がひえびえとして、夜は自らをいっそう黒く塗りこめようと、じっと息をひそめている。

流れる水の音がする。煌四とともに橋をわたった、町と工場をへだてる水路の水の音。その音が、猛々《たけだけ》しさと速さをましている。

風はない。まっ黒な夜が憂鬱《ゆううつ》そうに満ちているだけだ。おもてを歩く人影もなく、街灯の明かりもここへはとどかないようだった。あまりにしんとしていて、トンネルのそばで起きたできごとなど、遠くのだれかが見た悪夢であるかに思えてくる。

しかし、灯子の目はもとどおりにはものを見ることができず、足には炎魔の牙《きば》による傷がある。そして雨があがっているのは、増水した水路のこちら側だけだった。

「あ……」

声を発したのは、灯子だろうか、それともいっしょに戸口に立った子どもたちのだれかだろうか。

そこは少女の言うとおり、ほんとうに町のはずれに位置していた。戸口を出た先に建物はなく、路地のむこうで地面は一度とぎれ、その下を巨大水路が流れている。水かさと勢いをまし、汚水も雨水もいっしょくたに、道のふちに生えたわずかの草をなぶってゆく。

水路のむこう、工場地帯には、いまだに強い雨が降りしきっていた。暗雲が天と通じるいびつな柱となって、どの機械よりも高く高く、そそり立っていた。上空の圧力を集中させ渦を巻く黒い雲が、いくつもの屋根と塔と煙突、巨樹と起重機の入り乱れる工場地帯の上にのしかかっている。あちらこちらの安全灯や照空灯《とりで》が、雨に反射してでたらめに砕けていた。こちらに雲はない。首都の上に雲の砦が築かれ、流れる水をへだてて、工場地帯と町は別世界になっていた。

自然の天候ではない。何者かが線を引き、雨によって工場地帯を檻《おり》に閉じこめているかのようだ。

ぞくりと背すじがひえた。明楽も煌四も、おそらくかなたやクンも、あの中にいる──

「……あれ、なに？」

いっしょにおもてへ出た子どもたちが、呆然《ぼうぜん》と水路のむこうの雨雲を見やる。

「神族が作った雨？」

水路から、雨と汚水のしぶきが、まともに鼻先やまつ毛に飛んでくる。

「すげえ！　ほんとに〈蜘蛛《くも》〉が来たんだ！」

　小柄な少年のまがった背すじが、ひと息に伸びた。はずむような声が、なにかをとりかえしのつかない形に変形させる。うれしそうにすら聞こえるその声の生まれた理由が、灯子には見当もつかなかった。

「あんた、そんなこと大きな声で言ったら、警吏に連れていかれちゃうよ」

「だって、おれんちの親たちが、言ってるもん。このままだと、工場で働く子どもは、大人になる前に病気で死ぬって。工場毒を、神族はわざとほったらかしてるんだ、って。〈蜘蛛〉がたすけに来たら、人間は昔みたいに火を使えるようになって、神族よりも強くなるんだ。……〈蜘蛛〉ってなんだか怖いけど、このまま工場毒で死ぬよりは、ずっといいじゃないか」

　すうと、目の中が暗くなった。耳鳴りがする。頭蓋《ずがい》の中を虫が這《は》いまわっているようで、灯子は両手でひたいを押さえてゆるゆるとかぶりをふった。

（……かなたのとこへ、早《はよ》う行かんと）

　それが正しいのかまちがいなのか、もはやわからない。懐へ深くしまいこんだ無垢紙《むくし》を、服の上から押さえた。灯子はとにかくこの場をはなれようと、暗くて不確かな道の上を歩きだした。方向も見さだめられず、這うようにしか進めないが、とにかく行かなくては……

「それにな、〈蜘蛛〉は虫を自由に使って、死んだあとにも、すげえいい場所に行けるようにしてくれるってよ。おれ、ほんとにそんな場所があるなら、行きたいよ。父ちゃんは首をくっちゃったからまにあわなかったけど、母ちゃんや、じいちゃんばあちゃん、弟たちも、腹がへらなくって、工場で働かなくってもいい場所があるんなら、連れてってやりたいよ」

「ばか。死んだあとのことなんか考えて、なんになるわけ？　生きてるあいだにちょっとでも働いて、ましなごはん食べることのほうがだいじでしょ」

子どもたちのやりとりが、きりきりと、よろめきだす灯子の腹へ食いこんだ。

（村で、どれだけ気の毒なこと、しとったんじゃろう。首都というたら、どんなに豊かでええところじゃろう、思うて。のんきに思うて……）

そのような夢想が、どれほど罪深いことだったろうか——灯子は、村へ帰って話したいと思った。首都は、おとぎ話のような場所ではなかったと。同じように苦しんで生きる、人間たちがいる場所なのだと。幻滅ともちがうこの苦しい気持ちを、故郷の小さな家の暗い照明の下で、ばあちゃんたちに話したかった。

戸が閉まる音がして、背後の喧騒《けんそう》がくぐもる。異様な雨雲に見入っていた子どもたちが、ほかの仲間たちのもとへもどったのだ。静けさの中へ、灯子は閉め出される。

ほっとしたとたん、手足がしびれて、力が入らなくなった。ふいにひざが折れて、その場にうずくまる。なにもしていないのに、呼吸が速くなる。体がおかしかった。鎌を使い、炎魔と戦った反動で、骨や筋肉が悲鳴をあげている。いや、きっとそれだけではない。目を開く薬は、体の毒になるのだ、だから森の木々人たちは使わない。——おばさんは灯子にそう話した。まだ焦点をすべらせる目を、灯子はなんとかこらそうとする。

「ねえ、具合が悪いんでしょ？　家まで連れてってあげようか」

真うしろから声をかけられ、はっと息を呑《の》んだ。ふりかえる。ここまで手を引いてくれた少女が、中へ入らずにこちらを見おろして立っていた。視界を暗いもやがふちどって、灯子が見るとその子は、黒い森にたたずんでいるかのようだった。

「真炭《ますみ》、入っといでよ」

さっき連れ立っていた仲間の一人が、中から少女に呼びかける。

灯子は、自分のもとに残った少女にむけ、あわててかぶりをふった。

「い、いいえ、平気……あのう、ありがとう、たすけてもろうて」

礼を言ったが、少女はむずかしい顔をして首をかしげる。

「でも——」

「危ないので、中へ入ってください」

ふいにかけられた礼儀正しい声に、灯子と少女は虚をつかれてふりかえった。

丈の長い、上品な服を着た、四人の女たちが路地に立っていた。一人が照明をかかげ持ち、残りの者たちは大きな荷物をかかえている。照明を持つ者が、慣れた手つきで戸をたたいた。

「工場のみなさんが集まっておいでなのはこちらですね？　燠火家から、食料を持ってきました。燃料と、仮眠用の毛布と。いつ工場からの招集があるかわかりませんから、いまのうちに休んでおかれるようにと」

少年たちに、自分が監督者だと声高に言いわたしていた男が、子どもたちをかきわけて戸口へ出てきた。

「燠火家さんから？　ここには、偽肉《ぎにく》工場の子どもは待機しておりませんが……」

そっくり同じ服装をした女たちは目をふせ、照明を手にした一人だけが応じる。

「町のはずれや工場で待機している者には、無償で食料をさし入れるよう、旦那《だんな》さまから言いつかっております。おなかをすかされたままでは、お気の毒だと」

「はあ、それはありがたいですが、しかし、……」

言葉は最後までつづかなかった。

光る。空気がつき破られるような衝撃があり、耳と肌にびりびりとしびれが訪れた。轟音《ごうおん》が空をひずませる。工場にかぶさる雨雲が、つめたい色をした光をはらみ、上空まで照射される。そそり立つ光が、ふたたび空気に裂傷を刻む。

雷だ。つづけて二度の雷が、工場地帯に閃《ひらめ》いたのだ。

灯子はへたりこんだまま、まばたきを忘れていた。見たことがある。雷の、きなくさいような青白さではない。さらに澄みきった金色の光。瓶の中に閉じこめられていた火と同じ。

「——煌四さん」

煌四がやったのだと思った。あの雨は神族が呼び集めているのだとしても、冴《さ》え冴《ざ》えと光の線を刻む雷は――いかずちは、煌四がもたらしたのにちがいない。

「……知っているの？」

灯子のかすかな声を、雷の残響の中から聞きわけて、灰色の服をまとった女の一人が近づいてきた。灯子のそばへ、衣服のすそをさばいてかがみこむ。

「いまのは、燠火家に身を寄せている男の子のこと？」

顔がすっかり見えるよう、髪を結いあげているのに、灯子の目はその人のおもざしをぼやけた影としてしかとらえられない。

「え……えっと、かなたの……」

まともに言葉にならない返答を言いきる前に、女たちはさっと目配せを交わしあった。

「この子は、どこに勤めているんですか？」

「いや、その子は、避難してくるとちゅうで託されて。……とにかく、子どもらを逃がすのに必死でしたから」

しどろもどろになる監督者のうしろから、声を張りあげる者があった。

「そいつ、貧民区の子どもだって！」

とたんに、雷の音と光に静まりかえっていた子どもたちがどよめく。悲鳴をあげる者さえあった。

「静かに！　招集があるまで、屋外へ出るな」

監督者がどなりつけるのをしりめに、灰色の衣服の女が灯子に耳打ちをした。

「――立てる？　いっしょに屋敷へ来て」

五　いかずち

雨のせいか、息がしづらい。

空気を刻んで降りしきる雨を浴びながら、煌四は燃料をぬいた冷却庫を、なかば引きずるようにかかえて運んだ。当主の執務室から運び出してきたものだ。

執務室の扉は半分開いたままになっており、この建物で不穏なできごとがあったことがうかがわれた。どこにも鍵《かぎ》がかかっていなかったことにたすけられたが、この工場にいたはずの者たちは、どこへ行ったのだろうか。

栽培工場の打ちあげ機の指揮を執るのは燐家当主。その補佐役として、煌四はこちらの工場へおもむく手はずになっていた。だが燐家当主も、退避せずに残っているはずの工員たちも、ここにはいない。

執務室に隠す形で保管されていた小型冷却庫は、全部で五基。すべてを一旦《いったん》屋上の入り口まで運びあげ、そこから打ちあげ機のそばへ移動させる。

冷却庫から燃料をぬいてしまえば、あとは中身が溶けはじめるばかりだが、一人で運ぶためにはすこしでも軽くしたかった。内蔵された機構のために、鈍色《にびいろ》の鉄箱のすがたをした冷却庫は見た目よりもずっと重い。

雨の中、まともに呼吸ができているのかどうか、自分でたしかめることができない。

これでいいのだろうか。自分のとるべき行動がこれであっているのか、ほんとうに正しく役割をはたせるのか、わからない。こたえはどこにも書かれておらず、判断してくれる者もいない。

ただ、動くしかない。

雨のむこうに、ぼうと白く神宮が見えている。あそこに神族たちが、姫神がいる。荒れた天候にも、そのたたずまいは変わらない。結界を越えた炎魔は火狩りたちが狩り、〈蜘蛛《くも》〉たちの進むべき道はふさがれた。いかなる災いもここまで到達することはないと、高みから見おろしているかのようだ。

製鉄工場の打ちあげ機は、油百七が指揮をとって動かしているはずだ。が、偽肉工場の責任者として、作戦を知らない工員たちの退避を指示する必要が生じているかもしれない。油百七の到着がまだである場合には、炬口《たきぐち》家当主がかわりを務める。ひばりは、製鉄工場へもうむかったのだろうか。あちらの工場からも「人ばらい」をするのだろうか。機械があっても、操る人間がいなくてはいかずちを打ちあげることはできない。作戦にあたる者たちに、少年神やしのびに対抗するすべはあるか。

わからないまま、煌四はとにかく作業をつづけた。機械のエンジンを起動し、箱型弾倉を引き出して雷火を装塡《そうてん》する。ここから先は、操作盤で砲身のむきと角度を調節するだけだ。一人でもいかずちを作ることができる。ただ、信号を送る者がおらず、製鉄工場と打ちあげの息をあわせることができない。……めぐらせる考えはしかし、ふいに断絶される。

ごん、と上からの衝撃で空気がひずんだ。その場にひざをつき、反射的に腕で頭をかばう。

脅威が光と音になって、空を破壊していた。後方の製鉄工場から打ちあげられたいかずちだ。白熱する紋様が、雨雲におおわれた夜空を幾度も切り裂く。輝かしい亀裂《きれつ》が世界を割った。

（え……？）

煌四は一瞬、混乱した。〈蜘蛛〉のすがたは、ここからは確認できない。少年神の見せた光景が現実のものだったとしても、なぜこんなに早く——

後方から走るいかずちは空に光の樹形をえがき、枝わかれしたまま地上へ爪をつき立てる。炎魔が入りこんだ工場地帯の南端に近い位置へ、つづけざまに雷撃が落ちた。バチバチときしみながら光の枝をのべ、周囲を真昼よりも克明に照らし出すいかずちは、金色の流れる火だった。間髪を容《い》れずにつぎのいかずちが打ちあげられる。爆音とともに落雷が起きたあとには、暗闇はさらにつめたく濃くなり、雨のすじさえ黒く染まって見える。

頭上で炸裂《さくれつ》する光と音が、視界を攪乱《かくらん》させ、骨の髄に振動をやどりつかせる。煌四の予測よりもはるかに猛々《たけだけ》しく、燦然《さんぜん》と、破壊のための閃光《せんこう》が頭上の空にひびを入れる。耳はとっくに使い物にならなくなっていた。

（一気に打ちあげすぎだ）

煌四は残像と残響でかき乱された空をにらんだ。いかずちがまた空を翔《か》ける。砲身の角度による落雷地点と打ちあげの間隔を、製鉄工場と栽培工場、二つの工場で連携させなければ、地面に埋めこんでおいた雷瓶がたりなくなる。雷撃をはたせば、埋めこんでおいた誘導用の雷瓶は砕け、その地点の雷火は霧散してしまうからだ。これでは〈蜘蛛〉と神族の争いがはじまる前に、雷火がつきてしまう。

なぜここまで執拗《しつよう》に雷撃をつづけるのか、一旦止めさせるために雷瓶の閃光で信号を送らなくてはと考えた、そのときだった。

おかしなにおいが空気に混じる。つんと酸いような、荒々しい――嗅《か》いだことのないはずのにおいに、根源的な恐怖がつきあげ、煌四は西側を、神宮のある方角をふりかえった。

暗さと雨にさえぎられた視界のむこう、工場地帯のはてである崖《がけ》の下に見え隠れするものに、思わず身動きを止めた。

闇の中に、赤い色が見える。それはさながら、どろどろとした血流のように徐々に流れてゆく。

虫が列をなして進むように、工場地帯の夜間照明がとどかない闇の底を、赤い光が移動してゆく。――火だ。雨の中、天然の火を手にした〈蜘蛛〉が神宮をめざして行進している。灯火を、古代の炎をかかげて。中央書庫の資料にあった原始的な照明具を思い出す。携行型の照明のようにガラスでおおうのではなく、たばねた木の先端に直接火をやどすのだ。油を染みこませていれば、雨に打たれてもすぐには消えないのかもしれない。むき出しの火を持った〈蜘蛛〉たちが、神宮へむかっている。……

のどがこわばり、何回分かの呼吸が止まる。胸の内側にひややかな焦りが貼りつく。人体発火を呼ぶ天然の火が、目に見える場所にある。雨でひえきっているはずの手が、じんじんと熱くなった。腹部を粗い痛みがつきあげる。

（落ちつけ。この距離なら……発火は起こらない）

人体発火が起こるのは、もっと火に近づいたときだ。――だが、人体発火や病原体にかんする過去の記録は失われ、発火の起こる距離をたしかめる実験もできない。どの程度の距離で発火が起こり、またまぬがれることができるのか、実際には正確なことはわかっていない。

トンネルの前で戦っていた火狩りたちは、生きているのだろうか。炉六は。

火狩りの王。手綴《てと》じ本にあった称号。明楽がいまこの世界に生み出そうとしているもの。煌四たちの父親もめざしていたという存在の名を、暗闇の中を行く赤い火の列を見つめながら頭の中でなぞった。

千年彗星〈揺るる火〉を狩り、神族の力にたよらず人々を治める新たな王。

そんな好都合な王の生まれる余地が、はたしてこの世にあるのか。

雷火が強大な光の樹形をえがいては、地中に埋まった片割れと結びつく。ぱちぱちと雨粒を蹴散《けち》らし、上空の電荷をかき乱し、振動を寄せ集めて地上へ牙《きば》をむく。一瞬のうちに白と黒にわかたれる景色。分岐した光芒《こうぼう》のひとすじずつが、二度とは再現しえない模様を空気中に刻んでは消える。

裂けた閃光の一端が、ついでのように慰霊の巨樹に垂直にふれた。工場地帯前方につき立っていた巨樹は、その一撃で、内部から光を破裂させるようにふくれあがって砕け散った。幹の上半分が、爛々《らんらん》と発光しながらたおれる。自らの重みを衝撃に変えて、そばにある建物の屋根を押しひしいでゆく。

そのむこう。呪詛《じゅそ》をこごらせたように輝く火が神宮直下の崖のすそに集まってゆき、点だった火は集まって、やがて一か所に集結してゆく。収穫された炎魔の火とはちがい、古代の火は、それ自体が生きた獣のようだった。雨に消され、いかずちにはばまれてその数をへらしながらも、〈蜘蛛〉たちの手によって運ばれた火はしだいに集まり、仲間を食ってその体を大きくふくらませてゆく。そして充分に成長する。

火が、崖を這《は》いのぼりはじめた。空を翔けるいかずちと対をなすように、赤い樹形が崖を上へむかってのびてゆく。裂け目のように崖を侵食し、いかずちとはくらべものにならない遅さで、しかし着実に神宮へむけて手を伸ばしてゆく。その色は倦《う》んだ夕暮れに似ており、不穏な朝焼けの色であり、体内をめぐる血のそれと同じだ。

生き物のようなその動きに、煌四は頭がざわつくのを感じ、棒立ちになった。

（……この雨と同じで……〈蜘蛛〉が火を操っているのか？）

神族が異能によって、この雨を降らせているという。自然現象であるはずのあの火も、操られているのか。しかし、〈蜘蛛〉の異能は虫を操ることで、火を操るのは――神族宗家だ。宗家のその異能も、神の体をもむしばむ人体発火病原体によって、いまとなっては使えなくなっている、そのはずだった。

無遠慮に侵食される夜の暗さは、すでに領域を主張する気も失《う》せたようすで、天と地の二つの火が存在を主張するにまかせている。

発火の距離は頭から消え去る。危険を知らせる警告が、血管をめぐってゆく。このままでは、神宮へむかった明楽が燃えてしまう。一人でどこかにいるはずの緋名子も。

煌四は体勢を立てなおし、機械の操作盤にしがみついた。雷火で、あの火を消す。あそこにいる〈蜘蛛〉たちを散らす。森から来たものを。旧世界の熱を。ここにあるべきでないものを、排除する。

機械は煌四が操作するとおりに、燃料から力をくみとる。黒い金属が熱を帯びてゆく。神宮周辺の埋めこみ地点へ落とす。あそこに赤くひろがる火を、崖ごといかずちで蹴散らす。

あれだけ連続していた後方からのいかずちが、やんだ。空砲での動作確認しかできなかった機械を、一気に酷使したのだ。どこかに不具合が出ていてもおかしくはなかった。

砲身の角度をたしかめるため、目をあげる。その瞬間、給水塔の上になにかが動くのが見えた。視界のはしにとらえた異物を確認しようと注意をむけたとき、目の前に衝撃が落ちてきた。水滴がはげしくはねあがる。落ちてきた者の濡《ぬ》れた髪が揺れ、しずくが煌四の顔にかかった。

突如現れた存在に、とっさに反応することができなかった。打ちあげ機の操作盤の上に、小さな手足で着地した者――右手にむき出しの鎌をにぎったそれが、緋名子だったために。

ずいぶんと遅れて、心臓がはねた。が、のどは間近に現れた妹の名前を呼ぼうとしない。音もなくすがたを消して、もう会わないのかもしれないと思いかけていた。その緋名子が、自分からもどってきたのだ。手のとどくところに。

しかしその目つきは、煌四の知っているものではなかった。

痩《や》せて小作りな顔が、厳しくこわばっている。いつも苦しそうに、すまなそうに寄せられている眉《まゆ》がきつくつりあがり、瞳《ひとみ》は揺るぎなく煌四をにらんでいた。作動をはじめている機械に手をかけたまま、煌四は無意識に、緋名子の顔色や息遣いに注意をむける。頰は白いが、目が充血してうるんでいる。これから熱があがる。薄着で雨にあたり、すでにひどい頭痛に襲われているはずだ。いますぐ暖かい場所へ移して、体を乾かさなければ。……

（薬は――しまった、屋敷に置いたままだ）

そう考えてやっと、われにかえった。

黒い機械の砲身に、両足と片手で危なげなくつかまっているのは、もう煌四の知る妹とはちがうのだ。獣じみた目つきでひたとこちらを見すえる緋名子の手には、父親の形見である火狩りの鎌がにぎられている。黄金の三日月が緋名子の手にあることが、とてつもなく不自然に感じられた。これを持つべき者は、痩せっぽちの妹ではない。

たがいに黙って見つめあっていたのは、さほどの時間ではなかったはずだ。〈蜘蛛《くも》〉の火はまだ燃えている。止めなくては。火狩りたちが死んでしまう。火がせまってくれば、人体発火が起きる。これからなにが起きるにせよ、緋名子を死なせるわけにはいかない。

「だめ」

ごく短く、緋名子が声を発した。たったそれだけの小さな声が、体の芯《しん》を凍りつかせる。生まれつきの苦痛とおびえが住みついているはずの緋名子の目が、読みとることのできない色をたたえて、射ぬくように煌四を見ている。

「使っちゃだめ」

緋名子のむこうで、いかずちに撃たれた巨樹が自重に耐えかね、ゆっくりと裂けてたおれる。火の手はあがらず、巨大な針葉樹は暗い色の枝先にきらきらと金の光をやどしている。破片の形をした鋭利な光のむこうが明るい。夜明けはまだだ。むこうは崖がせまって、工場地帯の照明もほぼとどかない暗闇のはずだった。夜間の照明は、山肌にたたずむ神宮にあたらないように調整されている。その工場地帯の西端が、地を這う火のせいで明るい。

　ここに、人のいる場所に火があってはならない。発火を起こした死体はどうやって弔うのだろう。過去の大火災のとき、首都にいた人間の半数が発火によって死んだという。その人たちの大量の遺体は、だれがどうやって葬ったのだろう。

　どの本にもその記述がなかったことを、煌四は焦りで脈打つ頭の片すみで、薄ぼんやりと思い出していた。

　いまあの火によって死ぬ者たちのことも、記録されずに消え去るのだろうか。〈蜘蛛〉がうごめいている。ここからその影はたしかめられないが、首都に火をもたらした〈蜘蛛〉たちが、あの明るい場所にいる。消さなければと思った。火を。〈蜘蛛〉を。ここにあってはならないものだ。

「……おりろ」

　危ないから、さがっていろ。緋名子にそう呼びかけようとした。だが、舌の根がこわばって、言葉を操ることができない。耳の奥で、なにかの沸き立つ音がしている。あるいは凍りついてゆく音が。

　機械につかまっている細い手をとろうとした。緋名子の顔はもう見なかった。

　ごめんなさい、と消え入るような声が聞こえた瞬間、煌四は視線をあげた。金の三日月が頭上にあった。黒い森の獣たちを狩るための武器、父親がにぎっていた火狩りの鎌

が、煌四の上にふりあげられている。柄《つか》を支える腕は、鎌の刃《は》よりも細くたよりなかった。緋名子が悲壮な顔をして、鎌を頭上にかかげていた。

息を呑《の》むようなか細い声とともに、鎌がふりおろされる。切っ先は煌四が手をふれている機械の操作盤に、力まかせにつき立てられた。てこやつまみのならぶ金属の盤を、炎魔を狩るはずの鎌が襲う。金属のぶつかりあう音は、気性の荒い獣の悲鳴に聞こえた。一度では破壊は完遂されず、緋名子は引きぬいた刃先をふたたびふりおろす。機械自体は大きすぎて、とてもひと振りの鎌で壊すことはできない。が、操作盤をめちゃくちゃにすれば、もう打ちあげ機を使うことはできなくなる。

鎌が空を切る音と降りやまない雨のしずくがはねる音、操作盤の薄い金属が変形する音、配線がちぎれる音。緋名子が手を止めないためにいつまでもつづく音から、煌四は知らず、あとずさっていた。くちびるの奥で歯を食いしばって、緋名子は破壊をつづける。何度も何度も火の鎌をふりあげてはおろす。操作盤はもうすでに原形をとどめていなかった。それでも執拗《しつよう》に、動作をくりかえす。

緋名子が歯を食いしばるのは、天気や気候が変わる前ぶれの、吐き気をこらえるときと決まっていた。それ以外では、緋名子は重いものを持つことも、ほしいものが手に入らずくやしがることもなかった。いまその顔をゆがめさせているものの正体を、なぜ自分がとりのぞいてやれないのだろうかと、煌四は虚《むな》しく思った。

そのために、これを作ったのではなかったのか。

低くうなっていた機械が、ついに沈黙する。息の根の止まった打ちあげ機の上で、緋名子は鎌を手に、呼吸をふるわせた。

眉をゆがめて泣きそうな顔をしているのに、緋名子は泣かない。常花姫が命と引きかえに鍛えたという鎌は、くりかえし金属とぶつかりあったあとにも、変形も刃こぼれもしていなかった。美しい弧をえがいたまま、荒くなった緋名子の呼吸にあわせて、空中で上下するだけだ。緋名子は一旦《いったん》息を止め、ふりあげた鎌を操作盤に深々とつき立てて、すでに死んでいる機械にとどめを刺した。

鼓膜を削る金属音が、しばらく空気中にとどまっていた。が、それはふいにべつの音によってかき消される。

いかずちの音ではない。トンネルで神族たちが起こした崩落を、さらに大きく速くした崩壊が、前方で巻き起こっていた。神宮へとどこうとする火の行く手をはばんで、神宮下の岩肌がえぐれてすべり落ちるのが、ここからでも見えた。

轟音《ごうおん》と振動にふりかえっていた緋名子が息をつめ、すばやく顔をあげた。視線は煌四をつきぬけてさらにむこうへむいている。煌四が後頭部にぞわりと違和感をおぼえたつぎの瞬間、緋名子は破損した操作盤につき立ったままの鎌を手ばなし、身をおどらせていた。

煌四の動きは、絶望的に遅い。跳躍した緋名子のむこうに黒い影がいた。炎魔にも見え、しのびにも見えたのは、それが人の形をしており、黒い毛皮をまとっていたせいだ。

顔は黒い面でおおわれている。

〈蜘蛛〉だった。一人の〈蜘蛛〉が、屋上へ現れたのだ。いかずちを落とす機械の存在に気づき、破壊しに来たのかもしれない。もうこちらの機械は、動かないというのに。

緋名子はためらいなく〈蜘蛛〉に立ちむかってゆき、しかしわずかに足もとをぐらつかせた。火狩りにしたように、相手の体のどこかへ素手をつきこむには、緋名子の腕では長さがたりず、対する〈蜘蛛〉は腕にくわえて武器の長さもある。横ざまにはらわれた短刀が雨を裂く。刃《やいば》を避けて、緋名子はしりぞかず逆に前へ出た。切り裂かれるかわりに、柄をにぎる手に殴打されて小さな体は吹き飛んだ。

打ちすえられた緋名子に駆けよろうとするが、体はまったく意思のとおりに動かない。鼻腔《びくう》が知らないにおいをとらえた。知らないのに、そのにおいに体が戦慄《せんりつ》する。酸いようなこうばしいようなその異臭は、屋上へ現れた〈蜘蛛〉にまつわりついているものだ。炎と煙のにおいが、感覚の消えた体をそれでも走らせる。煌四は〈蜘蛛〉に相対する恰好《かっこう》で、緋名子をうしろにかばっていた。

森で拷問されて死んだ〈蜘蛛〉は、木に戒められたまま火狩りたちに重傷をおわせた。同じ毛皮をまとった黒い影が間近にいる。短刀を持った〈蜘蛛〉がこちらへ殺意をむける。よけられない。

煌四はほぼ無意識に、かばんから雷瓶をつかみ出していた。せめて閃光《せんこう》で相手の目をつぶす。そうすれば緋名子に逃げるすきができる。

が、短刀をにぎる〈蜘蛛〉に、先に飛びついたのは緋名子だった。煌四の頭上を、小さな体が高々と飛びこえる。腕に緋名子がしがみついたために、こちらへせまるはずだった短刀の軌道がはばまれる。緋名子は信じられない力で〈蜘蛛〉の腕をふりまわし、自分の体を空中へ持ちあげて黒い装束の胸や首を蹴《け》りつける。動きの正確さは失われ、ひたすら暴れまわることで〈蜘蛛〉に対抗しようとしている。

はだしの足があごを蹴りつけ、黒い面をはね飛ばした。顔形をたしかめる前に、〈蜘蛛〉のつめたくぎらついた眼光が目を射る。と、思いのほか大きな音を立てて、〈蜘蛛〉の短刀が手から落ちた。緋名子が衣服の上から噛《か》みついたのだ。緋名子のしがみつく腕を、〈蜘蛛〉は自らの体をねじ切るほどの勢いでふりまわした。

短い悲鳴といっしょに、緋名子の体がふたたび屋上へたたきつけられる。軽さのために、体は大きく飛んで屋上のはしすれすれに到達し、雨のしずくが飛び散った。横ざまに転がったまま、緋名子の動きが止まる。

「……緋名子！」

とり落とした短刀を拾った〈蜘蛛〉が緋名子に体をむける。――止めなければ殺される。

〈蜘蛛〉の目をこちらへむけさせるため、煌四は追いすがって相手の肩をつかんだ。炎魔のかたい毛皮が指の下でざわつく。ふりむいた〈蜘蛛〉は殺意だけをたたえた目で煌四をとらえ、身を沈めて刃物の先をまっすぐこちらへむけた。

だが短刀は、べつの者にはばまれてふたたび止まる。ひと息に屋上を駆けぬけてきた一匹の獣が、〈蜘蛛《くも》〉の右手に食らいついた。武器を持ったままの手にためらいなく牙《きば》をつき立てているのは、細い体つきのみぞれだった。すました顔しか見せないみぞれが、くちびるをめくりあげて〈蜘蛛〉を襲っている。

みぞれに食いつかれながら、〈蜘蛛〉が反対の手を懐へさし入れようとした。

――虫を使う気だ。

そう直感して、煌四は黒い着物をつかみ、全身の力をこめて体当たりをした。とにかく相手の体勢を崩さなければと思ったのだ。毒虫を使われたら勝ち目がない。

しかし〈蜘蛛〉の動きを止めたのは、煌四ではなかった。手に咬《か》みついてはなさない、みぞれのむこう。犬を追ってきた火狩りの顔が、まっ黒に塗りこめられて見えた。目だけが白く光る。

駆けてきた炉六は、自分の短刀を迷わず〈蜘蛛〉の首すじへつき立てた。悲鳴はあがらず、煌四はただ長々とつづくかん高い耳鳴りだけを聞いた。〈蜘蛛〉の腹部を炉六の足の裏が蹴りつけ、体がうしろへたおれると同時に、空中へあざやかに血がはねた。

深く息を吐いて、炉六は血のついた短刀を腕の先にだらりとさげる。苦々しげな顔をわずかばかりこちらへむけ、言った。

「機械をぶち壊すのに、火の鎌を使うな。とんだじゃじゃ馬だな、お前の妹は」

六　飛ぶ星

煌四は動かない緋名子をかかえあげ、昇降機と階段に通じる屋根の下へ運んだ。体も寝間着もぐっしょりと濡《ぬ》れ、そのせいでいやに重い。熱があると思ったが、折りたたむように体をかたく縮めた緋名子はつめたかった。

「緋名子……」

むき出しの床に小さな体をなかば横たえて、顔に貼りつく髪を耳のうしろへなでつけた。自分の手がふるえているのが見える。はねあがった〈蜘蛛〉の血のえがくいびつなまだら模様が、伝染性の病のように全身にこびりついている気がした。のどを切られた〈蜘蛛〉はたおれふし、炉六はそのそばに立ったままでいる。

緋名子はぽちりと、目を開けていた。表情のない顔が煌四を見あげる。

「大丈夫か？　けがは？……」

使えなくなった機械のむこうは、深い暗闇に沈んでいた。雨が打ちのめし、いかずちが何度も襲い、神宮直下の崖《がけ》が崩落して、やっと持ちこまれた火は消えたのだ。

妹がゆるゆるとかぶりをふる動作が、手に伝わってきた。けれど、自分のものであるはずの手はまるで腐り落ちかけているかのように、つめたくしびれている。視野が暗くせばまって、緋名子の顔の上に薄い影がくりかえしちらついた。感覚が混乱しているせいで、首をふる緋名子のしぐさがなにを伝えようとしているのか、判断することができなかった。

緋名子はゆらりと起きあがり、黙りこくっている打ちあげ機へ顔をむけた。破壊された操作盤に、鎌がつき立ったままになっている。機械のほうへ、崩れたずだ袋のようになった〈蜘蛛〉を炉六が引きずってゆく。動かなくなった〈蜘蛛〉も、背をかがめて進もうとする炉六もゆがんだ影となり、金色の鎌だけがこの場でたしかな色と形をたもっていた。

とっさに緋名子の肩を押さえた。鎌をとろうと、駆けだすのではないかと思ったのだ。しかし、緋名子は動かなかった。かわりに獣の足音がこちらへ来た。階段を駆けあがって、かなたが屋上へ現れたのだ。灰色の犬は迷わず緋名子に頭をすりつけ、気遣うように顔をのぞきこむ。ひえきった色をしていた緋名子の目が、とたんにうるむ。

「……かなた」

名を呼ぶだけで、緋名子は犬にふれようとしない。

「かなた……クンはどうした？」

自分の声が、とぎれとぎれに聞こえる。頭の先まで、よどんだ水の中にいるかのようだ。

炉六が〈蜘蛛〉だったものをどさりと機械の足もとへおろし、つき立ったままの鎌を操作盤から引きぬいた。先ほどからなぜか片方の手しか使っていない。武具が傷んでいないことをたしかめる火狩りのそばに、雨をきらうはずのみぞれが、ずっとはなれずひかえている。

緋名子を建物の中へ連れていかなければ。雨のあたらないところへ。……しかし、煌四がもう一度緋名子をかかえあげようとしたとき、ひた、とうしろにだれかの立つ気配があった。

「動くなって言ってるのに。失血死するよ」

憮然《ぶぜん》とした声が、炉六にむけて呼びかけた。みぞれが甘えるようにひと声、細い鳴き声を引きずって主《あるじ》を見あげた。灰色の足がそばに立つ。異臭をまとってそこにいたのは、木々人のキリだった。そのうしろに、クンがぴたりとくっついている。腫《は》れていたまぶたは早くももとの形にもどり、まるい目は左右どちらも開いていた。

「──無事だったんですか」

とっさに問うた煌四をにらんで、キリが舌打ちをもらす。

「お前って、ほんといらいらする。無事なやつがいると思うの？」

そう吐き捨ててキリは、煌四たちのわきを通り、雨の中へ出ていった。機械のそばにたたずむ炉六に近づき、なにごとかを話しかけている。キリにふりむく炉六のしぐさが、いやに鈍重だった。煌四はひやりとするものをおぼえ、炉六のそばへむかうため、あわてて、ひざに力をこめる。同時になだめるように、緋名子の肩をなでた。

「ここにいるんだ」

いつもならかなたにしがみつくはずの緋名子は、両手をひざの上へ垂らしたままにしている。クンがそのそばに立ち、かなたが二人を見守っていた。

炉六はどうやら、かなり深いけがをしている。失血死するとキリが警告したとおり、布を巻いた手の先からは赤黒いしずくがしたたっている。ほうっておいては、命にかかわるはずだ。

雨は降りつづき、ぎしぎしといまにもちぎれそうな緊張が、壊れた機械と死んでいる〈蜘蛛〉、この場にいる者たちのあいだに巣を張っていた。駆けよる煌四に顔をむけ、炉六が機械から引きぬいた火の鎌をこちらへさし出した。左手で刃《やいば》のつけ根をにぎり、柄《つか》をこちらへむけて。……火狩りの利き手である右の手は指先からひじ近くまで布におおわれ、血まみれの布の上から、荒く裂いた急ごしらえの包帯で、太さが変わるほどきつく縛りつけていた。

「その手……」

煌四の反応を笑うように顔をゆがめ、炉六はようやく肩から力をぬいた。全身をおおっていた厳しい気配がかすかにやわらぐ。

「発火しかけた。切り落としてなんとか命は拾ったが、こっちの腕はもう使い物にならん。ほかの連中もかなりの数がやられたが、何人かは工場地帯へ逃げのびたはずだ」

平然と言ってのける炉六に、煌四はあっけにとられた。利き手が使えなくなった、それも自ら切断したという。これでは、油百七に雇われ、見捨てられた火狩りたちと同様、もう狩りに出ることはかなわないはずだ。それなのに平然として、ひとごとのように語る。その声はただ、重たい疲れだけを引き連れていた。

足もとには〈蜘蛛〉が——〈蜘蛛〉だったものが、ぐたりとたおれふして雨に濡れている。黒い毛皮をまとった体は、火を刈りとられたあとの炎魔の死体と同じに見えた。うつぶせているため、顔は見えない。頭はきれいに剃《そ》られており、むき出しの頭皮に幾すじも、獣の爪痕《つめあと》と思われる大きな古傷が走っていた。

なにも感じるなと、煌四は自分に命じた。〈蜘蛛〉の死体と、その息の根を絶った火狩りを見ても、なにも感じるな。

「神族の雨も、たいして役に立たんな。地下通路のあちこちから、〈蜘蛛〉が現れた。やつらは、前々から首都の地下に巣を張っておいたらしい。むこうの動きを読んだつもりで、待ちかまえていた神族も火にやられて死んだ。あそこにいた火狩りの大半が、発火した」

炉六の声の平坦《へいたん》さが、不安をかき立てた。見ればキリも、あちこちにあざやすり傷を作っている。キリは煌四の視線に気づいていまいましげに目をすがめ、顔をそむけた。みぞれがキリの動きを、じっと目で追っている。

地下通路にあった虫の絵……あの絵の意味がふくらみを帯びる。ひばりの見せたまぼろしは、現実だったのだ。

（あれは……やっぱり、〈蜘蛛《くも》〉にくみする人間が首都への入り口を教えるための目じるしだったのか）

神族を討伐するために、〈蜘蛛〉がただ結界を越えて攻めてくると考えるのがどうかしていたのかもしれない。首都進攻の前から、もしかすると油百七が神族に反旗をひるがえす計画を立てる前から、首都は〈蜘蛛〉による侵食をうけていた……結界内に住む人間の中に、〈蜘蛛〉に力を貸す者たちがいたというのだろうか。神族たちは、しのびを操るひばりは、それに気づいていなかったのだろうか。あるいは――

――首都を焼きつくそうというなら、そうするがいい。……

少年神の言葉がよみがえる。知っていて、手を打たずにいたのか。しかし、たとえひばりが世界が滅んでもかまわないと思っていたとしても、ここまで神族の不利益になることを見逃す理由がわからない。

考えても無駄だ、頭を切りかえようと、煌四は小さくかぶりをふった。

夜を照らすほど大きく燃えひろがっていた〈蜘蛛〉の火が、火狩りたちを焼いた。知らぬまに〈蜘蛛〉の手中に落ちていた場所で、ただ無駄に死んでいった。

炉六が、血のしたたる右手を邪魔そうにふる。

「地下通路を通ってきたんだが、おかしな連中がいた。接触はせずにすんだが、なにやらいやな気配がしたぞ。人のすがたをしていたが、人ではないようだった。〈蜘蛛〉でも神族でもなかった──あれは、なんだったんだ」

独り言のように、炉六がつぶやく。それから、こちらへ視線をむけた。

「明楽たちはどうした？」

返事をするために、煌四は視界のぐらつきだした目をきつく閉じ、くちびるを噛《か》んだ。のどに力をこめる。

「明楽さんは、神宮へむかいました。灯子は、避難する工員たちに、町へ逃がしてもらった……」

言いおわる直前に、背後に異様な気配を感じた。緋名子のかたわらにいるクンが、ぴくっと目を見開く。

ぬるりと自らの血をかきわけて、〈蜘蛛〉が動いた。死んでいたはずの体が起きあがり、まっ先に視界に入ったキリへ手を伸ばそうとする。キリが反応するより速く、クモの脚の形に開かれた手が首へ伸び、緋名子が小さな声をもらすのが聞こえた。

が、キリが首に手をかけられる前に、かなたが〈蜘蛛〉に飛びかかり、その体をふたたび引きたおした。むき出しの〈蜘蛛〉の頭が、かたい床へたたきつけられる。かなたはその首をくわえて、全身の動きを緊張させたまま、とどめを刺すための力をこめない。

「ヲン」

クンの口がそう言った。

なにに恐怖し、なにに安堵《あんど》すべきかも判断できない。混乱しながら、煌四はかなたが

〈蜘蛛〉の気管を食い破らずにいる理由が、クンなのだとさとった。

〈蜘蛛〉を牙《きば》の下にとらえ、力をぬかずに四肢をつっぱったままのかなたのほうへ、クンが歩み出てくる。灯子や明楽がそばにいないと、背の低いそのすがたはあまりにもたよりなかった。

クンが近づくのにあわせて、煌四はそのすがたのおぼつかなさの原因に気がついた。きょろんと見開かれた目が、左右でべつのほうをむいて小刻みに動きまわっているのだ。

「……はなしてやって。ヲンはもう暴れないよ」

幼い声の呼びかけに、かなたはすなおに従った。〈蜘蛛〉の首すじへあてていた牙を引き、口のまわりをなめながらうしろへさがる。

炉六に首を斬りつけられ、一度は動かなくなった〈蜘蛛〉は、横たわって切れ切れの息をつなぎながら、目だけを見開いてそばに立つクンへ瞳《ひとみ》をむけている。

「知りあいか？」

炉六の問いに、クンがこくりと頭をうなずかせる。

「いっしょに森にいた。ヲンっていう。すぐ怒って、あんまり遊んでくれないの」

ずるりと、背中から力が消えてゆく。〈蜘蛛〉の子だというクンの、仲間。ほかにも知っている者が、親しい者がいたかもしれない――神宮へ攻め入ろうとしている〈蜘蛛〉たちの中に。火狩りたちを焼き殺した〈蜘蛛〉たちの中に。そして……いかずちが死なせた〈蜘蛛〉たちの中に。

「こいつは〈蜘蛛〉だぞ。お前のようなチビが、なぜ知ってる？」

火狩りの視線をうけて、クンが首をかしげる。そのあいだも、瞳はきろきろとせわしなく動きつづけていた。

「おいらも〈蜘蛛〉だから」

幼い声が、炉六のとぎれた眉《まゆ》をあげさせた。煌四はすんなりとおどろく火狩りの表情が生む陰影を見ながら、この建物に鎮痛剤はあるだろうかと考えた。

（燻家の当主は足を傷めていたから、執務室にあるかもしれない。せめて、痛みだけでも抑えたほうが……）

浅黒い炉六の肌が、蒼白《そうはく》とも黄ばんでいるともつかない顔色になっている。発火しかけた、そのうえ切断したという右手が、相当に痛んでいるのは明らかだ。止血のための応急処置はしてあるようだが、このままほうっておいてはまずい。

歯車がはずれたようにしんとした頭で考えながら、煌四は建物の内部へ通じる扉へ顔をむけた。緋名子が、白く引きつった顔をして、この場で起きるできごとをすべて見ている。隠してやらなければならなかった。ほんとうなら、緋名子やクンのような幼い者が、こんな惨状を見るべきではない。

低い位置からの声が、這《は》う獣の牙のように煌四の足首に食いこみ、思考を止めさせた。

「――落獣《らくじゅう》の力を使うのはお前か」

瀕死《ひんし》の〈蜘蛛〉が、首の傷からまだ血を流しながら、目だけをこちらへむけていた。

獣の……おそらく炎魔の爪痕がおおうその顔に、切れ長の鋭い目。髪を剃りあげた頭から、まぶたを、鼻を、頰を、四すじの傷痕がおおっている。床からあごを持ちあげ、瞳に得体の知れない力をたぎらせて、ひどく小さなものを見おろすように〈蜘蛛〉の目が光る。……そのすがたは、否《いや》が応でも森での拷問の光景を思い起こさせた。

「やはり人間はこうでなくては」

ひゅうひゅうとのどの奥にかすれた息の音をさせながら、笑っている。〈蜘蛛〉のゆがんだ笑みは、まるでたったいまこの世に刻印された呪いだ。

「……しぶといな。人間ならとっくに死んでいるはずだが――〈蜘蛛〉が引くという神族の血のせいか」

炉六がぼやくと、クンが律儀にうなずく。キリが顔をしかめながら、痛ましげにそっぽをむいた。〈蜘蛛〉はかまわずに話をつづけた。

「いまごろ仲間たちが、かつて追われた住まいの戸を開けている。――クン、お前もここまで来たのなら、まだ運がつきていないということだ。いっしょに行け」

血まみれの仲間に話しかけられて、クンは無表情のままかぶりをふる。

「おいら、燃えない体にする虫が、効かなかったもん」

「それでもかまわん。行って、見とどけろ。世界が火をとりもどすときを」

誇らしげな声に、煌四たちの顔が怪訝《けげん》な色をはらむのを、〈蜘蛛〉は楽しむようにねめまわした。

「やだ。火のとこに行くのは、やだ。燃えて死ぬ。宗家の火の神族だって、ほんとに火が燃えたら死ぬんだぞ」

かぶりをふるクンをもはや無視して、血の気を失ってまっ白な皮膚をさらしている〈蜘蛛〉は、煌四たちを見あげてにやりと笑みを浮かべる。

「だからこそ行け。〈蜘蛛〉は神族を、わけても宗家を、われらの生まれた家を焼き滅ぼす。あとに残るのは神族ではなく、火をとりもどした人間たちだ」

つめたくたぎる〈蜘蛛〉の声が、体内に響いた。雨音が、耳から遠ざかる。

「生まれた家――？」

〈蜘蛛〉はもともと神族だったが、反目して籍をはずされ、森へひそんだという。が、神族のどの氏族であったのかは伝わっていない。……

「なるほど、それでか。〈蜘蛛〉が火にこだわるのは」

こんなときにも、炉六は飄々《ひょうひょう》とした声を崩さなかった。いや、煌四やキリの狼狽《ろうばい》したようすを見て、かえって平静さをとりもどしたのかもしれない。

「そうだ。古代の火は、もとはわれらの操る力そのものだった。いまの宗家は神族の頂点にいながら、持てる力である火を使うことも、近づくことすらできなくなったのだ。そのように力を失った神族にさえ、人間は歯向かうことができない。神族の存在する本来の意味は、この国の生類をことほぐことだった。畑の生《な》り物として、人間たちを祝うのだ。くやしくはないか、そんな者たちに立ちむかうことすらできないというのは」

〈蜘蛛《くも》〉が息を吸うたび、のどの奥で、ごぼりとくぐもった液体の動く音がする。

「人間こそが、火をとりもどすべきなのだ。かつて、その力を誇った時代のように」

挑発的な言葉に、まともに反応してはならない。そう思うが、煌四は口をはさまずにはいられなかった。死にかけている〈蜘蛛〉の、なんの疑いもなく語るその言葉や声が、腹の底にこもった怒りを引きずり出した。

「なんで……どうして、人間にこだわるんだ？　トンネルでも、森のほとりの湾でも、〈蜘蛛〉に操られた炎魔が大勢の人を殺したはずだ。回収車も」

〈蜘蛛〉の目は奇妙に明るく光っている。その瞳の表面に、こちらの言葉ははねかえされてとどかない。煌四はそう感じた。

「神族の居座る首都を攻めるには、必要なことだ。人間に火をあたえるという大願をなすためだ」

「……その人間たちを、あれだけ殺しておいて」

声が高まりかける煌四の肩を、炉六がきつくつかんだ。岩のように暗くかたくなな表情をして、火狩りはかぶりをふる。顔の中に、目だけが鋭く光っている。

「やめろ。まともに相手にするな」

「だけど……」

肩をつかむ手に、痛いほど力がこめられている。まるでもう使えなくなった右手の力が、生き残った左手に乗り移ったかのようだった。頭の奥で鋭い光に似た怒りがはぜ、煌四は炉六の言葉を無視して、たおれふしたままじっとこちらを見あげている〈蜘蛛〉に視線をむけた。

「納得できない——目的のために必要があって殺したというんなら、旧世界の人間と同じだ！　神族の統治が万全だとは思わない。それでもすくなくとも、あんなふうに人を殺すことはしていない。火をとりもどす以外に、べつの方法を見つけるべきなんだ。昔の人間は、火を使って一度世界を滅ぼした。同じようなことをする〈蜘蛛〉がとりもどした火で、人がまともに生きてゆける世界が来るわけがない」

まくしたてる煌四を、〈蜘蛛〉がまじろぎもせず見ている。その瞳の色は思いがけず薄く、ほぼ青に近い灰色だ。

「なにがちがう？　お前も、落獣の力を使って殺したではないか。古い世界の人間たちと同じに。あれにはおどろいたが、同時に安心もしたぞ。世界がどのように変わろうと、人間という生き物は同じなのだと。——火をとりあげたところで、人間は変わらない。それが人間の本質だ。ほんとうのすがただ。火をとりもどせ。お前はこれ以上、神族に家畜のように管理されて暮らすことに満足できるか？」

〈蜘蛛〉の口のはしに、ひややかな、同時にどこか安らぐような笑みが浮かぶ。

「人間は力を使ってものを作る。そして争う。破壊をつくしたあとに立ちなおる。それでいいのだ。人間とはそういう生き物だからだ。神族宗家は本来ならば、もっと早くに人体発火病原体を滅ぼす方法を探し、つきとめ、使うべきだった。だがそれをしなかった。人間が病原体をかかえているほうが、はるかに支配がたやすかったからだ。怠惰な神は滅ぼされる。われらが神を討つ役割をはたす」

命がとぎれかかっているというのに、〈蜘蛛〉は恍惚《こうこつ》とした表情すら浮かべ、声音をどんどん高めてゆく。

「もっと早くに、神族は神の本来のありようをもって国土を治めるべきだった。やつらは、かつて人と交わりすぎたのだ。それもいよいよおわりだ。——火をとりもどした〈蜘蛛〉が神を狩る。人間どもを、人体発火の呪いから解放する」

うそを言っているとは思えない響きが、夢見るように語る〈蜘蛛〉の言葉の背後に、たしかにあった。

「人間どもがなにをもっとも望むか、知っているか？　死後の保障だ。死そのものではなく、その先をおそれているのだ。死後に救いを用意してやりさえすれば、人間は、安心して本来の力を発揮する。だが死後などはどうであろうといい。われわれが引き出したいのは、生きた人間の力そのものだ。たとえこの戦いで〈蜘蛛〉が一人残らずたおれようとも、今度は人間たちが、〈蜘蛛〉の意志をうけつぐだろう。そうしてとうとう〈蜘蛛〉が、ほんものの神となる」

もはや身動きする力を手ばなしている仲間に、クンがどこか悲しげに顔をむけている。

「ねえ、父ちゃんたち、ここに来た？」

幼い問いかけに、〈蜘蛛〉は顔中を細かいしわでゆがめて笑った。

「ああ、来ている。〈蜘蛛〉を率いるのは、お前の父ではないか。兄たちも首都へ入った。生きているかはおれにはわからない。落獣の火に撃たれて、もう死んだかもしれん」

その返答に、クンはこっくりとうなずいた。

「ヲンは虫を持ってる?」

「いや。あの虫たちは隠れている。〈蜘蛛〉に賛同する人間だけが、虫の毒を得られる……」

「ちがうよ。燃えない体にする虫じゃなく、ふつうの虫。おいらの持ってるのは、もうずいぶんへっちゃったから」

声音を揺るがすことなく話しかけるクンにむけて、〈蜘蛛〉がふっと息を吐いた。唾《つば》を吐きかけるようなしぐさだった。

「火を使うと、お姉ちゃんが怒るよ。お姉ちゃん、怒るとすごく怖いよ」

つかのま、ぎらついていた〈蜘蛛〉の目に、蔑《さげす》みの色が表れた。蔑みとも、あわれみともつかない、温度の低い色が。

「……お前は人間に近よりすぎた。それでは二度と神にはなれまい」

そう告げると、〈蜘蛛〉は目を大きく見開いたまま、すうと呼吸を止めた。首の傷口からあふれて屋上の雨水にひろがった血液すら、その色を暗く沈めて見えた。

クンがなにも言わず、身じろぎもせずにそのそばに立っている。はげしく打ちつけていた雨が、その力を弱めはじめた。〈蜘蛛〉の子のうける苦痛を、わずかでもやわらげようとするかのように。

かなたとみぞれが二匹ならんで、尾の先に雨の露をやどしている。

暗さをとりもどした夜が、ひえびえと静まってゆく。雨脚は急速に弱まり、じきにやみそうだった。

「緋名子、大丈夫か？」

煌四がそばへもどると、緋名子は黙ってうなずいた。煌四が来るのを待っていたかのように、ぺたりとその場に座りこむ。もとの妹にもどったように見えた。すぐに煌四にすがりついてくる、たよりない妹に。

かなたがやってきて、また緋名子に頭をこすりつける。緋名子は表情の失《う》せた顔を、じっと前へむけている。かなたが手をなめるのにあわせて、頭がくらくらとかしいだ。なでることも抱きつくこともしない緋名子に、かなたが、くぅと鼻の奥で高く鳴いた。

力がぬけて、煌四は緋名子の前へ、ゆっくりひざをつく。

「……ごめん」

力がつきはてたかのようにぼうっとしている緋名子の前で、煌四はうなだれた。

「ずっと気がつかなくて、悪かった。……一人で、怖かったな。いっしょにいたのに。なにも気づいてやれなくて、ごめん」

同じ屋敷にいたというのに、体に急激な異変が起きたことも、自分の行動を監視させられていたことも、煌四はとりかえしがつかなくなるまで、気づいてすらやれなかった。緋名子が、おびえたまなざしをむける。おびえながら、謝罪する煌四を心配している。それがひりひりと肌に感じられた。

緋名子が煌四の手をつかんだ。そこにこもる力があまりにささやかで、煌四は妹にむかって頭をさげたまま、息をつめた。ためらいがちな動作で腕を伸ばし、緋名子はそうして、いつもするように肩に抱きついてきた。煌四はできるだけそっと、骨の浮いた背中をなでる。

と、後頭部をだれかの手が強くはたく。

「あきらめるなと言っただろうが」

見あげると、炉六の顔があった。頬もひたいもてらてらと光っているが、それが雨のせいなのか、脂汗なのか見わけがつかない。主《あるじ》のわきにつきそうみぞれが、前脚を踏み鳴らして小さく吠《ほ》えた。炉六は左手で犬の首すじをなでると、煌四にむきなおって問うた。

「明楽は、狩り犬だけを連れていったのか？」

「はい」

うなずくと、炉六が満足げに口の片はしをあげた。

「では、追いかけるとしよう」

「でも……」

その手では、移動さえままならないのではないか。動けばそのぶん、出血してしまうはずだ。しかし炉六は、もう何年も前に手を失ったかのように、あきらめも通りこした顔をして言う。

「みぞれが、明楽の犬を気に入っているのだ。たすけに行くつもりらしい。こいつは気まぐれで、おれの言うことなど聞く気がないのでな」

その横顔に浮かぶ表情の意味を、煌四は読みとることができなかった。なにも言いかえせずにいる煌四の雨具のそでを、くいくいと小さな手が引いた。クンだ。そばへ来ていたクンが、両の目をきときと動かしながら言った。

「遣《つか》い虫《むし》が、お姉ちゃんを追いかけてるの。だけど、もうあんまり虫がいないから、強い虫じゃない」

クンは変わらない調子でそう言って、自分の目もとを指さす。いま、知りあいだという〈蜘蛛《くも》〉を目の前で亡くしたのに、クンの声にも顔色にもまったく変化はない。ただ死んだわけではない、かたわらに立つ火狩りによって、斬り殺されたというのに。ヲンという名でクンが呼んだ〈蜘蛛〉の骸《むくろ》からは、生者のそれとも死者のそれともちがう、もっと遠いなにかの気配がかすかに立ちのぼっている。これが、死んだ神の気配であるのかもしれなかった。

「遣い虫？」

「うん。お姉ちゃんたちのそばに、おいらの虫がくっついていってる。そいで、危ないことがないか、おいらの目にも見える。こっちがお姉ちゃんで、こっちが大きいお姉ちゃん。火穂ちゃんのとこにも虫を置いときたかったんだけど、三匹は無理だ。おいら、目玉が二個しかないから」

煌四はこめかみに力をこめながら、無意識に緋名子を背中にかばおうとしていた。クンのすがたや言葉は、あどけなくはあっても、あまりに異様だ。

「虫の見るものが見えているわけか？」

炉六の問いに、クンはうなずく。

「大きいほうというのは明楽か」

「うん」

「いま、どこにいる？　もう神宮へ至ったか」

すると、クンがぐにゃりと体をかたむけた。

「建物の中だけど、神宮がどんなだかわからない。大きいお姉ちゃんは、地面の下を通ってたんだけど、〈蜘蛛〉が出てきたから逃げた。あれはギンとジュンっていう双子だよ。どこに火をつけるかって相談してる。大きいお姉ちゃんは、建物の中へ隠れて……見つからなかった。ギンとジュンは通りすぎたよ」

〈蜘蛛〉の名前を一つ聞くたび、煌四は自分が人間であるのかが疑わしくなってゆく。地下通路から直接建物へ入ったというのなら、それは神宮ではなくどこかの工場だろう。明楽はまだ、神宮へむかうとちゅうだ。道のりは、かなり険しくなりそうだった。

「──お兄ちゃん。お姉ちゃんのこと、たすけに行かないと。あそこに、神族が二人もいるよ」

「え？」

クンの黒目が小刻みに動く。その顔に、煌四ははっきりと恐怖を感じた。自分の半分も身の丈がないような小さな子どもを相手に。

「灯子が？」

避難する工場の子どもたちといっしょに、町へ逃れたはずの灯子が、神族のそばにいる？

「居場所はわかるのか？」

食いつくように顔を寄せる煌四にむかって、こっくりと、クンが首をうなずかせる。

「川のむこうの、大きな家に連れてかれたよ」

「大きな家……？」

みぞれがそのとき、ぴくりと鼻を空へむけた。つづいてキリが、全身を緊張させて上を見あげる。

雨雲に閉ざされた空。墨汁の色をして重くのしかかる雲を裂いて、馳《は》せてゆく光があった。白銀色の光。まっすぐに泳ぐ魚のように、雲を音もなく切り裂いて飛んでゆく。

星だ。千年彗星が、垂れこめた雲より低い空を、弱まる雨をまとって飛翔《ひしょう》する。工場地帯の上を、光は町の方角へむけて進んでいた。星の光をうけた雨が、上空でさやさやとまたたく。星の浮かぶような高度ではありえないのに、目をこらしてもそのすがた形をとらえることはできなかった。

「迷惑な星だ」

静かに吐き捨てて視線をおろし、炉六がキリに呼びかける。

「おい。くわしくは知らんが、地下に木々人の居住区があるのだろう？　ほかに仲間がいるなら、逃げるように伝えたほうがいい。火は鎮まったようだが、〈蜘蛛〉に毒虫でも投げこまれんともかぎらん」

キリは、どこかうなだれるようにかぶりをふった。

「……無理だ。ムクゲやゴモジュはまともに体を動かせないし、クヌギは図体《ずうたい》がでかすぎる。地上へ出たら、化け物あつかいをされてすぐ殺される。ヤナギは――あの人は手足が根になってしまっているから。庭園から出ることなんかできない」

キリの左腕、切りはらった枝の断面が、とがった疣《いぼ》のように皮膚をおおっている。死んだ〈蜘蛛〉を見つめるあざやかな緑の目が、なにによって湧いたともわからない涙を薄く浮かべ、嚙《か》みしめたくちびるがそれを押しとどめようとしている。

「坊主。お前は灯子とかいうお転婆を連れもどしに行くのか」

煌四がうなずいてこたえると、炉六は疲労をふりはらうように力をこめて息を吐いた。

「地下通路はなるべく使うなよ。おかしなものがいたからな」

「……気をつけます。そっちも、無事でもどってきてください」

片手を使えなくなった火狩りは、ひょっこりと肩をすくめてそれにこたえ、美しい狩り犬を従えて先に屋上からおりていった。ふりかえることはなかった。

　ふいにひしひしと空気が全身を押すような気がして、煌四は立ちあがり、息を整えた。眉《まゆ》を寄せて下をむいたキリをふりかえる。

「緋名子を、たのんでかまいませんか？」

目をあげたキリが、怪訝《けげん》そうにますます眉間《みけん》にしわを寄せる。

「置いてくつもり？」

煌四はじっと緋名子に視線をそそぐ。緋名子は見あげるばかりで、立ちあがろうとしない。疲労によるものか、それともなにかべつの異変が起きているのかはわからないが、おそらくいまは、あの驚異的な力が失われているのだ。無茶をさせては危険だ。燠火家へもどったところで、あそこはもはや緋名子にとって安全な場所ではない。

小さく一度うなずくしぐさで、緋名子が煌四にこたえた。

「また〈蜘蛛〉が来るかもしれない。安全な場所に隠れていてください。地下通路とつながっていない建物へ、移動したほうがいいかもしれない」

キリは、ふんと不機嫌そうに鼻を鳴らす。

「妹を置いていくんなら、こっちを手伝わせる。けが人を、ともかくなんとかしなきゃいけないから。火狩りは一人でも多く生き残らせておいたほうがいいだろ？」

「……お願いします」

キリに頭をさげ、かなたにもここにいろと言おうとしたが、先に犬は立ちあがってひと声吠《ほ》え、瞳《ひとみ》に使命感をみなぎらせて駆けだしていた。するりと灰色の尾が、階段の先に見えなくなる。煌四たちを待つことなく、犬はひたむきに走っていった。

かなたのむかう先が、わかるように思った。そばにいるべき人間を、かなたはもう自分で決めていたのだ。相棒であった父が死んだ瞬間から。

「緋名子を、たのみます」

「早く行けよ、モグラ」

木々人が毒づきながらひざを折り、緋名子の頭に手を載せるのを見て、煌四は安心する。緋名子は泣きだしもせず、しかし黒い瞳をひたむきにこちらへむけて、煌四を見つめていた。髪をなでつけるキリの腰に、おずおずと腕をまわしてしがみつく。

先にかなたが駆けおりた階段へむかった。両の目を虫につないでいるクンがとなりを走る。

いつのまにか、雨はほとんど降りやんでいた。

一人の〈蜘蛛〉の亡骸《なきがら》が、壊れた機械といっしょに屋上に残された。

七　熾し火

不気味な暗さの底を、灯子は四人の女たちにかこまれながら歩いた。工場地帯の上には異様な暗雲が集まっているというのに、まったく風がない。

「ど、どこへ行くんですか……？」

自分の声が、奇妙に遠のいて聞こえる。問いかけても、四人の女たちはまっすぐ前をむいたまま、灯子をふりむこうとしなかった。それでも中の一人が、低めた声で返事をした。

「燠火家の屋敷へ。工場に、煌四さんがいたのでしょう？　生きているのよね？」

問いかえされ、灯子は胸の底が凍りつくのを感じた。

「……わかりません。どこかの、工場へむかいなさって」

たしかに深々とした春の、嵐の晩であるはずなのに、灯子の声は引きちぎれた冬の気配を引きずっている。灯子が逃げ出すことを案じているのか、背中に手をそえている女が、ふつりと呼吸から切りはなすように、声を落とした。

「なんでもいい、綺羅お嬢さまに、あちらのようすを話してあげて。かわいそうに、なにも知らずにほったらかされて」

「綺羅、お嬢さん……？」

その名前が胸の中で揺らいで、心臓の血が温かいことを思い出させた。道に迷った灯子に声をかけてくれた、煌四の友達だという少女。あの聡明《そうめい》そうな少女が、いま首都で起こっている事態をなにも知らず、友達の身を案じているというのだろうか。

坂になった町の、あちらこちらの民家から、工場地帯にのしかかる雲と、空間を染めあげるいかずちを不安げに見やる人々がすがたを現していた。坂をのぼるにしたがって人の数はふえ、人垣となって路地を埋めつくすほどになった。みな、顔をむけているのは同じ方角だ。それぞれのかかげる照明が夜を明るくする。

不安を口にする人々のどよめきが、空気をおののかせていた。抱きかかえられ、または手を引かれて、小さな子どもや赤ん坊もいっしょになって、水路のむこうの異常事態を見やっている。

その不穏にからみあう声の中から、ふいにさけび声があがった。

「〈蜘蛛《くも》〉の到来だ！　〈蜘蛛〉が真実の火を持って、人間を救いに来てくれた！」

雄叫《おたけ》びをあげるだれかを、ほかの者たちが顔をゆがめてふりかえる。

「浄《きよ》めの火だ、炎魔の穢《けが》れた火とはちがう。〈蜘蛛〉はわれわれを、死んだあとも救うと約束してくれる。もう神族の足もとで這《は》いつくばらなくともいいんだ」

「〈蜘蛛〉こそが救い主だ！　見ただろう、空から星が来るのを。あの星を〈蜘蛛〉が手に入れ、神族をたおす。人間は、工場の苦役から、生きる苦しみから解放される――」

その言葉の意味が、耳からとろけてすべり落ちてゆく。だれが声をあげ、だれがそれにおびえ、あるいは否定しているのか、もはや判然としない。人々のどよめきが、空気をぐらぐらと攪乱《かくらん》した。

「道を開けなさい！」

人垣を割って走っていったのは、数人の、黒い制服を着た警吏だった。腰にさげた棍《こん》棒《ぼう》をしっかりとにぎっているのが、灯子の目にも見えた。警吏たちが走ってゆき、直後に鈍い音と、人々の悲鳴があがった。

「見ないで。まっすぐ進みなさい」

灯子のうしろの女が言った。なぜ、すなおについていっているのだろう。坂の下へずっと行けば、火穂や照三たちのいる家がある。灯子が工場でのできごとを伝えるとすれば、火穂たちにこそ伝えるべきなのではないか。……クンも、明楽もいないままだとしても。

よろよろと歩きながら、灯子の手は、ずっと懐の中の無垢《むく》紙《し》をにぎっていた。折りたたんだ紙をつぶさないよう注意しながら。

明楽の文字は、折った紙の一面をたどたどしく埋めつくしていた。

『灯子、帰りなさい。死んでほしくない。安全なところへ帰って、生きていてほしい。だけど、』

祈るように書かれた文字が、ものを思う力すら奪うほど灯子を打ちのめす。

『だけど、あたしがしくじったときに、これを炉六という火狩りにわたしてほしい。願い文のうつしだ。きっと姫神へとどけてくれる。もらった三まいのうちのひとつ。もうひとつは、てまりに。灯子、どうかぶじで、……』

そこから先は、文字が乱れて判読できなかった。

ときおり雷鳴が轟《とどろ》き、集まった人々をおどろかせる。光が人の顔を、複雑な町並みを照らす。

押し黙っていた女たちも、青白くこわばった顔をしている。

「許してね、具合が悪そうなのに」

女たちの一人が、雷鳴に耐えるため歯を噛《か》みしめる。

「屋敷へ着いたら、食べるものと休む場所を用意するわ。お嬢さまも手を貸してくれるでしょう」

そんなものはいらない、と思ったが、灯子はそれを言葉にできなかった。疲れのために、気をぬくと意識が遠のきそうになる。きつくつむったまならうらに、豊かな髪にふちどられた綺羅の顔が幾度も浮かんだ。

やがて道が平らになり、くっきりとした小さな照明が、あちらこちらにともる場所へ来た。暗さのために印象がちがうが、灯子はたしかにこの場所へ来たことがある。一度目は、かなたの家族を探して道に迷ったときに。二度目は、煌四と出会い、かなたを送りかえすときに……。

顔をあげた。鮮明な光芒《こうぼう》を投げかける角灯。それをいただいた門柱と、継ぎ目もわからないほどすべらかな門扉が視界にそびえている。

携行型の照明を手にした女が、門の前からぐるりとまわりこんだ路地を照らす。裏手へまわり、小さな木戸から中へ入った。屋敷の中へ踏み入ると、見知らぬ生活のにおいが、頭をくらくらさせた。壁も床も、天井の照明装置も、しっくりと落ちついた色をなじませている。一瞬、犬のにおいを嗅《か》いだ気がした。けれど、すぐにそれはとらえどころを失う。

「こっちへ。ひどい汚れね、まずは体を洗わなきゃだめだわ」

「せめて、着がえさせないと」

女たちのすがたも、この建物の一部であるかのように自然になじんでいる。低めた声で交わされるやりとりを、灯子の耳は、いまだにどこか遠くの音色として聞いていた。

まっすぐにのびる廊下のむこうから、人の声がする。……楽器の音のようなよく響く低い声が、いくつものあわてた声を引き連れていて、灯子は否応《いやおう》なしにそちらへ意識をむけた。

よく肥えた大柄な男が、悠然と――どこか勇み立っても見える足どりで歩いてくる。廊下を横切るそのすがたを、杖《つえ》をついた白髪の老婦人が追い、さらにそのまわりを灰色の衣服の者が数人、あわてたようすでとりかこむ。灯子をここまで連れてきた四人と同じ服装だ。

「……だれ？　あの杖の人」

「栽培工場の当主でしょ。なぜここへ来ているのだか知らないけど」

ささやき交わしながら、女たちが灯子のすがたを隠すように身を寄せあう。廊下の先からの声は低められることなく、はっきりと聞きとれた。

「やめるべきですよ。行ってはだめです。神族や〈蜘蛛〉だけではなかった。暗いところから、あれが、湧いて出てくる……」

杖の老婦人が、浮かされたように声を引きつらせる。でっぷりと肥えた男は、その言葉に耳を貸さず、追いすがる小柄な老婦人をふりむくこともしなかった。

「だれか、当主どのを燠家の屋敷までお送りしなさい」

厚みのある声音は、口調を平坦《へいたん》にしても、冷酷には響かなかった。が、口のはしにふくめるように、「腰ぬけめ」とつぶやいたのが、たしかに聞こえたように思った。

「……旦那《だんな》さま、いま工場へむかわれるのは危険です。お供のできる者が……」

「供はいらん」

決然とした声が響きわたる。

「むかうべき場所も、安全な道のりもわかっている。いま出むかないでどうするというのだ」

「ですが……」

　ふん、と、灯子のそば、廊下のはしの暗がりに立つ一人が、ひそやかに肩をすくめた。

「行ってくれればいいのよ。止めなくていいのに。あの人たち、さしでがましいことをしたと、あとでお叱りをうけるかもしれないわよ」

　低めた声にとげがふくまれる。

「いっそ、工場で〝もしものこと〟でも起これればいいんだ――」

「しっ」

　べつの者がたしなめる。扉が開き、また閉まる音がする。とり残された者たちの、かすかなため息が聞こえる。老婦人が、かつかつと力まかせに杖の先で床をつく。数人がかりで引き止めるのも虚《むな》しく、大柄な男は、一人で外へ出ていったらしかった。

　やがて玄関から人が去るのを待って、灯子の背中が押された。長いスカートの陰に隠れるようにして、廊下を奥へと進む。

「むこうで、顔と足を洗いなさい。それから服を」

　うながされながら、灯子はかぶりをふったが、そのしぐさを気にかけている者はいなかった。

　廊下の中ほどあたりに、先ほど男が出ていった、ひろい玄関がある。そのむかいにかまえる階段の前を通りかかったときだった。

「……灯子ちゃん？」

か細い声が降ってきた。とっさに顔をあげると、階段の手すりに寄りかかりながら、こちらを見おろしている人影がある。上品な衣服の肩に、長い髪がゆるやかに流れかかっている。まっすぐ通った鼻すじのわきの、深みのある大きな目。

あ、と、思わず声がもれた。

綺羅だ。

いまにも泣きくずれそうな危ういおもざしをして、綺羅がこちらを見ている。会ったのは一度きりで、あのとき灯子はこれほど汚れた身なりではなかったのに、ほんの一瞬で綺羅は見わけた。

四人の女たちがなにかを言いかけるより早く、綺羅が階段を駆けおりてきた。まとっている衣服に使われたふんだんな布地が、動きにあわせて足のまわりでおどった。やわらかな手が灯子の肩をつつむ。照明をうけたその顔は、前に会ったときよりずいぶんと痩《や》せて見えた。目のふちだけが赤く染まり、頬もあごも、灰色に近いほど色を失っている。

「どうしたの、血まみれだわ。どうしてここへ……」

顔を近づけてのぞきこむ綺羅から、以前くれた飴玉《あめだま》と同じにおいがする。綺羅の手の温かさが、じかに灯子へ力をそそぎこもうとしているかのようだ。

「煌四さんといっしょに、工場にいたそうです。町のはずれに避難していたところに、たまたまわれわれがむかって」

灰色の衣服の女が、綺羅にむかって丁寧に話しかける。その声の生み出し方は、仲間や灯子にむけて話していたときとは明らかにちがう。凍えたように、綺羅が息をついた。なめらかな手が、灯子の汚れた髪をうしろへなでつけた。灯子の目にはまだ暗いふちどりが居座っているが、その中心に綺羅の顔をはっきりと見ることができる。こんな髪にさわったら、綺羅の手が汚れてしまう、そう思った。

「お父さまは、一人で？」

ぽつりとたずねる綺羅に、女たちがただうなずいて返答する。綺羅は顔をあげて、かすかにうなずきかえしたようだった。

「ありがとう。――灯子ちゃんは、わたしのお部屋へ。着るものと、温かい食べ物を持ってきて。そのあとは、みんな、すこし休んでください」

はい、と、女たちはずっと年下であるはずの綺羅の言葉にすなおにうなずく。灯子は、こんな顔色の綺羅を見たら煌四が心配するだろうと思いながら、両側から腕を支えられ、幅のひろい階段をのぼっていった。

灰色の衣服を着た女たちは、この家の使用人なのだという。部屋へ連れてこられた灯子に、綺羅が教えてくれた。

湯気の立つ食べ物と飲み物、きれいな少女用の衣服が、綺羅の部屋へ運ばれてきた。綺羅は床にひざをつき、湯で濡《ぬ》らしてしぼった布巾《ふきん》で、灯子の顔や手をぬぐう。炎魔に咬《か》まれたすねは、ひときわ丁寧に清められた。体にはそれ以外にも大小さまざまのかすり傷ができており、綺羅は労りのこもった手つきで、すべての傷に薬を塗った。

「これに着がえて。……ごめんなさい、急がせて」

部屋の中は、大量の紙で埋めつくされていた。紙に文字を書いて綴《つづ》りあわせた、本だ。おびただしい数の本が一様にぱっくりと開いた恰好《かっこう》で、床の上、棚の上、椅子の上、寝台の上にまで、折りかさなってあふれかえっている。そのため、部屋はまともに使える状態ではなかった。綺羅がしたのだろうか。

「教えてほしくて。いったい、なにが起きているの？　みんなはどこにいるの？」

温かくこっくりとした飲み物がのどを通って胃に落ちつくと、すり切れそうだった神経がふわりとゆるんだ。意識の芯《しん》がとろけるようで、用意された首都風の衣服に手をふれないまま、灯子はいますぐこの場で眠ってしまいたくなった。せめて体の痛みが消えるまで、身を横たえて意識を閉ざすことができたら。……しかし、綺羅の切実な表情と、手をにぎって指のふるえを隠すしぐさが、灯子を持ちこたえさせた。

「……工場地帯が」

灯子は、おずおずと話しはじめた。綺羅がほんとうになにも知らないので、灯子が村を出た経緯、湾で行きあった火を使う〈蜘蛛《くも》〉や千年彗星のことまでさかのぼって、話さなくてはならなかった。危なっかしく前後し、とぎれ、言いよどむ灯子の言葉を、綺羅は真剣な顔をしてじっと聞いていた。その青ざめた顔が、雨に打たれた土のように、徐々にこわばりをほぐし、心底からあふれるものに耐えるため、悲しげにゆがめられる。

「それじゃあ……緋名子ちゃんまで、まだ工場地帯にいるかもしれないのね？　かなたも」

綺羅の茶色い衣服に、しっとりと照明の金色が寄りそう。開かれたままのたくさんの本が、打ち捨てられた屍《しかばね》のように聞き耳を立てている。

「なんてこと……わたし、なにも知らずに、こんな」

突然顔をおおって、綺羅がすすり泣いた。その背中に、黒い影がのしかかってくるまぼろしが見えた気がした。町にいた、この事態に目を輝かせた人々、あれはなんだったのだろう。「〈蜘蛛〉が救ってくれる」とさけんでいた、あの人たちは——

頭がくらくらする。灯子は、いま自分が語ったことがほんとうに現実だったのか、信じられなくなっている。かなたも、クンも、明楽もそばにいない。ここへ来るまでに起きたできごとは、現実だったのだろうか？

「……さっき、出ていきなさった大きな人は、この家の……」

綺羅が、そっと顔をあげる。顔は涙で汚れ、ゆがんだままだ。こんなに心細げなおもざしを、灯子は見たことがないと思った。村の子どもたちより、工場の子どもたちより、だれより豊かな場所にいるはずなのに、その表情は灯子の見てきたどの顔よりも心もとない。

「わたしの父よ。ずっと、大きな異変が起きることを予想して、備えてきていたみたい。

……煌四にも手伝わせて。だけどなにをしていたのか、まわりの者は知らないでいたの。もっと訊《き》いておけばよかった。緋名子ちゃんにまで、なにかを手伝わせているようだった。わたしはいっしょにいて、たすけることができたはずなのに。二人を、たすけられたはずなのに。……もっとちゃんと、知ろうとしていれば」

きっと自分がどんな言葉を使っても、目の前の少女をなぐさめることはできない。すぐそこにいるのに、手がとどかない。灯子は強くそう感じ、ただ全身に、綺羅の嘆きを浴びつづけた。

「ほんとうに首都へ古代の火が来てしまったら、みんな、死んでしまう。神族が治めるこの世界は、もう破滅なんてしないはずだったのに。……いつから？　いつから、これははじまっていたの？」

心細さを隠しもしない綺羅のすがたが、灯子の心臓をわななかせる。綺羅といっしょに工場地帯へむかえば、せめて心細さは消えるのではないか。さそえば綺羅はすぐに立ちあがるだろう。二人でいっしょに……そう思いさして、灯子はすぐその思いを摘みとった。それではきっと、明楽を追いかけたときと同じことになる。綺羅まで危険な目にあうだけだ。

目を開けたまま息絶えたかのような本たちが、黙って腹の中身をさらしている。折りかさなる紙の白さが、とほうに暮れているようだった。

「お姉さん――」

言うべき言葉の見当もつかないまま、呼びかけようとしたそのとき、部屋の扉がなめらかな音とともに開いた。ふりむいた灯子は、そこに立つ人物のすがたに圧倒され、かすかな声すら発することができなかった。

炎の柱が立っている。そう錯覚するほど、あざやかな深紅の衣が、細い体をつつんでいる。結いあげた黒髪の下の双眸《そうぼう》は、しかし、つめたい感情のためにぎらついていた。

「綺羅、だめでしょう。勝手にお客を通したりしては」

しとやかな声が告げる。綺羅がびくりと肩をふるわせ、灯子は扉のほうを凝視する。戸口に立つ深紅の衣の女が、傲然《ごうぜん》とした目つきで灯子と綺羅をとらえていた。

「……お母さま」

綺羅の顔が、見てわかるほどに色を失う。作り物のように美しいその人のうしろには、使用人が一人、姿勢よくひかえていた。

「早く、その子を着がえさせてあげなさい。まずは清潔にして、休ませてあげなくてはいけないのに、まったくなにを考えているの？　こんなに散らかった部屋へ連れこんで。非常識にもほどがあるわ」

綺羅がお母さまと呼ぶ人物は、開かれた本を閉じては積みあげながら、こちらへ近寄ってくる。赤い衣が照明をうけて、火柱がじわじわとむかってくるようだった。

綺羅の目に恐怖が巣を張っている。

「す、すみません、お母さま……」

女は無駄のない優美な所作で、腰をかがめる。足の運び、指先の動きまで、まるで舞うようになめらかだ。なぜこの人は、綺羅をこんなにすくみあがらせるのだろう。

「まったく、この一大事に本などひろげて、のんきな子ね」

赤い衣の女の手によって、ぱたん、ぱたんと本が閉じられてゆく。灯子は、とてつもなく異様なものを目にしているのを感じるが、なにが異様であるのかを読みとることができない。

「よく聞きなさい。煌四さんはね、このときのために屋敷へ呼ばれていたの。お父さまはきっと、首都がこうなるのを予見して、配下に働く者を準備されていたのよ。わたしやあなたにそのことを話さなかったのは、万が一にも神族にとがめられるようなことがあったとき、わたしたちを守るため。――この屋敷でずいぶんとわがもの顔をしていたけれど、あの子どもたちは、ただ目的があって居場所をあたえられていただけよ。煌四さんも、それくらいはわかっていたでしょう。だから、綺羅」

その人の目に、もはや灯子のすがたなど映ってはいなかった。そばまで来ると、細い首をさしのべて綺羅に顔を寄せた。

「お父さまの配下の者に、いやしい気持ちをいだくのはおやめなさい」

綺羅が、ぽかりと目を見開く。

「え……？」

綺羅の母親の耳たぶに、くらくらと耳飾りが揺れていた。

呆然《ぼうぜん》としてなにも言わない綺羅に、母親が一瞬、勝ち誇ったような笑みを浮かべ、身をひるがえして使用人になにか呼びかけようとした。しかし、その身動きは中途半端に止まる。

鳴りやんでいた雷鳴がふたたび空気をふるわせたのだ。窓ガラスがびりびりと揺れる。つづけざまに二度、三度と、雷鳴はくりかえし、耳が振動に慣れはじめてもまだおわらない。

目じりを引きつらせる綺羅を見やりながら、灯子は懐の守り袋をきつくにぎりしめていた。にぎりしめるだけの力がたりず、胸に押しあてた。そこに感覚を集中させることで、現実に自分をつなぎとめようとした。

母親になにかを訴えようとした綺羅の声が、雷鳴によってかき消される。綺羅はくちびるを嚙《か》みしめ、そのまま廊下へ走り出す。

「綺羅、待ちなさい！　だれか止めて！」

廊下へ駆け出した綺羅を、母親が大声で呼び止める。

使用人を呼ぶ母親の怒声から逃げるように、灯子もあとを追った。綺羅は階段を駆けおり、外へむかったらしい。玄関の扉が閉じる音が響いた。狼狽《ろうばい》している使用人たちのわきをすりぬけ、あとを追う。あんなに顔色が悪いのに、外へ出ては危険なはずだ。

空のありさまは先ほどと同じだった。工場地帯の上にだけ黒い雲がのしかかり、こちらの空はただ虚《うつ》ろに暗い。あちらで響く雷撃の音が、空気をひずませる。

走っている体が、空の暗さに吸いあげられそうだった。こんなにおそろしい夜を灯子は知らない。前方で稲妻がひらめいて、雨雲を焼く。連続するいかずちに、一瞬ごとに照らし出されながら、それでもなおこちらの地区は暗い。

「お姉さん、待って……！」

咬《か》み傷のあとはまだはげしく痛むが、灯子は無視した。綺羅は危なっかしくふらつきながらも、一心に走ってゆく。そのうしろすがたが、ふとしたはずみに暗さの中へ崩れて消えてしまいそうだった。

灯子がやっと追いついたのは、入り組んだ塀のあいだをぬけて、痩《や》せた雑木の木立が影を浮かばせる行き止まりまで来たときだった。急に土のかおりが強くなる。

「あ」

旧道だ。あの貧弱な木立のむこうにあるのは、巨大水路の上を神宮へとつづく旧道——明楽とたどった道だった。

声はとどいているはずなのに、綺羅はふりむかずに木立へわけ入ってゆく。もうこのあたりへは門柱にとりつけられた角灯の光もとどかず、視界はまったくきかないにひとしかった。旧道のへりから足を踏みはずせば、崖《がけ》を転落してしまう。とげとげしい下生えをかきわけて、灯子は綺羅を追った。草むらからはねたなにかの虫が、包帯が巻かれたすねをかすめる。

綺羅は旧道の上から、むこうにそびえる雲を見あげていた。工場地帯の真上にのしかかる、天から倒壊してきた塔のような雲。目路にはとらえきれない広範囲の空の湿気と空気のうねりを巻きこんで、竜巻のようにそそり立つ。その中に金色の光がやどり、轟《ごう》音《おん》が空気を振動させる。すさまじい力の動きが、水路のこちらにも伝わる。髪や皮膚に稲妻の残滓《ざんし》がはぜるのがわかった。腹の奥、骨と骨の結び目まで揺すぶられる。

誤って足をすべらせないよう、灯子は立ちつくす綺羅の手をとった。綺羅のまとう衣服が手にふれたが、指がしびれていてその手ざわりが感じとれない。

「お姉さん、危ないです。そっちは崖になっとる」

はげしい雨の音がする。その音に綺羅が呼びよせられている。

「行かなきゃ。わたし。……みんなむこうにいるんでしょう？　行かなきゃ……」

綺羅が工場地帯を見つめたまま、浮かされたようにくりかえす。旧道のここは、明楽がしのびたちと戦った場所よりも、さらに上に位置するらしい。岩山の中腹にいだかれた神宮が見える。まるでそ知らぬ顔をして、いくつもの屋根を波のようにつらねた美しい建物が、白い微光をはなっている。

「……お姉さん」

いっしょに行こう。そう言おうとした。神族が、〈蜘蛛《くも》〉がどうなるとしても、火狩りの王が生まれるのだとしても――崖下《がけした》を流れる水路のむこう、あちらにいる者たちの無事をたしかめないままに、この先を引きうけることはできない。

しかし、灯子は綺羅に呼びかけることがかなわなかった。

災いが来たのが、ここからでも見えたのだ。

雨の線に、ちりちりと光が反射する。遠くにこもる、いかずちのそれとはちがう色をした光。低い位置にならんでつらなる、深みを持った赤と黄金。炎魔が身の内に秘めている火とはちがう。獣たちから採れる火よりも荒々しい、原初の色をした光――

灯子と綺羅は、たがいに言葉を紡がないまま、わずかずつ体を寄せあった。それは圧倒的な絶望を前にした生き物の、ごく自然なふるまいだった。

頭の芯《しん》が凍りついたまま、灯子は明楽とわかれてからの、あいまいな時間の記憶を呼び起こそうとしていた。……紅色の光が点在しているのは、明楽がむかっているはずの、神宮の下あたりだ。

（ちがう。きっとちがう）

灯子はおぞましい考えを消そうと、必死で念じた。建物にさえぎられ、雨の線にかき消されてはっきりとたしかめることができない。それに灯子の目は、思うように焦点をあわせることができなくなっているのだ。だからあれは、神宮の下にひろがる光は、人体発火を引き起こす火――古代の炎ではない。きっとちがう。

くらりと、となりで綺羅がひざを折る。かさついた土の上に、上質な衣服が波を打ってひろがる。

「ああ……」

綺羅の口からこぼれた嘆息が、ちがうはずだ、あれは炎ではないと念じる灯子の意思

をひしぐ。こみあげるものを抑えるために、綺羅は手を口もとへ持ちあげようとする。が、その手さえ無残にふるえて、その身にすでに破滅を浴びているかのようだ。

「……綺羅！」

藪《やぶ》のむこうからのさけび声が、綺羅を呼んだ。がさがさと下生えをかきわけてくる音がするが、その歩みは鈍く、なかなか近づいてこない。座りこんだ綺羅の髪が大きく揺らいで、横顔を隠した。

（あ……）

灯子の胸の底で、記憶が身じろぎをする。川。怒った顔をして、七つだった灯子を川から引きあげた働き者の手。

切れ切れの呼び声をあげながら、息を切らして追ってきたのは、綺羅の母親と二人の使用人だ。照明があたりを照らす。その光の、なんと弱々しいことだろう。駆けよって綺羅の背中に肩掛けをかぶせようとした使用人が、工場地帯に見え隠れする猛々《たけだけ》しい光の列に、細長い悲鳴をあげる。

裾《すそ》の破れた赤い衣を体に巻きつけ、綺羅の母親は眉《まゆ》をつりあげた。目をみはり、暗闇をなめる朱色の光をにらみすえた。

「……火なの……？」

白い顔に、紋様のようなしわが走る。その問いにこたえる者はいない。無言を断ち切るように、綺羅の母親ははげしく頭をふった。

「やっぱり――やっぱり、やっぱり！　思ったとおりだ、神族のことになど首をつっこむと、ろくなことがない。あいつらは人間を、下等生物としか思っていないのよ」

　だれかにむけているのではない、独り言にそれは聞こえた。そうして体を火からそむけ、母親は唐突に慈悲深げなかげりを顔にやどして綺羅をのぞきこむ。

「帰りましょう、綺羅。屋敷へ帰るのよ」

「いや……だって、お母さま……」

　うつむいてかぶりをふる綺羅に、母親が一瞬、いらだたしげに眉をはねあげた。

「言うことを聞いてちょうだい。あなたがだいじなのよ。わたしのことも、お母さまのこともすこしは考えて。だいじな一人娘のお前になにかあったら、わたしはどうやって生きていけばいいの？」

　必死につらねる言葉が、けれども、綺羅の耳にはそのままの響きではとどいていないはずだった。綺羅は母親のほうをふりむかず、呆然と火を、火の燃える工場地帯を見おろしている。

「……たすけに行かないと」

　綺羅が、虫のささやくような声で言う。

「無理よ、いまは聞きわけて。お願い」

「見捨てるの？」

「仕方がないのよ」

「……お父さまも？」

大きな舌打ちが母親の口からもれて、綺羅の中から言葉がかき消えたのが灯子にも伝わった。母親のしぐさの一つ一つが、綺羅をはげしくおびえさせる。

綺羅を黙らせた母親が、身をひるがえして使用人に呼びかけようとした。——しかし、その身動きは中途半端に止まる。灯子の耳が、ざわりと恐怖を感じとった。

綺羅と、その腕を支えて立たせようとする使用人たちの、さらにうしろ。……だれもいるはずのないそこに、黒い影が立ち現れる。ぼやけた視界に堂々とまぎれこんだその影は、炎魔かと見えた。

息を呑《の》む音は、使用人の発したものだ。すぐにそれが、悲鳴に変わった。

「……耿八《こうはち》先生？」

ゆっくりとふりむいた綺羅が、背後にいる人影を見てかすかに首をかしげた。ぼんやりとしたままの綺羅の手を、母親がとっさにつかんだ。手首をにぎり、娘を自分のほうへ引きよせようとする。

「な、なんなの、こんなところに」

その頬には明らかな狼狽《ろうばい》の色が浮かんでいた。

怖いものがいる。それを、綺羅がまるで警戒もせずにふりかえっている。母親が綺羅を、現れた黒い影から引きはなそうとし、灯子は立ちあがってひざに力をこめていた。

それがただならぬ存在であることは、身にまとっているものから明らかだった。朽葉色の直衣《のうし》。首都であのような衣服をまとっているのは、神族たちだけだ。白髪のほとんどぬけ落ちた頭の上にはしとやかに黒い烏帽子《えぼし》が、おとがいの下にきちりと紐《ひも》を結わえられて載っている。

「奥さま。お心は拝察しますが、そのようなおっしゃりようは、感心しかねます」

どこか楽しげにすら聞こえる声で老人が言い、顔中におだやかなしわを配置する。綺羅を捕まえていたはずの母親の手には、娘の手ではなく、ずるずると崩れる土くれがこびりついていた。恐怖で引きつった顔に、目だけが黒々としている。

白い手が、灯子の目の前でぶらりと揺れる。きれいな靴につつまれた綺羅の足も、宙に浮いていた。直衣すがたの老人が、いやに穏和な笑みを浮かべながら、ぽかんと目をまるく見開いたままの綺羅をかかえあげたのだ。

長い髪が読み解きがたい紋様を宙にえがく。綺羅はおどろきに頬を硬直させ、しかし一切の抵抗をしようとしない。なにかによって、体の動きを封じられているかのように。使用人たちが木立のほうへ逃げ、腰をぬかしてあとずさりながら、悲鳴をあげる。が、その音はふたたびはじまったいかずちの音にかき消されて、ひとかけらも空気に残らなかった。

綺羅を抱きあげたしわだらけの老人が、にこりと笑った。

「お嬢さまには、いっしょにおいでいただきます。〈揺るる火〉は新たな姫神の任につかぬつもりだという。その際には人の子の中から依巫《よりまし》を選ぶと、さだめておりました。

利発で、お体も丈夫でいらっしゃる。綺羅お嬢さまならば、よい依巫として務められましょう」

その声だけが、なぜかいかずちにかき消されずにまともに響く。耳に針を通されるように、灯子は思い出す。風氏族で、しのびの統括なのだと名のっていた白い着物の少年神――その操る風が、この旧道の上で自分や明楽に見せたまぼろしを。

「――娘をはなして！」

母親がさけんだ。引き裂くような声が、雷鳴のすきまを縫う。綺羅をかかえた朽葉色の直衣のすがたが、威圧するように大きくゆがむ。

「お、お前、間者だったのね？　人間のふりをして、この家にとり入って……化け物め！」

わめく声に、老人の顔のしわはますます柔和に笑みを形作った。

「お嬢さまには、せまい屋敷に閉じこもっておられるよりも、神宮でこの世の支えとなられる道のほうが幸いでありましょう」

状況が飲みこめないまま、けれども灯子は、目を見開いたまま口さえきかずにいる綺羅の表情が、ゆがむのを見た。綺羅をとりもどそうとわめく母親のことを、ひどく心配しているように、それは見えた。

土がゆるみ、ずるずると老人の足を呑みこみはじめた。綺羅の髪が天へむけて逆巻く。もはや言葉の形をなしていない絶叫をあげながら、母親がなかば身を投げて綺羅をとりもどそうとする。しかしその体を、背後から羽交い締めにする者があった。

木立へ逃げようとしていたはずの使用人の一人。灰色の衣服をまとったその人が、立ちあがって綺羅の母親の体を縛《いまし》めている。身動きに無駄はなく、両わきの下から肩を締めあげられた母親は、おどろきと痛みのためにふりかえることすらできないらしい。

黒く肥えた土はすでに老人の腹までを、抱きかかえられた綺羅の足や背中を呑みこんでいる。異様な光景のただ中で、灯子は綺羅に駆けよろうとした。

綺羅の見開いたままおびえきったその目が、灯子のうしろを見ていた。灯子も、羽交い締めにされた母親も通りこして、背後を――そこにいるなにかを。

やわらかな墓へもぐるように綺羅の顔が土に埋もれ、烏帽子をかぶった老人の頭部も隠れた。

綺羅の母親のかん高い慟哭《どうこく》が、雷撃の音と共振しながら響きわたる。両腕はうしろから使用人に縛められたままだった。

その背後に、一人の男が立っている。

おびえる綺羅の目が見つめていたもの。綺羅を抱きかかえて土の下へ消えた神族よりもはるかに若く、首都風の衣服をまとった、さっきまではたしかにいなかった人物だ。

その手ににぎったなにかが、使用人の首すじへ垂直にあてがわれている。中にわずかな液体が入った、ガラスの容器のようだった。筒状の容器を男が使用人の首からはなすと、先端にとりつけられた針が皮膚からぬけ、ごく小さなしずくが散った。

「燠火家は、選ばれたのですよ。神族によって。人の世をおわらせないために。光栄に思ってください」

朗々と涼やかな声音で、男が言った。

眼鏡をかけ、清潔そうな衣服を身につけた男は、整った顔に冷淡な表情を貼りつけている。綺羅を連れていってしまった直衣すがたの神族と同じく、なんの前ぶれもなく現れた。身ぎれいな若い男だ。つめたいおもざしはちっとも似てなどいないのに、灯子の脳裏に、回収車の乗員だった煙二《えんじ》の顔が浮かんだ。

「……お、お前まで」

血走った目を見開き、頰に涙のすじを作りながら母親がふりかえろうとする。もう一人の使用人は、旧道の上にぐたりとたおれて動く気配がなかった。

雷の音が、やんでいる。いつ雷鳴が静まったのだろうか。空気は黒々とひえて、朝はまだ訪れない。

灯子は突然現れた男を、まったくの無表情で綺羅の母親を羽交い締めにしつづける使用人を見あげながら、胸の中でひたすらかなたの名を呼んでいた。教えてほしかった。かなたならこの状況でどうするか。どうするべきなのか。

「あ、あの貧乏人の娘が……工場毒の汚染児が、あんなふうになったのも……全部、お前が。お前たちが」

灯子の耳が、ぴくりと反応する。

「ご明察です。あの幼い試験体のおかげで、ずいぶんと仕事がはかどりました。ほら、この使用人、彼女にはいま薬剤を投与したばかりなのです。それなのに、早くも適合して効果を表している。火をまったく必要としない、新しい人類です」

風の気配を、あのときのまぼろしから聞いたささやき声を肌が思い出す。

——火がなくとも生きる人の子。……

それならば、首都風の衣服をまとったこの若い男もまた、神族の一人なのだ。

「娘をかえして！　かえしなさい！」

涙を流れるままにして、母親がなおもさけぶ。

「お嬢さまを依巫に使うことは、わたしも賛同しかねます。が、残念ながら、いまは手段を選んでいられるときではないのです。理解してください。この先の世を生きる者たちのためです」

若い神族のつらねる言葉は、一つも意味がわからない。灯子は手足の感覚がないまま、綺羅の母親に背をむけて、旧道の先へ走りだそうとした。神族に連れていかれたなら、きっと綺羅は神宮にいるはずだ。この旧道をたどれば、神宮に着く——

「うるさい！　勝手なことを」

そのときふと、若い神族の顔から笑みが消えた。雨雲に閉ざされた水路のむこうをふりむこうとする。

綺羅の母親が、それには気づかず動きを封じられたまま咬《か》みかかるようにわめく。わめくその声が、ひしゃげてとぎれた。灯子が声をあげようとしたそのとき、どこからか飛んできたまぶしい光があたりを包囲し、目を開けていることができなくなった。炸裂《さくれつ》する光は、白々とした銀の色だ。射ぬくようにまぶしい。飛来した光が空間を満たしたとたん、一切の音が消えた。

陶然とするほどの無音。光が微細な粒子となって、肌いちめんにはぜる。

若い神族が、眼鏡の奥で目をみはっている。そのかたわらで、崖《がけ》から落ちてゆく体が見えた。深紅の衣のすそをなびかせた、それは使用人に捕らわれていた綺羅の母親だ。首すじに、液体が入ったガラスの入れ物がつき立っている。使用人の首にあてがわれていたものと同じ、小さな筒状の。――深紅の薄衣《うすぎぬ》がひるがえる。落ちてゆく。こちらへ手を伸ばし、両目をかっと見開いて。

綺羅が悲しむ。たとえおそれているとしても、母親が傷つけば綺羅はきっと悲しむ。灯子はあと先考えずに身を乗り出して、手を伸ばしていた。まだ手がとどくのではないか。こちらへ引きあげなければ。綺羅にはお母さまと呼べる人がおり、その人が迎えに駆けつけてきた。そのことが灯子には、ほんのすこし――うらやましかったのだ。

崖のふちを、黒い翅《はね》の蝶《ちょう》が飛ぶ。はばたいて、どこかへ消えた。

灯子の貧弱な手は、綺羅の母親にはわずかもとどかない。圧倒的な落下の力が、深紅の衣をまとった肢体をさらってゆく。足もとの土がぬかるんで崩れ、灯子もいっしょに崖下《がけした》へ落ちかかる。腹の中身がぐらりと浮く。

ゆらゆらと。

ゆらゆらとひらめくものがおりてくる。

死ぬ間際にはきれいなまぼろしが見えるのだと、だれが言っていたのだろう。ばあちゃんだろうか。おばさんだろうか。最後の最後に一瞬だけ、いっとう美しいまぼろしを見られるのだと。あまりまじめに信じてもいない口ぶりで、言っていた。これがそうなのだろうか。銀色の月明かりに似た、光の波が、視界におりてくる。揺らめき、はためき、複雑にからみあいながら……

棒のように細いはだしの足が、灯子の近くにある。その足もぼうと光っている。

このすがたを、どこかで見た。

村の祠《ほこら》に祀《まつ》る童《わらし》さまの白に、回収車を襲った竜神のうろこの白に、それは似ている。白くて、銀色で、長い髪と長いまつ毛を持つ、静かな横顔が、死んでゆく地平を一人ぼっちで見守っている。まっ黒な月に見おろされながら、そして首都の空へ、光る尾を引いて飛んできた。工場の屋根の上から、灯子たちを見おろしていた……

「こっち。犬たちがいるほうへ、連れていってあげる」

不思議な鈴の鳴るような声が、深いところから響く。

ざ、と風が吹きつけた。風に巻かれて、まっ白な紙が渦を巻きながら飛んでくる。灯子の視界を、おびただしい数の白い紙片が埋めつくす。それがどこからもたらされたのかをたしかめるまもなく、無数に折りかさなった紙が、灯子を現実から遮断した。

第六部

小さ星

一　水辺の者

工場は夜の深まりとともに静まってゆく。自動で働いていた機械たちが、順番に押し黙る。それとともに、工場の稼働によって温まっていた空気がひえてゆく。さながらここは、死人の住む町のようだ。

稼働音も、煙突からの排煙も消え、仕事を中断された工場の機械や建物たちは、何者かの大きすぎる墓標に見えた。

クンはおびえるようすも、疲れを見せることもなくついてくる。引き結ばれた口とかたくにぎった手が、この幼い子どもの意志の強さを物語っていた。

かなたのすがたは、とっくに見えなくなっていた。狩り犬の脚には到底およばない歩みで、煌四たちは進む。

きっと自分たちはたすからないのだろうという思いが、進むごとに根を太くしていった。炉六がヲンという名の〈蜘蛛《くも》〉を殺すのを、その今際《いまわ》に吐かれる呪いを見た。〈蜘蛛〉たちは、邪魔立てをした人間を許さないだろう。雷火にかかわった者は、きっとたすからない。だから緋名子を置いてきた。

煌四は一心に前へ進む幼い〈蜘蛛〉の子を横目で見やる。〈蜘蛛〉は、もとは神族宗家、火を操る異能を持つ一族の仲間だったという。この国を治める血族の頂点にある者たちと、黒い森にひそみ、首都の敵と言われている〈蜘蛛〉が、もとは同じ存在だった――その衝撃が、煌四の中に根深く残りつづけている。

いったいなにを信じて、生きてきたのだろう。自分も、ここで来る日も来る日も働く者たちも。廃棄物や薬品から毒をもらいうけながら、いったいいままで、なぜこの世を信じて生きてこられたのだろう。母や緋名子は、なんのために工場毒の汚染をせおったのだろう……。

「緋名子ちゃんが、お姉ちゃんの鎌を持ってたよ」

ふいに、クンが言った。お姉ちゃん、とクンが慕わしげに呼ぶのは、灯子のことだ。煌四は〈蜘蛛〉の子の横顔に、とまどいながらうなずく。

「……あれは、灯子が使うべきじゃない。使っていいのは、火狩りだけなんだ。キリがいっしょだから、どこかへ置いておいてくれるはずだ」

煌四の返事に反応せずに、クンははだしの足を一心に前へ出しつづける。

「クン……さっきの、ヲンという〈蜘蛛〉は、ほんとに知りあいだったのか？」

慎重にたずねる煌四に、クンはあっさりとうなずいた。

「うん。おいらたちは、森の中にいたの。父ちゃんが炎魔を捕まえて、皮をはぐんだ。そいで服にするの。ヲンも手伝ってた。虫よりも刃物を使うほうがうまいって、父ちゃんがほめてた」

語る声には、なんの感情もこもっていない。ほんとうにクンが、先ほど目の前で息を引きとった〈蜘蛛〉のことを話しているのか、疑わしくなるほどだ。

煌四はのどもとにつかえる苦いためらいを、歯を食いしばって押しとどめた。

「ごめん、こんなことを、いま訊《き》くべきじゃないのかもしれないけど――〝燃えない体にする虫〟っていうのは、なんだ？」

その問いにもクンは、まるで動揺を見せない。怖い思いをしすぎて、幼い感覚が麻痺《まひ》しているのかもしれないと、煌四は不安になった。

「生まれたんだよ。特別な虫が。その虫に咬《か》ませたおかげで、みんなは火が燃えてもなんともない。おいらは、一人だけその虫が効かなくって、森に置いていかれたの。森のもんになれって、母ちゃんが置いてった。追いかけようと思ったけど、だめだった。食べ物なくって、動けなくなってたら、お姉ちゃんたちが見つけて拾ってくれた」

「……そうか」

ただうなずくだけの動作に、煌四はできうる限り心をこめた。幼いクンが、必死に灯子や明楽をたすけようとする理由がわかった。煌四の知らない道のりを、灯子たちはたどってきたのだ。それをうまく想像することが、煌四にはまだできなかったが。

「……その虫は、いまはどこかに隠されている？」

「ヲンは、そう言ってた」

もしほんとうに、そんな効力を持つ虫がいるなら——いや、事実〈蜘蛛〉たちは工場地帯へ古代の火を持ちこんだのだから、燃えない体にする方法というのは存在するのだ——その虫がいれば、〈蜘蛛〉は神族に戦いを挑むまでもなく、新たな統治者になることができたのではないのか。工場の人間に根回しをしておく必要さえない。油百七のような財力のある者が、どんな犠牲をはらってでもその虫を手に入れようとするはずだ。人間をかこいこんでしまえば、神族はいやでも統治者の座を〈蜘蛛〉にゆずりわたすことになるだろう。

それをせずに首都に血を流し、炎をはなったのは、〈蜘蛛〉が過去の世界の復活を望んでいるためなのか……過去の、大きな力が使われていた世界を。火を使った営みと破壊こそが人間のあるべきすがただと、ヲンは煌四にむけて言ったのだ。そして〈蜘蛛〉がほんものの神になるのだと。——しかし、ほんとうにそれだけが理由なのか。

いかずちの下でも、〈蜘蛛〉が死んだのだろう。

そう思った瞬間に湧きあがってくる吐き気にぎょっとし、煌四はあわてて口を押さえた。

頭の中でじわじわと泡がはぜるようで、ひたいにいやな汗がにじむ。〈蜘蛛〉たちがいかずちに撃たれて死んでいたとしたら、それは煌四がもたらした死だ。燠火家の地下室で、煌四が考案し、生み出したいびつな死だった。中央書庫で、必死になってかき集めた、過去の戦争の資料。空から敵を撃っていたというかつての戦法。それに油百七が食いつくだろうと、自分は顔色一つ変えずに計算していたのではないか。――ない。

(待て。いまは、それを考えるな)

目を閉じて、吐き気を無理やり飲みくだした。進まなくては。考えるのは、いまではない。

「大きいお姉ちゃん、怒るかな」

ふいにクンが、口をすぼめながらこぼした。

「怒る?」

ふりむいてのぞきこむが、きゅっと寄せた眉《まゆ》の下の目はちぐはぐに動きつづけ、表情を読みとることができない。

「……大きいお姉ちゃんは、おいらやお姉ちゃんに、ついてきてほしくなかったんだって。いっしょに行くと、死んじゃうかもしれないから。だけど追いかけたから、怒るかもしれない。でもおいら、大きいお姉ちゃんが生きてないといやだ」

煌四はいっしょに歩くクンの、ちっぽけな頭を見つめた。緋名子よりも小さなこの〈蜘蛛〉の子にどうこたえるべきなのか、それがまるでわからなかった。自分よりもずっと幼い子どもがどんな言葉を必要としているのか、見当もつかなかった。虫を通して目的地を見ているらしいクンは、足どりに迷いを生じることなく進んでゆく。かなたのすがたはとうに見えず、ひょっとすると犬はすでに、灯子のもとへたどり着いているのかもしれなかった。

「……灯子と明楽さんは、無事でいるか？」

クンのまるい頭にむかって問いかける。軽く首をかしげたのは、虫と同調しているという目の角度を調節するためだろうか。

「お姉ちゃんは」

クンの声がますます平坦《へいたん》に、しかしますます真剣になる。顔を前へむけ、じっとなにかに集中しているのが見てとれる。

「いまは大きな家にはいない。お姉ちゃん、足が痛いのに走ったんだ」

遣い虫を通して、クンが灯子に起きた異変を察知している。大きな家とは、富裕層の暮らす地区のどこかだろうか。まさか、綺羅のいる屋敷のことなのか。

「崖《がけ》。あの崖のとこ。……ああ、虫が弱いから、うまく見えない。時間も、ずれてるかも。まにあわなかったらこまるのに。お姉ちゃん、あそこから落っこちそうになって、そいで――」

口調をしだいに早めるクンの肩を押さえて、煌四は足を止めた。――行く手に、異質ななにかが見えたのだ。

通路を横切る影。生白い人影が、二つ、三つとつらなってゆく。煌四はとっさに息を殺してクンの手を引き、建物の陰に体を隠した。ぼろの衣服を引きずりながら、人影はほぼ無音で通過してゆく。幽鬼の列のようだった。働く者のいない、無音の工場地帯に、そのすがたはいやになじんでいる。

路地のこちらからそちらへ、人影の列は移動してゆき、そのすがたは建物のむこうにすぐ見えなくなった。煌四たちに気づくことなく、行ってしまったようだ。

つめていた息を吐きながら、煌四は心臓が不気味にうねるのを感じた。

緋名子の動きに似ていた。手足を獣のようにしなやかに緊張させた、あの動きは。……

……

クンが建物の陰からおどり出て前進する。小さな体に焦りがやどっている。しかし数歩と行かないうちに、煌四はクンの前に腕を伸ばしてその動きを止めた。

ひたひた、と——引きずるような足音がこちらへ来る。入り組んだ暗い道のむこうに、なにかがいる。いや、だれかが。

通過したと思ったひと群れの人影の一つが、こちらへむかってきたのだ。ほの白いすがたが、陰にまぎれながら現れる。

いまさら隠れたところで意味がない。雷瓶を使っては、さっき通過していった者たちに居場所を知られる。逃げるしかないが、クンを連れて逃げきれるか——考えながらも、むかってくる者の顔に目をこらしたのは、そのおもざしに見おぼえがあったせいだった。

思わずのどから、かすれた声がもれる。

クンの動きを制したまま、煌四は暗闇から出てきた者と対峙《たいじ》した。ゆらりとした乳白色の影が、こちらへむかって歩いてくる。いまにもずり落ちそうなぼろを身にまとい、紐《ひも》のとれた靴を引きずって。さまようような足どりと、生気のない顔。身なりはまるでちがうが、あれは……

「くれはさん……ですよね？」

問いかけても、こちらを見つめてぼうと立つ人物はこたえなかった。細い手足が、白骨のように暗闇に浮かびあがっている。壊れかけた靴は男物で、足に大きさがあっていなかった。

クンは口を引き結んで、近づいてきた人影に顔をむけていた。にらみつけているのだろうか。しかしその左右の目は、ちぐはぐに動いて焦点をあわせていない。

煌四はつめたい汗が湧くのを感じ、とっさにクンを隠すために前へ出た。使用人だったはずのその人が、立ちはだかる。ばらりと顔にかかった髪のあいだから、こちらを見ている。表情は失《う》せているが、それでも煌四たちを行かせまいとしているのが、その目つきから読みとれる。

そんなはずがないと思いながらも、どうしても緋名子のまなざしや身のこなしを思い起こさずにはいられなかった。脚のつけ根を傷つけられた火狩りの、無残な傷口のようすがよみがえる。緋名子の素手が、あの容赦のない裂傷を作ったのだ。――使用人の、大人の体軀《たいく》で、もしも緋名子のような動きをとられたら。

さっき路地を横切っていった者たち。すがたを消した使用人の一人であるこの人も、妹も……何者によって、体をあんなふうにされたというのだろう。

首都で、工場地帯で起きていることは、とっくに煌四の理解を超えていた。

白い影が動く。炎魔の動きとも、しのびの動きともちがう。それらよりも速い。来る、そう思って息をつめたときには、相手の顔が眼前にせまっていた。

痛みと衝撃が来るのを覚悟して歯を嚙《か》みしめた。が、予測したものは襲ってこず、重さが両の腕にとりついた。異様につめたい手が食いこむ。煌四の両腕をつかみ、困惑と絶望に染まった顔が、すがるようにこちらを見つめた。

「…………」

痩《や》せこけた頰が動き、口がなにかを言おうとする。けれど、のどからもれ出るのはとぎれとぎれの、虚《うつ》ろなうめき声だけだった。

くれはという人は、まだ若い使用人だったはずだ。それが痩せこけて髪を乱し、つめたい皮膚に微細なしわをまとっている。屋敷から消えて以来、どこでどうすごしていたものか、口からはひどくなまぐさいにおいがする。見開かれた目がどろりとにごっているのが、暗さの中にも見てとれた。

腕にしがみつく指が皮膚と筋肉を絞めあげた。うしろでクンが「ぎぃ」と声をもらす。こちらへ駆けよってきた使用人は、なにかにひどくおびえている。

「……綺羅が」

声はどうにか、うわずることなく響いてくれた。その身にただならないことが起きたのはたしかだ。それでも、いた。綺羅が行方を案じていた使用人が、ここにいた。

「綺羅が、心配していたんです。くれはさんがどこへ行ったのか」

指の力がわずかにゆるむ。こちらの言葉がとどいている。

「手紙をわたしてくれたせいで、こんなことになったんですか。──話してください、なにがあったんですか」

ずるずると両手をおろしながら、くれはが、ああ、とうめき声をもらす。一度もまばたきをしない目が、動揺してふるえている。手が、ぼろをまとう体の両わきにふたたび垂れさがった。うなだれて立ちつくし、手で顔をおおって、何度も悲しげな声をもらす。苦痛のために発せられる声なのかもしれなかった。やがてその声が、言葉の形を結んだ。

「……行ってはだめです」

一切まばたきをしない。その目から、とろとろと涙がすじを引いている。

「この先へ、行ってはだめ」

魚のにおい。くれはがはなっている臭気は、魚に似ているのかもしれない。……小さいころ、洗濯場の水をくみあげる水路に死んで浮いている魚を何度か見たことがある。生きて泳いでいるすがたは知らない。首都に海はあるが、汚染のために漁は禁止されているのだ。海のそばに住んでいるのに、煌四は泳ぐ魚を見たことがない。

「……行かないと。仲間が危険なんです」

煌四のたよりない返事に、くれはゆらゆらとかぶりをふる。

「隠れていないと、いけません。お嬢さまには会えません。……わたしは、人でなくなりました」

顔をこちらへむけ、くれはたしかにそう言った。

その意味を理解する前に、後方で音が轟《とどろ》いた。いかずちの音ではない。機械の稼働音ともちがう。——あれはなんだ？

めりめりとなにかの砕ける音がし、ついで、何者かの咆哮《ほうこう》が空気を容赦なく揺るがした。咆哮、あるいは崩落の立てる音。神族が動いたのか、とてつもなく大きな力による音が、空気を振動させる。

「隠れて。燃えてしまう。死んではだめです」

いやなにおいのする口で、くれはが言った。騒音にまぎれて、煌四はその言葉を聞きこぼす。

「え？」

「……隠れてください」

くれはであるはずの人の声は、おびえて泣いているようだった。これ以上、この人を犠牲にしてはいけない。煌四はそう思った。この人が屋敷を追い出されたのは、自分たちのためなのだ。こたえろ、逃げるなと、綺羅があのとき泣きだしそうなまなざしで命じたのだ。

「できません。——ぼくは首都が、世界がこんなままなのはいやだ。こんなあつかいをうけながら生きるしかないのは、いやだ。いっしょに来てください。町に、家があるんでしょう？」

くれはは、なおも頭を揺らしながら首を横にふる。

正体の知れない轟音《ごうおん》が、さらに高まる。雷火を打ちあげる機械が沈黙しているのに、遠慮のない音が空気を振動させる。危険を告げる警報が、体内をめぐりつづけていた。異様な音を生じさせているものを、煌四は視界にとらえようとふりかえる。……話が通じていると油断して、くれはから目をそらした。

「お兄ちゃん！」

クンがさけんだ。同時に体が吹き飛ばされていた。勢いよく建物の壁に肩と背中を打ちつけ、衝撃で息がつまる。地面に手をつくが、上下の感覚がなくなっている。眼鏡がはずれて落ちた。痛みのために自然とつむってしまう目に、それでもぼろ靴をはいた足がこちらへ来るのが見える。

煌四が呼吸をとりもどすより先に、つめたい手が伸びてきた。

「ごめんなさい……もうこの身は、人ではなくなったのです」

くれはの右手がひたいをつかみ、そして、煌四の頭部を背後の壁へたたきつけた。

二　鳥の影

灯子は衝撃のために、ずっと目をつむっていた。紙の手ざわりを持つ膜が、体をすっかりつつんでいる。まるで繭の中にいるかのようだった。体への重みのかかり方がおかしく、幾度も胃が浮きあがりそうになった。

紙の膜のむこうで、はばたきの音がする。やがてそれが止まり、静かになった。まぶたを開けたら、またなにも見えなくなっているのではないか。……それを覚悟しながら、そっと目を開ける。

においが変わっていることに気がついた。埃《ほこり》と金属、堆積《たいせき》した汚れ――工場地帯のにおいがする。

灯子をすっぽりとつつんでとりまいていた白い紙が、一枚ずつなめらかにはがれ、舞い落ちる。落ちるそばから、それはひとりでに形を変えていった。

ひらひら、ひらひらと、それは蝶《ちょう》のすがたになって飛ぶ。

夢を見ているのだろうか。それとも、もう生きていないのだろうか。指先のしびれた手をにぎり、開いてみる。自分の小さな動作が、足の先からじわじわと記憶を引きずりあげる。崖《がけ》のふちで起きたできごとの記憶が、ひどい寒さとなって、全身を満たした。

白い翅《はね》をゆらゆらとたよりなげにはばたいて、蝶たちが上に下に漂いながら飛ぶ。一つ、二つ、三つと、その数はふえてゆく。翅にはしっとりと厚みがあり、夜更けに積もった雪のような、まだだれにもふれられていない光の粒を秘めていた。大きな翅で舞う虫が、群れになって気流をたどる。

「ああ、やっぱりきれい。以前に見てからずいぶんと時間がたつけれど、やっぱりひばりの作る生きた紙細工が、とても好き。……だけどこれは、文字を書くための紙でしょう？」

問う声には、なつかしむような響きがこもっていた。ややあってから、むくれたようすの声がこたえる。

「……姉上が、手揺姫《たゆらひめ》がくれたのです。もうずいぶんと前に、わけてくださったのです」

声にあわせて、また新たな蝶が舞う。よく見れば、蝶たちの体になっている紙を、灯子は知っていた。白くしとやかなそれは、無垢紙《むくし》でできているのだ。

灯子はかたい地面に立っており、前方の工場の、宙に浮いた鉄橋のような場所に、二つの人影がむかいあっているのを見あげていた。二人の影が立っているのは、建物どうしをつなぐ連絡通路だろうか。むきあう者たちはどちらも白く発光して見える。一方は水干にみずらの髪を垂らし、もう一方は背後にくゆる煙のような、白銀の髪のすじをたなびかせている。

ならんで立つと、銀の髪の子どもは極端に小さい。小柄というより、それは種族のちがいにすら思われた。体も頭も手足も、ひとまわりずつ作りが小さく見える。体が痩《や》せ衰えているせいだ。地べたから見あげるこちらには、この世のものではない子どもどうしが、灯子の知らない遊びを遊んでいるように見える。

顔形が見えない距離だというのに、むかいあう者たちの会話が、耳にはっきりと聞きとれる。この感覚にはおぼえがあった。風氏族の少年神が、空気を操って音を響かせているのだ。

「ひばりは、子どものすがたのままなのね。ほんとうはもう、いまいる神族の中でも古株なのに。着物もそんなに汚して。……あのころから、ずいぶん時間がたった。もう、ほかの者にからかわれたりしていない？」

小さいほうの影が言う。なつかしげな響きが、夜の静けさによくなじんでいる。

「申し訳ありません。姉上の前に、このような恰好《かっこう》で……これは、見張りの対象である人間が、ぼくのしのびを避けるのに使ったんだ。人間どもが、よくも、こんな穢《けが》らわしいものを」

「不衛生ではあっても、穢れてなどないでしょう。それは、生き物の血よ」

不思議そうに言うその声に、鼻を鳴らす音がかえされる。あざけるというよりも、どこか泣きだしそうな音に聞こえた。

「……あなたも。子どものままなのは、〈揺るる火〉も同じではないですか」

灯子のまわりを飛びまわった蝶は群れをなして上昇し、自分たちを作った者、星の名を呼んだ者のもとへむかってゆく。紙細工の蝶たちはまるで、めまいを起こしながら飛んでいるかのようだ。その雪の白さがひどくなつかしい。さみどりの影が落ちる楮林《こうぞばやし》、水車のめぐる川の若やいだ真水、簀《す》にきれいにならべて天日に干された白い紙。この世界を支えている神族の——その中心である姫神の言葉を書きつらねるために使われるという、特別な紙。周囲を舞う蝶たちは、たしかにその紙で作られている。丁寧な折り目をつけられ、円をえがいて飛んでいる。

〈揺る火〉……？

その名の星を、火狩りの王となる者が狩る。そのはずだ。

立っているのに、咬《か》み傷のある足は痛まなかった。なぜだろうと、灯子は足を動かしてみる。わらじのつま先をすりつけた舗装は、まだたっぷりと雨水に濡《ぬ》れていた。煌四とともに木々人の住みかから出た直後、襲ってきたしのびと戦った明楽のけがが一瞬で消えてしまったのを思い出す。まるであのときのようだ。あのときのように、いま明楽のおっているけがも、治ってしまうといいのに……

目だけが危うく焦点をぼやけさせ、灯子は、もとの力を失っている、この光を集めるための器官が、たしかに自分のものだと思った。

帯のような長い髪をなびかせて、星の名で呼ばれた子どもが首をかしげたのがわかる。

「あの子は、もう治った？」

「ええ。……神宮へ連れていきますか？　姉上を狩ろうと考える火狩りの仲間ではありますが」

問いかけに、小さな影はゆるゆると首をふる。しぐさにあわせて、長い髪がなめらかにくねる。そこにだけ、月の光がさしているかのようだった。

「不思議。いまでは、森に棲《す》む生き物から火を得るのでしょう。その狩人《かりゅうど》が、わたしをねらっている。獣をねらうのと同じに。……あの子は、行かなくては。あの子には、会わなければならない犬がいるの」

「犬？」

「そう。手揺のように。――手揺のそばにも犬がいたでしょう？　エンという名の、白い犬。エンはどこへ行ったの？」

質問に、一方が押し黙る。

（ここに、おったらいかん）

いまのいままで眠っていた焦りが、急に灯子の意識をはじいた。

綺羅はどこだろうか。直衣《のうし》をまとった神族に連れていかれた。なぜ綺羅が、あんな目にあわなければならないのか、灯子には見当もつかなかった。綺羅の母親は、崖から水路へ落ちていった。手を伸ばしたが、とどかなかった。こちらを呑《の》むように見つめる目の黒さが、灯子の瞳《ひとみ》の奥に刻印されている。あの人は、たすかっているだろうか、それとも……

（火は――？）

ずくりとつめたいものが、胃からせりあがってくる。灯子は気をぬくとかすみがかる目をこらそうと、眉間《みけん》に力をこめた。神宮をめざす明楽に傷をおわせたのは、いま灯子の視線の先にいる存在だ。紙で作ったものを自在に操る風氏族の少年神。小鳥の鳴くのにそっくりな声をした、みづらの髪の。

「姉上のところへ、行かないのですか」

「行ったわよ。会ってきた。手揺はなぜ、神族たちからあんなあつかいをされているの？」

「…………」

「訊《き》いたのよ、ここから逃がしてあげましょうかって。手揺を、いまのわたしは連れて逃げることだってできるから。……あの子は、逃げないと言った」

声が、悲しげに沈む。

「わたしは、世界のなぐさみのために生まれたの。荒れはててゆく世界のなぐさみのため。地上に残る美しいものを探し、それを人々に伝える。世界はまだ大丈夫なのだと、人々の心を安らがせるための星として。窮地にある者を見つけては、たすけを要請する、救いの星として。……でも、まったくの無駄だった。上空から――この星の空からさえ切りはなされた暗い場所から、ずっと地上を見守って。目の前でとほうもない数の生き物が死んで、都市も森林も農地も遺跡も、あらゆるものが破壊されていく。あの破壊は

なんのためだったの？　いったいどんな必要があったの？　たすけを呼ぼうにも、もう、救援に駆けつけられる者なんて残っていなかった。ひたすらに破壊がくりかえされ、みんなが死んでいくだけ。わたしは、空の高みからそれを見ているだけ。なにもできなかった」

「なにも、などということは。〈揺る火〉からの知らせで、神族と人間たちは多くの者を救いました」

かぶりをふるしぐさによって、銀の髪がめくるめくほど複雑な波をえがく。

「神族が力をおよぼすことのできるのは、この国の中でだけ。異能のおよぶ範囲ですら、救済は追いついていなかった。どうにか救うことができた者たちも、そのあと焼かれて死んでいった——」

澄んだ声がしだいにかたさを帯びる。少年神が表情を険しくして、うつむく。

「……おいたわしいです。たった一人で、そのようなものをまのあたりにされて」

「そんな言い方は、しないで」

ふたたびの沈黙。

焦りが脈にとってかわって、胸をつく。

早く、かなたのところへ行かなくては——そう思った。灯子一人ではなにもできない。かなたがいれば、連れていかれた綺羅をたすけることができるかもしれない。そうしなければならない。煌四に知らせることはできるだろうか。明楽は、灯子に願い文の写しを持たせた明楽は、無事に目的地へたどり着いたろうか。

「ああ、もう大丈夫みたい。よかった」

視線をこちらへふりむけて、灯子のようすを観察しながら、その声はうれしそうだった。安堵《あんど》の響きすら感じられた。

「どうするのですか、あの人間を」

「あの子は、犬のところへ行くの」

下手に動いては、ひばりに危害をくわえられるのではないか。頭でそう考えながら、しかし灯子は、それはきっとないだろうとも思う。すくなくとも、いまこの場では。

「あの屋敷の女の子は？　神宮へ連れていってしまった。かかわりのない人だもの、早く帰してあげないと」

その疑問に、ひばりのため息がこたえる。

「――あなたをつぎの姫神にしようと、神族たちはずっと画策してきたのです。虚空へさまよい出しても、その身にさだめられた指令によって、〈揺る火〉はいずれこの地へもどる。そのときには、手揺姫さまの任を継ぐ者に、と。あの娘は依巫《よりまし》にされる。あなたを逃がさないために」

どこか悲嘆の響きを混じらせた言葉に、少女の小さな頭がうつむく。

「……手揺のそばにいる者たちは、ほんとうにそれしかないと考えているみたいだった。だけど、できない。わたしは、かつての世界のなぐさみ星として生まれただけなのに。

姫神である手揺にすがたを似せて、身の内に火をこめられて」

「その火を、神族は姫神を継ぐ力としてあてにしている。ただ、神族のよりどころとなる力として。そこに手揺姫さまの意思も、〈揺る火〉の思いも関係はありません。姫神の重責に寄りそおうという神族など、いない。だからぼくは、あなたが……〈揺る火〉が、滅びをもたらしに帰ってきてもよいと思ってきた。ただ一人の姫神に重責を担わせることによって、ぼくたち神族は力を行使することができる。生き残った人間たちを統治している。そんな世界が、いまのままつづいてゆく道理がないのです」

しばらくの沈黙が、空気をしっとりとたわませた。

「ひばり、早く神宮へもどって。顔色が悪いわ、血を見たせいなの？……どこもかしこも血まみれだった、世界が一度壊れたときには」

それにこたえる声はなかった。風が吹き、少年神の気配を運び去っていった。むかいあっていた長い髪の持ち主も、同時に灯子の視界から消える。二つの大きな気配が、あっけなくどこかへ行ってしまった。

「…………」

灯子は長く息をついた。のどが、やっとまともに空気を行き来させられるようになった気がする。ふやけたようにたよりない体の感覚をこらえながら、周囲を見まわす。

周囲には工場の建物たちが複雑な構造をむき出しにしているが、それらはもう動いていない。雨はやんでいたが、ずっと天からの矢に打たれつづけた工場地帯は、熱を洗い流されてひえびえとしていた。空に星はない。月も見えない。暗さがぼやけかかり、夜明けが近づきつつあるのが感じられる。

上下をたしかめ、自分の体がちゃんと立っているのをたしかめた。いまのいままで近くにいたはずの、神族たちの気配は消えていた。不思議と恐怖感はなく、ただ、焦りが灯子を困惑させた。

かなたのところへ。クンのところへむかわなくては。煌四はどうしているだろうか。早く、綺羅を神族のもとから連れもどさなくては……どうすればそんなことができるのかわからないまま、灯子はただ焦った。

息を吐き、息を吸い、灯子は自分のいる場所が工場地帯のどこであるかをたしかめようとした。鉄塔や煙突、先端に鎖のついた巨大な鉄の腕が中空にひしめき、見たことのない場所だということしかわからない。どちらへむかえばかなたやクンのいる場所へたどり着けるのか、見当もつかなかった。

ものおぼえが悪いのなあ、と、いつか照三にかけられた言葉がよみがえる。あのときも、そうだ、かなたが道をおぼえてくれていて、灯子は迷わずにすんだのだ。いまはそのかなたのいる場所を——いるはずの場所を、一人でめざさなくてはならない。

（おなか、へった……）

こんなときにまで空腹を訴える自分の体に腹が立った。懐に食べるものがあるが、これは、かなたやクンとわけあうためのものだ。

よろめくように数歩歩いて、ためらうように歩みを消え入らせる。あたりにはだれもいない。

火は、〈蜘蛛《くも》〉の持ちこんだ火はもう消えたのだろうか。灯子は目を閉じ、耳をすまそうとした。道しるべになる音はないかたしかめようとして……音ではなく異質なにおいに、顔をあげた。

なぜいままで、気づかずにいたのだろう。金属でも機械油でもない、これは血のにおいだ。

気づいた瞬間に肌があわ立ち、灯子はあとずさりながらふりむいた。恐怖を感じたのは、そのにおいがただならないほど濃かったからだ。

どこかの建物から、その生々しい臭気は漂ってくる。あまりに濃いにおいの気配が、それを察知させた。逃げ出すことはなぜか思いつかず、灯子はにおいのするほうへ、よろよろと歩を進めていった。

……音がする。機械音ではない、生き物の立てる音だ。おとなしい生き物が頭をふるう音、口もとからもらす声。

その音をたよりに、灯子はさらに進んだ。いやなにおいのきつく漂う方角と、音のした方角は同じだ。生き物の気配をたぐって、灯子は歩み、やがては走りだした。足の裏に綿を縫いつけられたかのように、足どりがおぼつかない。暗い視界に、ぴりぴりと細かな光が泳いでいる。耳が拾う音は視覚との、微妙な、しかし確実なずれを生じている。

体に組みこまれた違和感を、灯子は気にするまいと決めた。動ける、それだけが重要だった。

金属が複雑に組みあわさって構築された工場地帯。そのただ中にひときわきつくにおう血のにおいは、炎魔に襲われたシュユが流していたものと同じだった。だが、これはもっと濃く、そしてずっとなまぐさい。

足もとでカタンと高い音がした。細い水路をおおう鉄の蓋《ふた》が、灯子のわらじに蹴《け》られて揺れたのだ。水路が雨でかさをまし、鉄蓋から水が路面へあふれている。

無人の通路を右へまがると、ほかの工場とくらべても目をみはる巨大さの、複雑な構造の建物が眼前に現れた。背の高いものや低くひろいもの、たくさんの棟が寄り集まって連絡通路でつながり、一つの工場となっているらしい。鈍い灰色の建物群は、まるで一つの集落だ。

その現実ばなれした建造物の、左側に見える屋根の上に、黒光りのするなにかが乗っていた。工場のほかの構築物と同じく金属でできているらしいが、屋根の上の黒い機械はとりわけ目を引く。なにに使うものなのかは、灯子にはわからない。周囲の建物とちがい、雨に洗われてつやめいていることから、どうやら真新しいものであることがうかがわれる。かしいだ柱にも似たすがたは、研いだばかりの刃物で断ったかのような正確な直線のみでできており、その黒さが、明けやらぬ夜にもはっきりと際立って、自らの色を誇示していた。

年季の入った巨大な工場の屋上で、その黒い機械は明らかになにかの目的をもって空をにらんでいる。

建物の外壁のところどころに、金属製の表示板がとりつけられている。記号や数字の意味は灯子にはわからないが、『鉄鋼』の文字は読むことができた。製鉄をする工場なのだろうか。

においのもとはここだ。──まちがいないと直感すると同時に、うなだれて頭をふる四つ足の生き物が視界に入る。建物の外につながれた、それは一頭の馬だった。

黒毛の馬はひどい疲れを見せてこうべを低く垂れ、蹄《ひづめ》で弱々しく舗装をかいている。雨に打たれるままになっていたのか、わずかでも身を守ろうと建物の壁にぴたりと体を寄せているが、真上には屋根もひさしもなく、憔悴《しょうすい》しきっていた。

馬の足もとを濡《ぬ》らす水の色が暗い。暗く深い水の上に、獣が立たされているかのように見えた。

「…………」

足どりをゆるめて歩みよりながら、灯子は思わず着物のそでで口と鼻をおおった。馬の蹄の下の色を沈めているのは、なみなみとした血の色だった。視線をずらしてゆくと、舗装にあふれる血はかたわらの巨大な建物から流れてきている。

血だまりの上で、つながれた馬がうなだれている。

灯子は何度かまばたきをして、自分が見ているものが錯覚でないことをたしかめた。

人の気配のない工場地帯で、目の前のひときわ大きな建物はしんとしている。周囲を見まわし、灯子はつながれた馬に駆けよった。だれもいないのなら、人の仕事をたすけるこの獣をはなしてやっていいだろうと思ったのだ。早くはなしてやらないと、立ったまま弱って死んでしまう。

灯子が近づくと、馬はおびえて後脚立ち、目をむいていないた。はげしくあがく獣の蹄に蹴られそうになり、あわてて飛びのく。目は充血して口からはよだれが糸を引き、首すじに瞬時に血管が浮きあがる。恐怖にさらされて、獣は正気を失いかけているのだ。

「暴れたらいかん。いま、はなしてやるから」

声をかけるが、聞こえているのかあやしかった。

「……だ、だれが、こんなことしたんじゃ。こんなひどいこと」

馬は暴れることで、灯子の声をみな聞き逃す。白目にびっしりと血管が走っていた。足もとの赤黒い血が、馬の蹄に蹴られてはねあがる。──これは、なんの血なのだろうか。

建物の入り口らしい扉が、大きく口を開けているのが見えた。やはりその下から血は流れ出している。中にだれかがいて、けがをしているのかもしれない。……ただのけがから流れるような量の血ではないということを頭からとりこぼし、灯子は馬のそばをはなれて、入り口のほうへむかった。

中はまっ暗で、高い天井から雨が降っていた。

血のにおいが充満する建物の中に、雨が降っている。ふりあおぐ灯子の顔にも、そのしずくがかかった。外の雨はやんでいるのに。——雨？　ちがう。天井にめぐらされた金属の管に開いた細かな穴から、液体がしたたり落ちているのだ。雨ではない。ぬめってにおいがある。視線をおろすと、汚れた床に濡れて破れた紙人形がいくつもいくつも落ちていた。力の糸を断たれた人形《ひとがた》。

明楽の血がつくと、しのびが紙きれにもどっていたのを思い出したとたん、天井からしたたる液体がなんであるのかに、ようやく灯子は思い至った。

息を呑《の》んで、身をひるがえした。入り口わきの壁に背をあて、ぐらりと黒く溶解しだしそうな視界を、きつくまぶたを閉じて押しこめた。そうして思い出す。少年神の着物が血で汚れていると、幼い声が言っていたのを。血に濡れて落ちている紙人形はしのびだ。この工場は、どのような理由によるものか、少年神としのびの襲撃をうけたらしい。それに対抗するために、天井から血を降らせたのだ。

どくどくと心臓の音が耳をふさいだ。指先がつめたくなり、声も出なかった。わらじの足の下にたまった、灯子の顔にもかかっている液体。

（……明楽さん、明楽さんなら、生きとる者がおらんか、たしかめなさる）

息を整えようとした。すでに、呼吸の仕方を考えることができなくなっている。しかし、建物の中に、けがをした者がいるかもしれない。あるいは、死んだ者が。明楽ならこうするはずだ。その確信だけをたよりに、灯子は体を反転させ、もう一度建物の中をのぞいた。

動く者はなく、血のにおいが鼻にぬめりつく。天井からしたたり落ちる血の雨が、神経をとろかしてゆくようだった。建物の奥――幾本も垂れさがった鎖に、大きな生き物が吊《つ》るされているのが見えた。

馬の死体だ。

生き物の死体が、機械の部品かなにかのように、鎖につながれて宙吊《ちゅうづ》りになっている。不自然な角度でうなだれた馬の鼻先に、大きな漏斗《じょうご》がぶらさがっている。漏斗の先に管がつながれ、それは床の上をくねって建物のさらに奥へすがたを消している。あの馬から血液を採っていたのだ。

こらえきれず、灯子は顔をそむけて外へ逃げ出した。ひざが砕けて、舗装に転倒する。ままならない呼吸が、ただでさえ暗い視界をさらに塗りつぶそうとする。うずくまって、必死に息を吐こうとした。外につながれたあの黒馬は、血をぬく順番が来るのを待たされているのだ。

だれかの足あとが、舗装の上につづいている。建物の中から、工場地帯のどこかへつづくいくつもの足あと――血のついた靴で、だれかが建物から出ていったのだ。路面に残る雨水にまぎれて、消えかかっている。どこへつづくのかを目で追おうとしたとき、轟音《ごうおん》が鳴りわたった。

とっさに灯子は頭上をあおいだ。いかずちの音ではない。空は暗いままだ。

工場の機械ではない、なにか大きなものの動く気配がある。いまは工場から機械の稼働音が消えているために、めきめきとなにかの砕ける音が、生木の裂ける音だと聞きわけることができた。ついで、ひずんださけび声が空気を振動させた。

遠い崩落の音が、工場地帯の空気をゆがめる。

おびえて暴れまわっていた馬が、ふいにおとなしくなった。恐怖が限界を超えて、突然に暴れる力すらぬけ落ちてしまったかのようだった。放心して動かない馬に、この場で自分のほかに生きている者に、灯子はすがるように駆けよった。またいつ、蹄をふり立てて暴れるかわからない。おとなしくなったすきに、馬の口に咬《か》まされているくつわと、外壁に埋めこまれた鉄の輪をつないでいる綱の金具をはずした。縛めを解かれ、馬はわれにかえったように、うなだれていた首を伸ばした。灯子のほうを見ることなく、そのまま走りだす。よろめきながら、建物のあいだを縫って獣は逃げていった。

それと同時に、空気をきしませて、何者かのさけび声がふたたび響きわたる。

灯子は狼狽《ろうばい》しながら、路面につづく足あとを、人がいた痕跡《こんせき》を目で追った。静まった工場地帯のわずかな明かりしかないのに、足あとがたしかに赤いのが見てとれる。

顔をあげた。夜が明けそめている。

ずしり、ずしりと地響きがする。回収車を襲った竜神――あの大きな生き物に似た存在がどこか近くにいる。体の芯《しん》にそれを感じて灯子は立ちつくした。

こまったときは、かなたを大声で呼ぶんだよ――火穂の言葉を思い起こして、灯子は懐に入れた明楽の願い文の写しを、つぶさないようそっとにぎった。

（綺羅お姉さんのこと……たすけんと。クンのこと。緋名子のこと。明楽さん……）

許してください、と、灯子は自分をたすけて死んだ火狩りに、かなたの主《あるじ》であり、煌四たち兄妹《きょうだい》の親である人にむけて懇願する。自分のために狩り犬を呼ぶのではない、だから、どうか許してほしい。

大きく息を吸い、灯子は声を張りあげた。犬を呼んだ。

「――かなた！」

三　明けの星

空が奇妙に乱れている。

厚くかぶさっていた黒雲はいつのまにか薄れて、日の光があたりに色をとりもどさせる。淡いあけぼの色と、居残った厚い雲がまだらを織りなす空。そのところどころに、まだ空を去らない星々がぎらついている。その光が異常に大きい。雨の名残りが空気をゆがませているのか、それとも雲間の空が裂けて星を間近に見せているのか、灯子にはわからない。朝の星が、地べたで起きていることをのぞきこむかのようにひしめき、その光芒《こうぼう》の焦げつく音さえ聞こえてきそうだ。

空気をおののかせた轟音や地響きは、すでに鳴りやんでいた。あれはなんだったのか、それをたしかめるひまもなく、工場地帯はいっそう静けさを深めてゆく。

かなたを呼びながら、灯子は工場地帯を走った。だれもいない。なにもかもが、すでに死に絶えたあとのようだった。

ここはまるで、楮《こうぞ》の白皮をさらす真冬の川の中だ。あのときと同様、まわりにはだれもいない。灯子は一人きり、暗くて世界から切りはなされた場所にいる。

なぜ川へ入ったりした。何度も、何度もたずねられた。たずねる母さんは必死な顔をしていた。ばあちゃんが家の奥の暗がりに座って、自分の手をこすりあわせている。顔中のしわが、とてもやわらかだったのをはっきりとおぼえている。叱られる灯子にも、顔をこわばらせた両親にも関心のないふりをして、そのくせばあちゃんの顔はどこか、孫娘のしでかしたことをおもしろがっているようでもあった。

走りながら、灯子は思う。

（ああ、いまも、あんときとおんなじじゃ——知りたかったんじゃ）

気がついてみれば、なんとささやかな理由だろう。灯子は、無垢《むく》紙《し》があんなに白い理由を知りたかった。その紙になる白皮が、どれほどつめたい水の中に身をさらすのか、雪の味をふくんだ川水はどんな手ざわりか。

（そんなんじゃから、すぐに叱られよるんじゃね。燐をいつも怒らしよったのも。ものもようおぼえんくせして、頭のたりんくせして）

気の毒なことをした、申し訳がなかったと、だれに対してかもはや判然としないまま、灯子は苦い悔いを胸に染みこませた。

ぎらぎらと輝く星が、早朝の空にとり残されてまたたく。

夜が明けた。灯子が無事を願うすべてを、とるにたりないことだと思い知らせるかのように、着々と時間は移ろってゆく。

血の雨がしたたる大きな建物にいた馬たちのすがたが、まざまざと目に焼きついている。白目に浮きあがるほどに、びっしりと走った血管が。恐怖を隠すすべさえ知らない、獣のおそれが。べそをかいている場合ではないというのに、灯子はつぎつぎにこぼれる涙を止める方法がわからなかった。

どこにも、だれもいない。

静止した工場群と、とほうもない色のまだらにちぎれた空がのしかかる。

ふるえるひざを押さえて、灯子は立ち止まった。息があがって、汗が涙といっしょにあごへ伝った。体に根を張ったしびれは消えず、もとのとおりに動きつづけることができなかった。あわててひたいの汗をぬぐう。しみる汗が目に入る前に、無意識にふきとった。もしここで、また見えなくなったら、二度とたいせつな者たちに会うことができなくなってしまう。

そのとき、耳に、かすかな遠吠《とおぼ》えの響きがとどいた。はっとして背を伸ばす。乱れた呼吸が自分の耳をふさぐ。その場で体を回転させてすがたを探すが、まわりには建物がせまるばかりで、犬の影は見えない。

「かなたっ！」

もう一度、犬を呼ぶためにさけんだ。自分の声がどこかで反響し、弱々しいこだまになるのが聞こえた。

遠吠えが返答する。

耳がとらえた方角へ、灯子は駆けだした。よろける足を叱咤《しった》し、先ほどまでより速く。

かなたのもとへ、灰色の犬のもとへむかって走った。

建物が道をはばんで、まっすぐに進めない。それでも勢いを殺さずに走る。鉄塔の下をくぐり、錆《さ》びてうなだれる起重機のそばを駆けぬけた。

静かだ。機械たちが、ここで起きているできごとにとまどって、疲れはてた金属の体を、朝日の中に眠らせようとしている。

自分以外の足音と息遣いが聞こえてくる。灯子は顔をあげて首を伸べようとし、その拍子に水たまりに足をとられて転倒した。ばしゃんと派手に水がはね、ひざ頭が熱くなったが、すぐ起きあがってまた走ろうとした。

が……

起きあがろうとする灯子の前に、ひとすじの光が降ってきた。朝の空に居座って、ぎらぎらと照る星の一つが、まっすぐ落ちてきたのかと思った。あざやかな銀色の光がすぐそこではじけて、灯子はまぶしさに息を止める。

「大丈夫？」

だれかの声が問うた。

目の前に、むき出しの白い足がある。細い足首にまつわりつく長い髪が、雪の色をして揺れている。その白さが、灯子の混乱を深く鎮める。

「ひ……姫神さま？」

灯子は這《は》いつくばる恰好《かっこう》のまま、視線をあげていった。

痩《や》せ細って頬のこけた一人の少女が、そこにいた。肉の削《そ》げ落ちた体が、中から発光している。肩も足もあらわになった、薄衣《うすぎぬ》のたよりない衣服だけを身につけ、その背後に白銀の光が、ゆらゆらと揺れ動いている。なめらかに、一瞬たりとも止まることがない。

揺れる光は、両の耳の下で結わえた白銀の長い髪だ。

小さな顔の中の深い色をした目、白いまつ毛。顔にかかる前髪も、左右の耳の下で結わえたおさげ髪も、銀色の彗星《すいせい》の色をしている。長らく手入れされていないのか、ほぼざんばらといっていいほど、髪の長さは整っていない。乱れた髪に痩せ衰えた体――それでもそのすがたは、不思議とちっともみすぼらしくはなかった。

体をかがめ、鼻と鼻がふれそうなほど近づいてしげしげと灯子の顔をのぞきこんでから、どこから現れたかわからない少女はまなざしをあげた。かすかに首をかしげると、身の丈よりも長い髪が空中に複雑な流線形をえがいた。それはたしかに、先ほど連絡通路の上で少年神と会話していた存在だ。

「あ……」

知っていた。以前に会ったことがある。この不思議ないでたちの少女と、不吉な夢の中で。

灯子を見おろしていた少女が、ふと背後をふりかえり、自分の体を一歩ぶん、横へずらした。

むこうの暗がりをふりきるように、駆けてくるものがある。かなただ。たくましい脚で舗装を蹴《け》り、かなたがこちらへ駆けてくる。みるまにそのすがたは近づいて、そして灯子のそばへ到達する。

まっすぐ駆けつけると、かなたは全力で走ってきた勢いを殺しそこねて、灯子の上を飛びこえなければならなかった。舌を見せながら尾をふりまわし、灯子の頰をなめる。気遣わしげに肩や耳のにおいを嗅《か》ぎまわる。濡《ぬ》れた鼻を何度も灯子に押しあて、瞳《ひとみ》をのぞきこむかなたの顔が、笑っていた。

「か──かなた」

起きあがって、はねまわるかなたの体を抱きしめた。炎魔の血を浴び、泥や雨をかぶって、灰色の被毛が、またすっかり汚れてしまっている。それでも、なつかしいにおいは消えていなかった。かなたののどの奥で、よろこびを表す高い音がくりかえし鳴る。牙《きば》のあいだに黒い毛のすじが残っているのを、灯子は指でとりのけた。耳を指にはさむようになでて抱きしめると、ありあまるほどの犬の体温が灯子へもそそいできた。

「よかった、来てくれたのね」

かたわらに立つ少女が、幼いのに深みのある声で言った。高く澄んだ声は、二重に音色をかさねたような、聞いたことのない響きだ。

「あ、あの……」

灯子はその現実ばなれした少女に、なんと声をかけたらよいのかわからない。とまどう灯子と、ぴったり寄りそって頰や手をなめつづけるかなたを、少女はおだやかな表情で見おろしている。

「前にも会ったのに、あなたにまだ名のっていなかった。──千年彗星〈揺るる火〉。それが名前」

謎めいた、けれどどこかさびしげにも思われる笑みをやどしたまま、少女はそう言った。

かなたの首すじをなで、ひざに力をこめて、灯子は犬のとなりに立ちあがる。水たまりで転んだ拍子にすりむいた両ひざから、血のすじがむこうずねを伝わって流れた。しかし、その痛みもさほど感じない。

「〈揺るる火〉……？」

少年神が呼んでいた名を、少女は自ら名のった。おどろきをこめて見つめると、少女が目を細めた。白いまつ毛が、さざ波のように揺らいだ。血の気のない顔に、ほんのかすかな頰笑みが浮かぶが、あまりに痩せているために、笑みを浮かべているというよりは、ひもじさによって気が遠のくをこらえているように見えた。

銀色の髪が波をえがいて動いた。まるでいびつな形をした、一対の翼だ。

少女は空気のにおいをたしかめるように一度息を吸い、言った。

「そう、〈揺るる火〉。千年彗星。妖精《ようせい》。天の子ども、あるいは星の子」

まっすぐこちらへ語りかける少女に、灯子は胸の奥が押しつぶされるような、背中がすうと軽くなるような、名前の知れない気持ちをいだいた。かなたの呼吸音と体温がそばにあり、それが灯子を地に立たせていた。

過去に人が空へ浮かべた星。機械人形だと伝わっていたはずの存在は、たしかに生きた体を持って目の前にいる。いまにも折れそうな首をかしげて、こちらを見ている。耳の下で結わえた髪はくらくらと動き、肩も腕も寒そうだった。

〈揺る火〉がいる。手を伸ばせばふれられる距離に、火狩りの王をこの世に生む星、明楽の狩るべき星が――

けれどそれは、わずかの衝撃でも壊れそうなほど細い、子どものすがたをしているのだ。

「……自由に動けるって、すごいのね。以前ならだれかをたすけるためには、地上にいるべつのだれかを呼ばなくてはならなかった。だけどいまは、自分で行こうと思う場所へ行ける。あなたを、なんとかたすけようと思ったの」

風もないのに髪をなびかせ、少女が灯子を見つめる。全身にごつごつと骨が浮いている。わずかな身動きをするだけで、骨と皮がすれて痛むのではないかと思えるほどだ。

かなたが狩りのときと同じく耳を張りつめる。同時に、まるで親しい者に再会したかのように、星の子を見あげてゆっくりと尾をふった。

「……なんで。千年彗星は、昔に、神族の火を入れて空へ飛ばされた、機械なんじゃと……なんで、こんな。こ、こんなすがたじゃ、明楽さんが」

明楽が、鎌をふるうことができない。

危うくふるえる灯子の声に、少女が、〈揺るる火〉が首をかしげた。また髪が揺れる。そのすがたは、水の底につつましく棲《す》む、邪気のない魚のようだった。

「それはだれ？」

問われて、灯子はくちびるを噛《か》みしめた。あまりに短く問いかえす少女に対して、自然に体がわななく。金属を打ちつけあうような深いしびれが、両腕の先に響いた。にぎりしめようとした手に、うまく力がこもらない。

「明楽さんが……探しとるんです。〈揺るる火〉を。千年彗星を。世界が、おわらんようにするために」

ひしめく星が本来の大きさに光芒《こうぼう》を縮め、しだいに薄くなってゆく。地上に現れた千年彗星に、役目をゆずるかのように。朝の光が、灯子の言葉から現実味を奪ってゆく。

「ずっとずっと一人で、火狩りの王を生むために」

声をふるわせる灯子をつかのまのぞきこみ、それから少女はななめ上、くたびれた色あいの薄雲と朝日が、幾層にもかさねた模様を織りなす空のほうへ顔をむけた。横顔の輪郭が光っている。見あげるそのしぐさだけで、なにかへ祈っているように見えた。とほうもない歳月をへた祈りを、なにかに伝えているかのように。

「ああ、それが、わたしを狩ろうとしている人ね。火狩りの王。それが、新しい統治者になるの？　――あなたは、わたしを機械だと思っていたの？」

あまりにそっけなく問われ、灯子は、足もとの地面がずるりと崩れ去るような気がした。なにも言うことができず、ただこくりとうなずいた。

なんの色と呼び表すのだろう。少女の目は、墨をたたえたようにも真水をたたえたようにも見え、その澄んだ瞳の奥深くに、ちりちりと燃える微細な光をやどしている。不思議な色の瞳を、白銀のまつ毛がふちどっていた。

細い体のうしろを、銀の髪の紋様が飾る。

「機械じゃない。生きている。……でも、わざわざ作られたという意味では、機械と同じなのかもしれない。わたしは、だれかから生まれたのではないの。目的があって、作られた」

言いながら首をかしげるそのしぐさに、灯子ははっと息を呑《の》む。死んでゆく地平を、月の手前からなすすべもなく見守っていた。あれは――〈揺るる火〉の見た光景だったのかもしれない。なぜそれを灯子が夢に見たのか、理由はわからない。けれどあれは、この少女がかつて見た、世界が一度死ぬそのときの光景だったのではないか……あのとても怖くてさみしい夢は。

そのことをたしかめようと口を開きかけたとき、頭上の金属のロープがたわんで揺れた。機械音とは質のちがう異音が、混じりこむ。大きな気配と、苦い異臭が、こちらへ近づいてきた。

みしみしと音がする。地上よりも高い、空に近い場所で。

あ、と声がもれた。

そびえる建物群のむこうに、巨大な影が動くのが見える。それは左右へ、上下へ、不安定にかしぎながら、だんだんとこちらへ来る。なにかとてつもなく巨大なものが、近づいてくる。どこかへ身を隠さなければ、頭のすみでそう思うのに、体はその場に棒立ちでいることしかできなかった。あるいは、逃げる必要はないと、嗅覚《きゅうかく》が告げていたのかもしれない。苦み渋みを煮つめたような、よく知るにおいを嗅ぎつけていたために。

かなたが尾を立てて吠《ほ》えるが、その声に敵意はこもっていない。

すがたがはっきりと見えるまでに、さほど時間はかからなかった。鉄塔のすきまに大きな影が現れる。工場地帯のそこここにそびえる慰霊の大樹と変わらないほど、丈高い巨体。土をかぶった頭、まがりくねった巨樹のような腕。全身が、木の幹や根やつるを寄せ集めてできているかのように見える。体のあちこちにうろがあり、そこに土がつまっていた。

異臭をまとう体と、翡翠色《ひすいいろ》の目――木々人の特徴を備えた、それはクヌギだった。地下の居住区の壁面に埋まっていた木々人が、地上へ這《は》い出してきたのだ。空気をめりめりときしませたあの轟音《ごうおん》の正体は、クヌギだ。

銀色の髪を揺るがせる少女の痩《や》せ細った体が、ますますちっぽけに見える。

胸の前に垂れさがった太い腕と、シュユから小鳥をとりあげた長い腕。クヌギには二対四本の腕が備わっていた。異形の木々人は、長く生きるうちにまばたきを忘れたかのように見開いたままの両眼を、はるか上から灯子にむけている。

その口が動き、ひび割れた低い声が轟《とどろ》く。その音が言葉の形を結ぶのに、ひどく時間がかかった気がした。

「……モグラの仲間だ」

巨人はぎょろりと大きな瞳《ひとみ》に灯子をとらえ、そう言った。

「ああ、生きていたのですね」

べつの声が、おだやかに降ってきた。見あげると、長い首とその先につながった頭がするするとおりてくる。ヤナギだ。クヌギの肩のあたりから、先に頭のついた長い首が伸びてきていた。ヤナギは、どうやらクヌギの肩につかまっているらしいが、蛇のように動く首につながる体は、ここからは見えない。

「木々人さん――」

生きていた。シュユやキリの仲間が。しかし、居住区にいたあとの二人、ムクゲとゴモジュのすがたはなかった。

「神族が〈蜘蛛《くも》〉の火を消すために地盤を崩したので、クヌギが壁をぬけ出たのです。生《い》き木《ぎ》といっしょに、そのまま土に埋まればいいと言うのに、クヌギは、シュユとキリがどこにいるかたしかめてからでないと死ぬことができないと言い張って」

ヤナギの顔は、謎めいて笑っている。巨人化したクヌギの手の一つに、一本の緑の木が、根が抱きこんだ土ごと載せられていた。木々人のよりどころである生き木だ。この木からはなれすぎると、木々人は衰弱して死んでしまう。――生き木がここにあるということが、生き残った木々人の数を物語っていた。

ヤナギのすがたをこんな場所で見るのは、ひどく奇妙に思われた。しなやかな首も、切り傷にそっくりな口も、いかめしい機械の風景とは不つりあいだった。ぼやけた朝日のもとにさらされて、ヤナギの顔色が薄くなっている気がした。灯子を見おろすまなざしがやさしい。ヤナギはとうに、なにが起きたかを知っているのにちがいなかった。

「……シュユは。きのう、炎魔に襲われて……近くにおったのに、もう、のどを咬《か》まれて」

クヌギの目が、呑みこむようにこちらを見ている。灯子の声音が揺らいでも、その表情は微塵《みじん》も変わらなかった。

「ご、ごめんなさい。わたし、あの子を、たすけられませんでした」

灯子がとぎれとぎれに伝える言葉を、ヤナギは頬笑みを浮かべたまま聞いていた。灯子が言いおえるのを待って、木々人はほんのわずかに声を立てて笑った。さびしそうな笑いだった。

「シュユを看取《みと》ってくれたのですね。礼を言います、われわれは忌まわしいものとして地下に隠され、もう人としてあつかわれることはないとあきらめていたのに。――シュユは幸せだったでしょう、せめて、最後だけでも」

手をにぎりしめて立ちつくす灯子に、ヤナギが上からやわらかな声だけをかける。それ以上近づくことはせずに、ただ声の調子を気づかないほどかすかにやわらげる。きっと、シュユやキリにしてきたなぐさめ方と同じに。

「クヌギはどうしても、仲間の墓を作りたいそうです。彼は手仕事が好きなので。――どこかへむかっているなら、手伝えるかもしれません。あなたはまだ幼い人間だというのに、そんな体で、無理をしては……」

ヤナギのたおやかな声は、しかし、しまいまで言いきる前に、クヌギによってさえぎられた。

「……〈揺る火〉だ」

岩をこすりあわせるような声で、クヌギが言った。言葉といっしょに、ごろごろと口の奥から低い音がした。大きすぎる目が、地べたに立つ白い少女を凝視している。

「〈揺る火〉がもどったぞ。星を焼く娘が。……そうか、迎え火があったのか」

胴間声がしだいに高まってゆくが、それに反してクヌギの表情は変わらない。ぎょろりと見開いた目が、微動だにせず少女へむけられている。

迎え火――そうだ、煌四と地下へおりたときに、クヌギが〈揺る火〉を呼ぶための迎え火をともせと言ったのだ。何度も天を焼いたいかずちが、迎え火となったのだろうか？　それとも〈蜘蛛〉の火が、星を呼んだのか。

しかし、〈揺る火〉が空へすがたを現したのは、炎魔がトンネルからなだれこんでくるのと同時、いかずちが鳴りわたるかなり前だったはずだ。

「シュユは、トンネルの近くにおるはずです。キリは」

言おうとする言葉が、口の中でもつれる。トンネル付近で、火の手はあがっただろうか。弔ってもいない幼い亡骸《なきがら》は、ひと晩つづいた雨に打たれるままになっていたのではないか。

「キリは、神族から手本としてわたされていた古い薬を、みんな持っていってしまいました」

ヤナギが、どこかおかしそうにそう言った。そうして顔をかたむけ、長らく見たことなどなかったであろう地上の光景を、目を細めてながめる。

「われわれが人をたすけるために作られたというなら、キリがいちばん木々人らしい。キリはまだ、死んでいませんか？」

身も蓋《ふた》もないたずね方に、灯子はどきりと胸を射ぬかれる。うなずくつもりが、ぎこちなく、ほとんど首をかしげるような動作になってしまった。ヤナギの顔のむこうに、薄ぼんやりとした空がある。工場地帯にささやかな色彩をもたらした朝の陽は、薄い雲に拡散されて、空は銀灰色に曇っている。

「……わからん。手当てをしてくれなさったんです。明楽さんのけがや、わたしの目や。たすけてくれなさった。目を開く薬を使《つこ》うてくれなさって。……そのあと、わたしだけ町へ逃がされて」

灯子は必死に記憶をたぐる。目が見えていなかったから、いまとなってはさだかでないが、炎魔の群れとの戦いから逃れ、建物の中で手当てをうけたはずだ。大きな乗り物のしまわれたようすの、埃《ほこり》っぽい建物で。あそこには緋名子も、緋名子が傷をおわせたらしい火狩りも、クンもいて……

「……格納庫。回収車の格納庫に、ひょっとしたら、まだおりなさる……」

灯子が言うと、こちらを見おろすヤナギが、かすかに灰色の顔をかたむけた。

「あそこには、近づくことができませんでした。工場の地下からぬけ出てきた〈蜘蛛〉の持ちこんだ炎が燃えていて──火狩りたちも、多くが人体発火によって死にました。もし格納庫にいたなら、キリも」

灯子はヤナギの顔を見つめて、はげしく頭を横にふった。髪の毛が頰や目を打つ。必死なしぐさに、自分でおどろいた。

「そ、そんな。そんなこと、きっと……」

生きている。生きているはずだ。キリも明楽も、クンも、煌四も緋名子も。かなたがいたのだから、こうして会うことができたのだから、みんなどこかに無事でいるはずだ──灯子は守り袋を胸に押しあて、寄る辺のない願望をすがるように念じた。かなたの目を見つめる。落ちついた犬の瞳の深さが、灯子を安心させようとしている。

探さなくてはならない。これから。……見つかるのだろうか。脳裏にぽとぽとと、血の雨の垂れる音がくりかえされる。

「おい」

石の臼《うす》をひくような声で、クヌギが呼びかけた。その目が見おろしているのは、痩《や》せこけた少女だ。

「隠れておれ。見つかるぞ。見つかれば首をとられるぞ、〈蜘蛛〉に。それとも、〈蜘蛛〉より先に世界をもう一度滅ぼすか」

巨人に問いかけられた小さな銀の子どもは、ふうと長い髪に空気をからませる。

「……決められないの。どうするのか決められないまま、もどってしまった」

するとクヌギが片方のひざを折り、二対ある腕の大きなほうを灯子たちにさしのべた。人と同じく肉と骨でできているのか、石や土や、さまざまな種類と太さの植物の集合体であるのか、見わけがつかない。その手に乗れということらしかった。

「隠れておれ。キリを探すぞ。まだ生きておるなら、墓を作らずともいい」

「待って――」

言いさす少女の体を、灯子もろとも木々人の巨大な手がつつんで隠した。椀《わん》の形にまるめた手の上に持ちあげられた灯子たちを追って、かなたが身をおどらせる。かなたが指の関節のへりへ飛び乗ると同時に、クヌギがぎしぎしと身をきしませて立ちあがった。

クヌギの手から、土のかおりがきつくにおう。その体には、地中深くの土がしっくりとこびりつき、ほとんど皮膚の一部と化していた。一日二日、日なたに立っていたなら、体中の皮膚から虫たちが這《は》い出し、眠っていた草木の種が芽を吹くだろう。宙に運ばれる浮遊感といっしょに、そのすがたを思いえがいて、灯子はかたく眠っている春の気配をなつかしく思った。

　クヌギの手の上に座りこむと、急に腹の底から力がぬけるのを感じた。かなたが熱心に灯子の手をなめる。犬の背をなでようとした。手がふるえて、言うことを聞かなかった。かなたが、灯子のすりむいたひざに鼻を寄せる。じわじわと感じる痛みが、灯子をこの場につなぎとめている、そう思った。明楽や煌四や、火穂やクンのいる場所と地つづきのこの場に。

　体が揺れるのは、灯子たちを手に乗せて、クヌギが歩きだしたためだ。クヌギのてのひらはごつごつとした船のようだった。首都まで灯子たちを運んだ、あの船だ。ハカイサナのよこす波にたすけられて、命からがらここまでたどり着いた――

「…………」

　ハカイサナのことを、となりにいるこの少女はなんと言っていただろう。どこで話したのだったか、うまく思い出すことができない。夢の中で？　しかし、あれはいつ、どこで見た夢だったろう？

　巨大な木々人の手の中で、細い声が言葉を紡いだ。

「ハカイサナは、旧世界で作られた人工の生命体よ。わたしと同じ。だけど、黒い森にいるあの獣たちはちがう。あれは、汚染のために変異したの？　それとも、神族がこしらえて野にはなったの？　いまはあの獣たちが、熱と光をもたらすのね」

灯子は目をしばたたいて、少女を見つめた。灯子がなにもこたえないので、少女は骨の浮くひざをかかえて座りこんだ。空中を揺れる髪も、頰や手足も、白い微光をまとっている。あまりにも無防備なすがたをしたこの子を守るかのように。

「炎魔は……神族さまが人の住む場所から遠のけておくために、獣に火をかえしなさったのじゃと」

そう、たしかにヤナギが語って聞かせてくれた。いまとなっては地崩れによって埋まっているという、荒れはてた地底の庭で。

横顔を見せる少女の目もとが、痛ましそうにしかめられた。まったくつやのない口もとが、短くなにかをささやいたようだったが、声を聞きとることはできなかった。

「さっき……空から飛んできなさったの？」

たずねると、少女はどこかおかしそうにさえ見える表情で、うなずいた。

「ええ、そう。そういう役割だったの。空のうんと上から、星のまわりをめぐって、いろんなことを地上の者たちへ知らせる……」

「きれいなものを探して、見つけたり？」

たずねる灯子に、ええ、と少女は首をうなずかせた。

「こまっとる人のかわりに、たすけを呼んであげたり……」

「そう」

目をふせて、うなずく。深々となつかしそうに。その表情が、灯子の腹の中から言葉をたぐり出す。

「夢で、見ました。……なんで、あんな夢を見たんじゃろう。月がまっ黒で、あっちこっちに火が燃えて」

「それで、なにもできなかった。見ているだけだった」

目の下の張りつめた薄い皮膚に、ごくかすかな涙がにじむのを灯子は見た。頰を伝うほどの涙は、きっともう体に残っていないのだろうと思った。クヌギに持ちあげられていると、少女の顔に落ちる影が、細かなしわを作っているのが見てとれる。小さなこの子どもは、干からびんばかりに痩せ衰えているのだ。

「これ。食べれますか」

灯子はあわてて、懐からひしゃげた紙箱をつかみ出した。中に、わずかばかりの食べ物が入っている。

一瞬目をまるくして、それから少女は首を横にふった。

「それは、あなたとあなたの犬が食べなくては。わたしは、なにも食べないの。そういうふうに作ってあるから」

その声があまりにさびしそうで、灯子はもどかしさにくちびるを嚙《か》んだ。

「……わたしの犬と、ちがいます。この犬は――かなたは、火狩りさまの犬なん。首都に、家族がおるんです」

かなたの家族は、煌四と緋名子は、ちゃんと無事でいるだろうか。緋名子は、煌四のそばにもどっているだろうか。

「そうなの。だけど、よく似ている。あなたとこの子は、まるで――」

言いさして、少女は目をしばたたいた。灯子が守り袋からとり出し、てのひらに載せた飴玉《あめだま》をじっと見る。

「せめて、これ、食べんといかん。なにも食べんとおったら、死んでしまう」

灯子が心配したのは、痩せた少女が、頬笑みながらもとても苦しそうにしているからだ。回収車で一切の食事に手をつけずにいた、火穂のように。ほんとうにこの子が千年彗星なのだとしても――過去の世界で生まれた機械人形なのだとしても、目の前で苦しげに息をしている少女は、あのときの火穂とそっくりに思えた。

「……ありがとう」

小さく言って、細い指が飴玉をつまみとった。灯子が見守っているのをおかしそうにながめて、飴のつつみをそのまま手の中ににぎりこんだ。蜂蜜色《はちみついろ》の透きとおったお菓子を、決して口に入れようとはしなかった。

過去の世界が死に絶えるのを目撃してから、いったいどのくらい遠くまでさまよい出ていたのだろう。薄いくちびるは、少女のものというよりは老人のようだ。どれほど遠くまで旅すれば、こんなに幼く、同時に年老いたおもざしがやどるのだろうか。

ふと、前方にわずかにのぞく路地を、一匹の獣が駆けてゆくのを見たように思った。先ほど綱を解いた馬とも、逃げのびた炎魔ともちがう、白い獣のすがたが。しかし、クヌギの手がわずかに揺れると、入り組んだ建物のむこうに、路地そのものがすぐに見えなくなってしまった。

飴玉を手の中で転がしながら、少女が――〈揺るる火〉が、ふと思いついたようにたずねた。

「わたしを狩ろうとしているのは、どんな人？」

灯子はその目を見、思わず呼吸を止めた。銀の小魚のうろこを幾層にもならべた細工物のように、複雑に、精緻《せいち》に光をやどす瞳《ひとみ》が、こちらをのぞきこんでいる。うっかり気をぬけば、その目にとぷりと飲みこまれてしまいそうだ。白いまつ毛が狂いなく配置され、その瞳を守っている。その顔はだれにも癒《いや》されることなくさびしそうで、もう笑っていなかった。

「決めなくてはならない。もうあまり時間がないのだけれど、この世界を継続させるため神族たちに従うか、それとも務めから逃げるのか、決めなくてはならないみたい。決めるための手がかりがほしい。わたしは……遠くへ逃げ出して、一度壊れた地上がどうなったのか、いままで知らずにいた。虚空へ逃げて、でも逃げきれなかった。わたしはいまの地上のことを、ちゃんと知らないから」

少女が――〈揺るる火〉が言う。遠くまで来てしまった迷子が、きっとどこかにあるはずの自分の家へ帰る道をたずねるような、それは、どこまでも孤独な者の声だった。

灯子はきしむ体に力をこめて背すじを伸ばした。

「……明楽さんは」

しかし、声はとぎれる。

すぐそばに建つ工場の屋上に、鉄の骨組みにおおわれた煙突を背にして、だれかが立っている。クヌギの手に乗っているために、そのすがたははっきりと見ることができた。しっとりと若々しい緑の着物をまとった、一人の若い女だ。

（あ、明楽さん――？）

一瞬見まちがえたのは、年恰好《としかっこう》が明楽に近かったからかもしれない。しかし突然現れた女の髪は赤くはなく、若草色の着物の肩を、流れる墨のようにおおいながら背中で結わえられている。重たげなかさねの裳裾《もすそ》を持ちあげながら、屋上を数歩こちらへ近づき、そこで止まった。

「仲間の墓を作りたいなら、先に〈蜘蛛《くも》〉どもの死体を埋めてこい」

知らない声が、ぞんざいな調子で投げかけられた。クヌギのひじの高さ程度に位置する屋上から、着物をまとった女は木々人を見あげる恰好だ。だが、堂々としたそのおもざしのせいで、逆にこちらが見おろされているような錯覚を呼び起こした。

あざやかな紅を引いた顔が、こちらへむけられている。化粧をほどこした顔にはどこかあどけなさが残り、そして片側の頬には、木々人たちとそっくりな植物の刺青《いれずみ》があった。ただし、木々人たちのそれが枝葉の紋様であるのとはちがい、女の顔を彩るのは花の刺青だ。青い小花が、色の白い顔の刺青から、同じ花の模様に彩られた若草色の着物へ、流れるようにその身を飾っている。

かなたのやどす緊張が、灯子にも伝わった。――神族だ。あれは、木々人の仲間ではない、木々人を作り地底へ閉じこめた神族の一人なのだ。

「お前たちごときに、千年彗星をかくまえると思ったか。〈蜘蛛〉も火狩りの一部もほとんどの神族も、そのぽんこつをほしがっているんだ。そんな危険物はほうっておいて、お前たちは動けるなら墓を作れ墓を。骸《むくろ》をほうってはおけんのだ。死体は穢《けが》れだ、腐敗による燐《りん》火《か》が発生する前に、早急に神宮の真下から片づけねばならん。発酵よけの薬剤を用意してやるから、いますぐにでもとりかかれ」

ずけずけと言葉をつらねる若い女のすがたをした神族に、クヌギもヤナギも返答しなかった。灯子は目じりを引きつらせる。彼らをこんなすがたに作り変え、黒い森に遣わすことができないからと、地底の荒れはてた庭に置き去りにしたのは、神族なのだ。いまさらその言葉に従ういわれはないはずだ。

「いっしょに庭園にいた犬は、姫神のもとへむかったぞ。返納の儀に先立って試験体としてさし出され、炎魔になりそこねた大犬だ」

その声に、クヌギの手になかばおおわれた少女が反応し、銀の髪がくらりと宙を泳いだ。

「……エンが？」

小さな声で、たしかにそうささやいた。

「千年彗星も姫神のもとへもどれ。そのために帰還したのではないのか、ちがうか？　まさか、この世界を生かすか殺すか、まだそんなことをくよくよと悩んでいるわけではなかろうな」

まくしたてる神族の口もとの動きに、灯子はおそれを感じながらも視線を吸いよせられていた。

「あなたは、シュユを作り変えた木の氏族でしたね。隔離地区の、もっとも幼い木々人を作った」

慎重に、ヤナギが声を発した。薄化粧の神族は、青い花の刺青のほどこされた顔で頬笑む。

「よくおぼえているな」

「地底にいては、新たにおぼえるべきこともないので」

クヌギの肩から首を伸べて、ヤナギが色の褪《あ》せた顔をまっすぐ神族へむける。

「キリはどこにいます――あなた方なら、木の根が張っていなくともわかるのでしょう」

ふん、と鼻から音を鳴らして、神族ははっきりと笑った。神族には似つかわしくないと思えるほどの、あけすけな表情だ。

「ああ、わかる、無事だ無事。生きているぞ。水氏族に体をいじられた娘といっしょにいる。食用植物の製造工場にいたが、いまは負傷した火狩りを集めて救護所のまねごとをしているな。でかい図体《ずうたい》で、やみくもに歩きまわっても時間がかかるだけだ。連れていってやろうか？」

　きっと緋名子のことだ。緋名子が、キリといっしょにいる。

　しゃべりながら、青い花を衣服と頰にまとった神族が、さらにこちらへ歩みよってくる。不用意に進めばやがて足場がとぎれてしまうというのに、その足どりはあまりになめらかだ。まるで、落ちる心配などするほうが不自然だと言わんばかりだった。木々人の手に鳥籠《とりかご》に入れるようにして隠された貧弱な体の少女を、ふさわしい者が迎えに来たのだと思ってしまうほど、堂々とこちらへ足をむける。

「おや？　お前か、ひばりの能無しが目をつけているのは」

　青い花をまとった神族が、ふとその視線を灯子とかなたへむけた。なにを言っているのか、灯子は理解することができない。神族の視線に身がすくむが、いまは恐怖よりもとまどいのほうが勝っていた。

「木々人の世話に、直接下界へおりての人間の監視に――ほかの連中がしたがらない仕事ばかりまわされても、あいつの姫神への忠誠心が消えないのはたいしたものだな。その点だけは認めてやろう」

　クヌギの手の、土くさいにおいの中から、細い声が問うた。

「ひばりは、まだそんなふうにあつかわれているの？」

　わずかに身を乗り出した姿勢のために、浮きあがった背骨が衣服越しにはっきりと見てとれる。少女が弱々しくかざす問いに、花柄の着物の神族は紅を引いたくちびるを、きりりとした笑みの形にしあげる。

「まだ、と言われても、あれはわたしより長生きしているんだ。昔のことなど知らん」

長いまつ毛にかこまれた目が、おもしろがるようにこちらを見あげる。苔桃色《こけももいろ》のくちびるに、絶えない笑みがやどっている。

「ほかの者たちが邪険にあつかうとしたら、それはあれがその程度だからだろう。雨を呼びよせ水路の水を操って、土を崩し、建物と木のたおれるむきを変え、風向きを変えて、神族は火を消すのに力をそそいでいる。あいつだけが姫神と千年彗星のみにかまけて、まともに仕事をしていないのだ」

やはり、そうだ。土を肥やし、草木をいよいよ太らす雨の降る時季であるはずなのに、工場をずぶ濡《ぬ》れにしていったのは、季節が呼んだ雨ではないのだ。あれは神族が集めた、火を消すための雨だった。

笑みを作っていた神族のくちびるが、そのとき、ふと一文字に結ばれた。

ぴり、となにかを予感して、鼓膜が張りつめた。

空気がゆがむのが見えた。つづいて揺れが来る。骨も頭蓋《ずがい》も見境なく襲う揺れに、灯子はうしろむきに投げ出されそうになる。クヌギが指を閉じ、そのおかげで落ちずにすんだ。が、反動で前へ体がのめって、クヌギの手のふしにしたたかに身を打ちつけた。痛みを感じるひまもなく、もんどりうって体が反転する。かなたが吠《ほ》えている。なにが起きているのかわからないまま、灯子はかなたの上へおおいかぶさろうとした。そのと

きにはすでに、振動はおさまっていた。

「――〈蜘蛛〉どもめ」

クヌギが、低い声の底に怒りをくぐもらせる。目の中に明暗がはげしくはぜている。止めていた息を、灯子はあわてて吸いこんだ。

短い悲鳴が口からもれる。高い煙突が根もとから折れ、たおれたそれがべつの建物の屋根につき刺さっているのがクヌギの指のすきまから見えた。

そのむこう――建物をいくつかへだてた場所に立つ巨樹が、生きたままその枝葉を燃やしていた。まだ遠い。遠いが、灯子は自動的に死を予感した。

「ああ――建物はいくら壊してもかまわんが、木を焼くのは気に入らんな」

燃える巨樹を見やって、屋上に立つ神族が目をすがめる。

「〈蜘蛛〉の火は、神族が消したのでしょう?」

ヤナギが問うた。燃える巨樹を、その木を焼く炎をにらみながら、青い花をまとう神族は、髪のすじをゆらりとなびかせる。

〈揺る火〉は平然と、クヌギの指のあいだから顔をつき出す。かなたの筋肉がこわばるのが、灯子の手へ伝わった。まだ体は燃えはじめない。かわりに心臓が骨をつき破るほどに暴れつづける。

「人間だ。これは、〈蜘蛛〉の巣にかかった人間たちがやっている」

赤いくちびるは、たしかにそう言葉を紡いだ。

べつの場所で、また轟音《ごうおん》があがる。

人間が――？

「水面下で〈蜘蛛《くも》〉に加担する者たちが、首都のどこかに存在していると聞いたが、ほんとうだったようだな。人間たちが工場内に〈蜘蛛〉の入り口を用意し、火の種をしかけておいたらしい」

「……ひばりが隠していたの、きっと」

かたわらの少女が、悲しそうにまつ毛をふせた。ちっぽけな横顔に、不自然に長いまつ毛が影を落とす。ふん、と吐き捨てるように、屋上に立つ神族が息をついた。

「だろうな。人間たちがみすみす〈蜘蛛〉の巣にかかったのは、あれが重大事をほかの者に知らせずにいたためか。どうせほかの者には、都合のいいうそでも吹きこんできたのだろうが、よくもまあ耳ざとい風氏族の者たちを長期間だましおおせたものだ。だからあんなはぐれ者に、どんなちっぽけな仕事もさせるなと言うのに。氏族の者たちは、もっと厳しくあれを監視するべきだった」

神族の声は、この場で起きていることとはへだたった、古い書物の切れはしでも読みあげるかのようだった。

（火の種……？　人間が？）

〈蜘蛛〉こそが救い主だ、そうさけぶ者が町にいた。工場から逃げてきた子どもたちの中にも。〈蜘蛛〉がきっと家族をたすけてくれるのだと、声をはずませて語っていた少年の声が耳にありありとよみがえる。

「──さて」

屋上に立つ神族が、やにわに片足を引いて裳裾《もすそ》をさばき、ひざを折ってこちらへ──〈揺る火〉へ、頭をさげた。

「つつしんで進言申しあげます。〈揺る火〉は一刻も早く手揺姫のもとへ馳《は》せ、その本来の役割をはたされますよう。つぎの姫神となって世を救う道を選ばれるか、あるいはしっぽを巻いてまた空へ逃れるか。早くご決断なさいませ、もう猶予はございません」

朗々と声を響かせてそう告げると、深く垂れたこうべをあげ、神族はその横顔を、生きたまま炎上している巨樹のほうへむけた。もう、こちらをふりむくことはなかった。

「いまいましい。どうやってあの火を消してくれよう」

立ちあがったその裳裾、楕円形《だえんけい》の下駄《げた》の足もとに、するすると影が這《は》ってひろがった。──クンのはなつ虫に似たその細かな影は、幾すじにも枝わかれした植物の根だ。まるで神族のすがたをして立つひと茎の植物が、自在に根を操り、工場の屋上に複雑な網目を刻印してゆくかのようだった。

びっしりと交差した網目が、平面からかご状に隆起し、伸びひろがって、青い小花をまとった神族のすがたをつつみこんだ。ふくれあがったそれは、即座に平面へ、さらに点へ存在を縮める。

ざ。──ほんとうにかすかな音を立てて、植物の根は一瞬のうちに屋上のかたい床へもぐりこみ、消えた。その中につつまれていた神族もまた、あとかたもなかった。

「…………」

すこし前まで静まりかえっていたはずの工場地帯に、断続的な、しかし容赦のない破壊音が響く。恐怖によってくたびれはてた神経が、ぷつぷつととぎれてゆくのを灯子は感じて、息をつめてかなたにすがりついた。

クヌギの手の中で、銀色の髪がくるくると不思議な渦を巻いた。

「……ようすを見てくる。あなたたちは隠れていて」

神族の消えたあとをしばらく呆然《ぼうぜん》と見やっていた〈揺る火〉が、こわばる声でそう告げた。クヌギの指のあいだに足をかけ、すぐにでも飛びおりようとする。

「ま、待って――」

呼び止めようとする灯子を、長い髪をくらりとたなびかせて〈揺る火〉がふりかえった。

「平気よ。わたしは発火を起こさないもの」

そうして白いすがたは、そばからいなくなる。長い髪の先がクヌギの指のすきまに揺れて、見えなくなった。

気がつくと灯子は、服の上から願い文と守り袋をどちらとも、心もとない指で力いっぱいにぎりしめていた。かなたが緊張から舌を出し、せわしない呼吸をする。そうしながらも、じっと体を寄りそわせていた。灯子が正気を失わないように。

「かなた……」

火が燃えてしまえば、たすからない。首都へ、家族のもとへもどることができたのに。かなたは、ここにじっとしていてはいけない。これ以上、かなたが親しい者を失うことがあってはならない。

「お、おろしてください」

灯子はわななく声で、木々人たちに呼びかけた。

「かなたと行きます。この子の家族を、探さんといかん。キリをたすけに行ってください。それから――」

ヤナギが深い痛みに耐えるようなまなざしで、灯子の言葉を待っている。

「キリといっしょに、おるはずの女の子を……緋名子という子を、どうか守ってやってください。この犬の、家族なん。お願いです」

犬の瞳《ひとみ》を見つめた。鋭い獣のまなざしが、灯子のしびれた足に、立ちあがるための力をそそいだ。

「約束しましょう」

切り傷に似たくちびるで頬笑んで、ヤナギはたしかにうなずいた。

四埋火

脈にあわせて頭を殴打するような痛みがしだいに近づいてきて、煌四は歯を食いしばるために息を吸おうとした。とたんに、大量の埃《ほこり》がのどへ舞いこみ、咳《せ》きこむその勢いで体を起こした。

背中をまるめ、四つん這《ば》いになって、やっとまともな呼吸をとりもどすと、急いで周囲を見まわした。天井がある。外にいたはずだったが、いつのまに建物へ入ってきたのだろう？　機械の稼働音がすぐそばでしている。どうやら、どこかの工場の中であるらしい。クンといっしょに、工場の通路を歩いていたはずなのに——

そこまで思い至ったとき、体の芯《しん》を寒気がつきあげた。

「……お兄ちゃん」

呼ばれて、とっさに緋名子のすがたを探す。が、煌四を呼んだのはクンだった。

かたわらの床に座ったクンが、ここでない場所を見ている目をふせて、心もとなげに首をかしげている。

「クン……なにがあった？」

上体を起こして、座りこんだクンの肩をつかむ。その手ごたえのあまりの細さに、煌四はいまさらぎょっとした。

「けが、してないか？」

言いさして、くれはのすがたを思い出した。人でなくなった、そう言っていた虚《うつ》ろな顔。緋名子と同じ異変が、使用人だったあの人にも起きたのではないか――

「ここに、隠れてろって」

クンがぽつりとそう言う。まなじりが白くこわばって、幼いまるみのある顔からは血の気が引いていた。

視線を動かす。金属製のタンクが立ちならび、太い鉄の管が天井を伝って工場内のべつの部屋へつづいている。煌四たちがいるのはボイラー室で、どこかの弁が解放されているのか、室内は蒸気で満たされている。

「お兄ちゃん、火が」

「え？」

そばの床に落ちていた眼鏡を見つけ、つかみとった。こわばりきった体のままならない動きに、煌四は焦る。他者の体へ意識を投げこまれたかのように、動かすすべをつかむことができない。

視界が妙に明るい。壁の上部に、横長の細い窓があり、そこから白い光がこぼれこんでいる。照明の明かりではなかった。あれは、通気口と明かりとりをかねた窓だ。そこからそそいでいるのは、日の光だった。

夜が明けている。

重みをともなった焦燥感が、もどっていたはずの呼吸を荒くさせる。

「火？　火は、もう消えたはずじゃ……」

立ちあがる。それにならいながら、クンが小刻みにかぶりをふる。

「〈蜘蛛《くも》〉のじゃないよ。人間の」

「――人間？」

人間は火をあつかえない。

外から音がする。肩からさげたかばんはそのままになっており、たしかめると、幸い中の雷瓶は一つも割れていなかった。立ちあがる体が、目がとらえる距離感とうまく嚙《か》みあわない。複数の配管とつながったボイラーの一基に近づき、開いている弁を見つけて、思うように力のこもらない手で閉めた。

まだよろける体を、前へ出ることでどうにかたもち、つぎに扉にたどり着いた。鉄扉が完全に閉まらないよう、出口にはぼろぼろの革靴が嚙ませてあった。地上へつづく短い階段があり、そこをのぼる。のぼるあいだに、徐々に体と意識の結び目がもどってくる。ぴったりとあとをついてくるクンの手をとった。

建物の中からはまぶしく見えたが、空は灰色に曇っていた。

工場の稼働音はやみ、あたりは静かなままだ。それにもかかわらず、曇った空には黒煙が湧きあがって空気をむしばんでいる。排煙で汚れた空は日常のものなのに、こんなに黒くもうもうとした煙はいままで見たことがなかった。まっ黒な煙が空へとふくれあがり、山になろうとしているかのようだ。

雨は降りやみ、空気には排煙とはべつの奇妙なにおいがこもっていた。どこかで、なにかが砕けるような音がする。いかずちの音かと思った。だれかが、また打ちあげ機を動かしているのだと。

しかし、上空で轟《とどろ》く雷撃の音とは、それはちがった。もっと地上に近いところで、なんらかの破壊が起きている。——直感的に、栽培工場の屋上から遠目に見た、あの赤い光が脳裏によみがえった。

火のにおいと、それによって熱せられた蒸気が空気を重くしている。あの黒煙は、炎が生み出す煙なのだ。建物の入り組む通路にはだれもいなかった。人のいない工場地帯に、火のにおいが充満し、煙が空にそびえている。

なにが起きた。どこへ行くべきだ。体内に深く根を張る寒さが、思考をどうしようもなく鈍らせる。

そのとき、路地のむこうにゆらゆらと動くものが見えた。〈蜘蛛〉ではない、と思った。炎魔の毛皮の、黒い半纏《はんてん》を着ていない。むしろそのすがたは赤かった。朱色であり、金色に輝いていた。よろめいて歩くその人影が、こちらをむいた。——見られた。火だるまで路地に立つ何者かが、たしかに煌四たちを視界にとらえた。ひ、とクンがのどをこわばらせる。

「……うそだろ」

ささやき声が口からもれる。人体発火——火に近づいて発火した、人間だ。

破滅が人の形をして立っている。近づけば、自分たちも燃えあがって死ぬ。

よろめく人影が、身をよじってこちらへ駆けてこようとする。とっさに煌四は雷瓶をにぎる。雷火でどうするのかも考えないまま、かばんに手を入れていた。——が、火柱となった人影の足もとから勢いよく噴き出した水が、その進行をはばんだ。鉄蓋《てつぶた》が持ちあがって吹き飛ぶ。赤く輝いていた火の衣が消え、赤黒い色をした人の体が、むこうへたおれた。わずかの煙があがる。すさまじい臭気がこちらへも襲い、鼻や口にこびりついた。

頭が鋭くしびれる。自分の体もいまにも発火するのではないかと、煌四は息をつめた。……が、それは起こらない。人体発火が引き起こされるには、距離が遠かったらしい。クンの指が手の中で虫のように暴れた。ぐねぐねと動くクンの手を、煌四はますます強くにぎりこんだ。

(——緋名子は？)

無事でいるのだろうか。ひえきっていたはずの体に、汗が噴く。心臓がはげしく打つ痛みをはっきりと感じながら、煌四は壁を背にして、路地の反対側に、屋根や鉄塔、ロープの上に、〈蜘蛛〉のすがたを探した。どこかから、こちらを見ているのではないかと思ったのだ。

と、一条の光が、真上の空を切り裂いて駆けぬけた。

銀色の光が曇り空を照射する。飛来した光は黒く焦げた焼死体のむこうへ落下し、すさまじい閃光《せんこう》が周囲に拡散された。視界が白熱する。とっさに腕で顔をかばって目を閉じた。

耳鳴りが頭をつらぬく。

「神族。神族が生み出した新人類。〈蜘蛛〉。〈蜘蛛〉を支持する人間。町にいる住民たちもこのままでは暴徒化する。火狩りは死傷者が多く戦力外。雷火を使用する勢力は自滅——」

だれかの声が耳に……ちがう、意識の中へ響く。聞こえるはずのない距離から、声が直接頭蓋《ずがい》へねじこまれる。

「またもつれあって争っている」

感情をはぶいた幼い声が、だれにむけるとも知れずそう告げた。煌四が目をあげる前に、それに対するこたえがかえされる。

「——ばかばかしいとお思いですか？　もうたいした数の神族も人間もおらず、この先、世界が先細る一方であることはわかりきっている。国土は黒い森におおわれ、あとは静かに滅びてゆくのを待つだけです。完全な滅亡は、人間の寿命ではあと数世代をかけて待つことになりそうですが」

声が、今度ははっきりと耳にもたらされて、煌四は目をあげる。知っている声だった。こんな言葉をつらねるはずのない、誠実そうな声。緋名子の容体をくわしく述べ、どうするべきかを教えてくれるはずの……

「それでも決して滅びを予見することなく先へ進もうとするのが人間であり、われわれ神族は古代から、それを見てきたのですよ。そうやってこの国はつづいてきた。滅びが待っているからといって、それを甘んじて待つべきではない。かつての人間たちならば、持てる能力をすべてそそいで打開策を探ったでしょうが、いまの人間にそのような余裕はない。だから神族が手を貸すのです」

煌四のとなりに、若い医師が立っていた。いまは燠火家で綺羅の治療にあたっているはずの、身ぎれいな医師が。あとずさる。雷瓶をにぎったまま、煌四は気配もなくとなりに立っていた男から、距離をとった。クンが引きずられてついてくる。

焚三医師は涼しい横顔で、緋名子の容体を説明するときと同じまなざしで前を見ている。いま、目の前で人が発火した――起きていいはずのないことが起きたというのに、背すじは正しく伸び、表情はおだやかだった。

なぜここにいるのかと、問いかけるための声が出なかった。そしてそれを問うことにも、きっともう意味がない。燠火家の侍医であるはずの若者が、涼しい顔をしてここにいる。煌四がそんなはずはないと意識のわきへ押しやっていたことが、いま、目の前につきつけられていた。

「火の種をしかけたのは人間たちね。いまそこにいた者のように、火に近づくと燃えあがってしまうのに」

か細い声が響いてくる。先ほどとちがい、その声は鼓膜へとどく。

「〈蜘蛛〉に力を貸した人間たちに、死後の救済を約束してやると……とても古い手法を、〈蜘蛛〉は使ったようです。古いが、だからこそその力はとても強い」

語り聞かせるように言うまなざしの先に、小さな白い人影が現れる。異様に華奢《きやしゃ》なだれかが、こちらへ歩いてくる。白い影は、幼いのに深みのある声で、返事をした。

「変わらない。世界のありようが変わらないことを、ばかばかしいとは思わない。だけどやっぱり意味がない。意味なんて、この世界にはじめからあったのかしら。――わたしがなにもしなくても、破滅は来る。ねえ、人間たちになにもできないのは、世界が荒れはてたせい？　それとも、神族のせい？」

華奢な体のうしろへ、おそろしく長い髪がたなびいている。色彩が麻痺《まひ》したかのような曇り空の下で、その髪とすがたは白銀色に輝いていた。

「――〈揺るる火〉」

こちらへ歩いてくる少女にむけて、焚三医師はたしかにそう言った。

〈揺るる火〉。それは――千年彗星の名ではないのか。火狩りの王となる者が狩るはずの、過去に浮かべられた人工の星。

クンの手から力がぬける。幼い体から、緊張をたもつだけの気力がこぼれ落ちたのが伝わる。

千年彗星。煌四も、それが帰還するところを見た。あの銀の尾を引いた光を。……しかし、歩いてきたそれは、燦然《さんぜん》たる光を従えたあの飛ぶ星とはかけはなれたすがたをしていた。

放置された果実のような顔。血管が透けた薄い耳。肩をあらわにしたすその短い衣服から伸びる、もろそうな手足。関節の骨ばかりが浮きあがってめだち、胸骨が畝を作っている。それはただの、飢餓状態の子どもにしか見えなかった。

少女の目が、きょろりと煌四を見つめた。不思議な色をした瞳《ひとみ》がまぶしがるように細められ、皮膚をしわが走った。長くたなびく頭髪だけが、不気味なほど生気をたもっている。

「退避をさせたのは、あなた？　人がいなかったので、火がひろがらずにすんでいる。工場のあちらこちらに、火の種がしこまれていたの。火薬が。使えば自分たちも燃えて死ぬのに、人間たちの中に、火の種を埋めておいた者たちがあったみたい。〈蜘蛛《くも》〉たちはトンネルを使わずに、人間たちの手引きで地下から首都へ入った」

幼く痛々しい見た目と、落ちついた口調が嚙《か》みあわない。骨の浮いた足が、なにもはいていないのが目に入った。小さな足が汚れている。緋名子のそれと同じに。

煌四はクンをうしろへ引きよせ、痩《や》せた子どもから顔をそむけた。焚三医師がこちらを見る。頰笑みさえ浮かべそうなその顔に、腹の底から怖気《おぞけ》がせりあがった。

「……緋名子に、なにをした？」

　力のこもらない自分の声に腹が立つ。逃げ場はない。前へ出ろ。こたえを聞くまで問いを決して引きさげるな。

「知っているでしょう。すこやかになる手だすけをしていたんです。緋名子さんのような病状からの完治は、ありえません。工場毒がもたらす苦痛はしだいに重症化し、あと十年もしないうちに体が耐えきれず死に至ります」

　正しく発音される、落ちついた声。緋名子の容体について話すときと、なんら変わらない。若い医師の、普段どおりの声だ。人のよさを感じさせる声で、丁寧に、こちらを絶望させる言葉を告げる。

「緋名子さんはその問題を、もう乗り越えました」

　なにかのひずむ音を頭蓋の内側に聞いた。クンの手をはなす。肩を押してうしろへさがらせる。反対の手が雷瓶をにぎりこむ。これ以上力をくわえれば割れると、頭のすみで思う。

「……ふざけるな！」

　計算していた。手の中で割っては意味がない。相手の顔面に、瓶をたたきつけるのだ。目をねらえ。溶解がはじまる前に動かれてはならない。足をはらって頭に打撃をあたえる。短時間でも、身動きを封じる。この距離なら、ためらいさえしなければできる。

　クンがかすかに顔をあげる。

「お兄ちゃん」

聞こえない。焚三医師の、医師だと思っていた者の目だけが見えていた。一気に体を前に出し、煌四は雷瓶をにぎった手をふりあげた。

が、その手がかたまった。煌四と若い医師のあいだに、上から飛来したなにかが割って入る。ふりむくと、黒い影が背後に立って、煌四の手首をつかんでいた。顔を隠した黒装束——しのびだ。

「やめておけ」

軽い着地の音をさせ、あいだに割って入ったのは、白い水干をまとった少年神ひばりだった。着物のすそや髪が揺れるが、その動きは、こちらを見ている痩せ細った少女の髪にくらべれば、ずいぶんとおとなしい。

「〈揺る火〉の前で、血なまぐさいことをするな」

煌四に顔をむけてそう言ってから、少年神は切れ長の目を若い医師にむける。

「おい、お前の仕事は鎮火だろう。こんなところで油を売るな」

焚三医師は悠然とした表情さえ浮かべて、苦笑まじりに首をかしげた。

「仕事はまじめにやっていますよ。ほかの氏族にいいように利用されている、と言ったほうが正しいかもしれませんが」

相手をにらみつけて、ひばりが鼻を鳴らす。煌四がしのびの手をふりほどこうとすると、信じられない力で手首をひねりあげられた。下手に抵抗すれば、骨をねじ切られる。

「動ける者には動いてもらう。文句を垂れていられる状況でないのは、わかるだろう」

いまいましげなひばりの言葉に、相手はふちの細い眼鏡を軽く押しあげた。

「なぜこんな状況になるまで、〈蜘蛛〉の動向を読めなかったのですか？　諜報《ちょうほう》活動は、風氏族の役目だったはずですが。それとも、だれかが不穏な動きのあることを隠蔽《いんぺい》していたのかな」

ひばりが白けたようすで顔をそむけるのと同時に、煌四は痛みに歯を食いしばるのをやめ、さけんだ。

「こたえろ！　なにをしたんだ。緋名子だけじゃない、使用人だった人にも……人間に、なにをした！」

ごり、と手首から音がした。無視する。ひばりのむこうのもう一人の神族が、いまだに涼しげな顔をしている。そのことが許しがたくて、視界が赤黒く染まった。

「はなしてあげて」

ふいに、しんとひえた子どもの声がし、煌四の動きを封じているしのびに小さな手が伸びた。あの銀の髪の子どもだ。幼いままにしおれた茎のような手が、しのびの体にふれる。とたんに黒装束から立体感がかき消え、一枚の紙人形が舞い落ちた。腕の自由といっしょに、激痛が煌四のもとへもどってくる。煌四を、薄っぺらな皮膚につつまれた子どもの顔が悲しそうに見あげていた。

「わたしたち水氏族は、人間を生かそうと考え、それを実行に移しただけです」

にらみつける煌四の視線を、こまったような笑みでうけ流しながら、医師の恰好《かっこう》をした神族が言った。

「いまの人間は、神族の庇護下《ひごか》から脱することができない。火狩りにたより、炎魔から得られる火がなくては生きてゆけない。……人体発火という病をうけつぎながら、結局は火に依存せざるをえないのです。火の氏族を頂点とする神族からも、森の炎魔がかかえる火からも。それではあまりにくやしいと思いませんか？　わたしたちは、千年彗星を待つ他氏族たちとはちがう方法を試したのです。光も熱も必要とせず、人が生きられるようになれば、この世はまだ存続できる。すくなくとも、存続の時間を引きのばせます」

　視界が揺らいだ。なにを言っているのか、理解することを頭がこばんでいる。

「体の作り変えには、ずいぶんと失敗もしました。が、優秀な試験体のおかげで薬剤は完成した。暗闇でもものを見、火を通さない食物も効率的に消化吸収する、火を必要としない人間たちを――新たな人の種を生み出すことに、成功したのです」

　煌四は扉に嚙ませてあった靴の持ち主の顔を思い出していた。人でなくなったのだと、とほうに暮れた声で訴えた人物。母の書き残した手紙をわたしてくれた、綺羅がその名前を教えてくれた人――あの人も、くれはも、やはり緋名子と同じことをされたのか。

　立ちはだかるくれはのむこうを横切っていった者たちも。

「……ただ残念なことに、せっかく生まれた新人類を、まずは〈蜘蛛〉打倒のために使わなくてはならなくなった。新人類による〈蜘蛛〉討伐隊を至急用意しろと、宗家から命じられた。地道に実験をくりかえして、このようなありさまでは、まったく報われません」

鼓動にあわせて視界が明滅する。耳にしたことがほんとうなら、煌四が緋名子を引きわたしたことになる。生まれ持った病にくわえて、母を看取《みと》って疲れはてた幼い妹を、自分ではなにも選びとることのできない緋名子を、煌四がみすみす神族に供したのだ。燠火家へ身を寄せたとき、すでに、自分たちは油百七とはべつの大きな存在の手中に落ちていた。

（綺羅は？　……まさか、綺羅まで）

火華《ひばな》に麻芙蓉《あさふよう》を嗅《か》がされた綺羅も、この医師のふりをした神族に治療をうけている。それに、緋名子は……工場地帯にキリといっしょに残っているはずの緋名子は、火に行きあっていないだろうか。もしも近くで火の手があがったら、何者かが近くに火種をしこんでいたら。

「納得してもらえましたか？」

ぽんと肩に手が置かれ、すぐにはなれた。神族の手だ。緋名子に薬をあたえた手。

「……納得？」

できるわけがない。思慮深げな医師の顔に、いまはいたわりではなく、優越感をふくんだ薄い笑みが浮かんでいる。その顔に、煌四に語って聞かせた返事に、怒りではなく、ふつふつと絶望感が沸き起こった。

「そんなふうに――人をもてあそんで、そこまでして、なんのために生かそうとするんだ」

舌がうまくまわらない。言葉を紡ぐのが虚《むな》しかった。なにを言ったところで、おそらく若い医師には――神族の一人には、その意味がとどかない。

「将来的に考えれば、いまはらう犠牲は有益だからです」

かちりと音を立てて、頭蓋《ずがい》の中へこれ以上は無駄だという警告が鳴る。煌四は二度と見ないだろうその顔から目をそむけ、口を閉ざした。

「〈揺る火〉、あなたは、つぎの姫神になるつもりがない。しかし、手揺姫さまを、おいたわしいとは思わないのですか。かわりになる姫が、神族の中には生まれなかったのです。あなたにしか引き継ぐことはできない」

煌四にむけていたのと同じ口調で、神族の若者は痩《や》せこけた少女に問いかける。白銀の髪が、くるくると宙で舞う。

「わたしが、手揺のようになるの？」

「そうすれば、神宮のかかえる問題はすくなくとも一つ、解消されます」

平然と告げる声に、なぜかひばりの眉間《みけん》が険しく寄った。

「……わたしが姫神の座をかわったら、手揺はどうなるの？」

たずねる声が、どこか痛ましげに揺らぐ。が、それに対する返答はなかった。

「もうじきあなたは、自由に飛びまわってはいられなくなります。土氏族が、依巫《よりまし》になる娘を人間の中から選びました。無理やりにでも、あなたを姫神の座にすえるつもりです。わたしはそのようなやり方には、とても賛成できませんが」

決して地面にふれることのない長い髪の先が、くるくると揺らいだ。

「依巫……あの子を入れ物にするのでしょう。わたしの入れ物に。そんなやり方はうまくいかないわ」

「姉上、耳を貸す必要はありません。——さっさと仕事にもどれ」

ひばりが小さく吐き捨て、頰笑む気配がそれにこたえた。若い医師の恰好をした神族の歩き去る足音を聞きながら、煌四はふりかえってそのすがたをたしかめることができなかった。

五　墓

空気に混じる火のにおいが、しだいにきつくなってゆく。工場の排煙よりなお猛々《たけだけ》しく空を汚す黒煙が、雷雲のようにそびえ立つ。工場地帯に、炎が燃えひろがっているのだ。ここもいつまで安全かわからない。

「……行こう」

目をなかば閉じて、立ったまま動かないクンを、煌四はかかえあげた。

「おい、下手に動くと死ぬぞ。あっちこっちで火が燃えている」

ひばりがこちらをにらむ。その言葉の空々しさに、虚しい怒りをおぼえた。

「お前が、燃えるようにしむけたんだろう」

水氏族の一人だったという、若い神族のほぼ独り言といっていい言葉は、そういう意味だったはずだ。ひばりはつねに叱られながら働く町の子どもと同じような顔で、笑った。

「そう思いたいなら思え」

無視して、歩きだそうとする。

「待って」

呼び止めたのは痩せ衰えた子ども――〈揺る火〉だった。地に立つだけでその足が、皮膚や骨が傷ついてゆくのが、目に見えるようだ。人さし指が、発火する人影が現れたのとは反対の方角をさししめす。

「あの子は、犬を連れた子はむこうにいる。いま、木々人に守ってもらっている」

煌四にむかって、そう告げる。

「犬？」

その犬の名が、問わなくともわかった。苦々しい血のめぐっていた心臓が、やっとまともに一つ打つ。

「道を教えてあげられるわ。火に近づかないですむ道。ついてきて」

千年彗星の正体が、ほんとうにこの痩せ細った子どもなのか。この少女の中に、どうやって神族宗家の火がこめられているというのだろう。

「姉上、よしてください。いま、水氏族の者が火を消してまわっている。ぼくのしのびも目を光らせていますが、まだどこかに〈蜘蛛《くも》〉がいるかもしれない。見つかればやつらに狩られます。〈蜘蛛〉の駆除がすむまで待ってください」

とがめるひばりに対して、少女は深く首をかしげた。

「だけど、〈蜘蛛〉に捕らえられなくても、神宮に依巫を支度しようとしているのでしょう。どこにいたって、わたしはだれかに捕らえられる。わたしを狩るつもりの火狩りもいるのですって」

「……会ったのか？」

しなびたようにちっぽけな顔が、煌四を見あげながらうなずく。

「犬が、駆けつけてくれたの」

灯子だ。かなたがいっしょにいるという。

むこうに、ともう一度告げながら、骨の形をあらわにした指で煌四の後方をさす。煌四はちらりとそちらを目でたしかめ、クンをかかえる手に力をこめた。〈揺る火〉の道案内にたよる気はなかった。方角さえわかればいい。においと煙をたよりに、火の手があがっている場所を避けて通り、灯子たちと合流する。

自分と灯子のことは生かしておくつもりだと、ひばりはたしかにそう言っていた。〈揺る火〉を救うかもしれないからと。煌四は前方にたおれふして動かない、発火しながら歩いていただれかの亡骸《なきがら》を見る。少年神があの人間をたすけず、煌四を生き残らせようとする理由が、あのときの言葉どおりなのだとしたら──

「……〝依巫〟というのはなんだ？」

煌四が問うと、ひばりの顔がふと鋭く笑った。おもしろがるように、切れ長の目を細める。

「〈揺る火〉の入れ物になる人間のことだ」

「入れ物……？」

煌四が眉《まゆ》をゆがめると、ひばりの笑みはますます酷薄になった。

「お前の養い親たちの実子さ。廃棄物に汚染されていない富裕層の人間で、〈揺るる火〉の身体と年が近く、姫神となりうる娘。──土氏族の者が、数名の候補を幼少期から監視しつづけ、あの娘に決めたようだ」

それが──綺羅だというのだろうか。監視者がだれなのか、煌四が考えはじめたのを見透かしたように、ひばりが告げた。

「お前も知っているだろう？　燠火家に出入りしているもう一人の神族。人間の教師のまねごとをしていたろう」

見ようとしなかった事実が、衝撃をともなってのしかかる。

煌四の頭の中で、なにかが決定的にぐらりとかしいだ。神族と人間は、ちがう生き物なのだ。いままでもそれは知っていた。しかし、知っていた差よりもさらに厳然と、二つの存在はちがう。荒れた居住区に閉じこめられた木々人たち……神族にとって人間とは、顔色一つ変えずにあのようなあつかいをしてかまわない、その程度の存在なのだ。

「たしか、耿八とかいう偽名を使っているのだったか」

灯子のもとへ案内しようと申し出る銀の髪の少女に、煌四はいま一度視線をむけた。不安そうな顔をしている。あの、燦然《さんぜん》と夜空を裂いて飛んでいた星と、似ているのはその髪の色だけだった。この子どもが事実〈揺るる火〉であるのだとしても、信用することはできなかった。世界を存続させるためにつぎの姫神になるか否か──いまの世界のありさまを見ながら、そんなことを迷っているような者を、信用するわけにはいかなかった。

抱きあげたクンが、身動きせずにいるのをたしかめる。少年神と〈揺るる火〉から逃れて、一刻も早く灯子のもとへむかわなくてはならない。そうして煌四は、千年彗星の目もくらんでくれることを願いながら、地面に雷瓶をたたきつけた。

閃光《せんこう》が、空間から影すらぬぐい去る。クンをかかえて、煌四は駆けだした。間近で炸《さく》裂《れっ》した光はまだ消えない。閉じておいた片目を使わないまま走った。

いざとなったら、かなたに合図する。

自分がまだひどい混乱の中にいることを、煌四はうまく把握できていなかった。だから、閃光にまぎれてこの場をはなれようとする自分とは逆に、光に集まってくる者たちがあることに、あらかじめ気づくことができなかった。

か細くひしゃげた声が、閃光の塗りつぶす空間のただ中から聞こえた。思わずふりかえる。薄れかかる光の中に、幾人かの人影があった。しのびの無駄のない動きではない。揺すれば折れそうな細い〈揺るる火〉の首を、うしろからつかんでいる手がある。銀の髪がなびきそこねて、体の前へぞろりと波打つ。

「……〈蜘蛛〉や火狩りがほしがっているというのは、これかね」

天の子どもを捕らえている、工員すがたの男の後方から、大柄な人物が深い声を響かせた。よく肥えた体のうしろに長衣《ながぎぬ》が垂れさがっているが、布地を濡《ぬ》らして染めあげているのは雨ではなく、赤く粘り気のある液体――血だった。

現れたすがたを、ぐらつく意識に危うくとらえる。油百七だ。

油百七と、製鉄工場に配置されているはずの工員と使用人が四名。一人の若い使用人をのぞいて、全員が全身を血で赤く染めあげているが、どうやらそれは自分たちの血ではないようだった。油百七以外の男たちは、背におのおの、箱型の大きな荷物をせおっている。そのすがたは先ほど路地で人体発火を起こしていた人間と同等か、あるいはそれ以上におぞましく映った。

「――姉上!」

ひばりが人数ぶんのしのびをはなった。人間には不可能な速さで、五つの黒い影が血染めの人間たちを包囲し、一気に急所へ刃物をむける。しかし、首すじへとどいた切っ先はたった一つだった。

血をまとっていなかった一人。燠火家当主の盾になる位置に立っていた使用人が、首の動脈を断たれてうしろへのけぞる。油百七の手がたおれかかった使用人の背中をつかみ、体をふりまわすことで、勢いよく噴出する血を放射状にぶちまけた。工員に首をわしづかみにされた〈揺る火〉にも、その血が音を立てて降りかかる。

血液にふれると、しのびは一瞬にして紙でできた人形になってぺたりと地に落ちた。ほかの者たちは、あらかじめまとっていた血によってしのびの斬撃《ざんげき》をまぬがれていた。

「人間風情が……姉上から手をはなせ」

食いしばった歯のあいだから、ひばりがおぞましそうに息を吸うのが聞こえた。工員に捕らえられたまま大量の血を浴びた〈揺る火〉は、手足を力なく痙攣《けいれん》させながらひくひくと呼吸している。全身に脂ぎった血を塗りたくった油百七が、口のはしをにぃとゆがめて笑った。しのびに斬られて動かない使用人に、視線はむけずに声をかける。

「安心するがいい。この働きの代償として、きみの家族には、この先働かずとも暮らしてゆけるだけの金銭を保障する」

油百七が手をはなすと、まだやわらかい肉の音を立てて、使用人は路面へ崩れ落ちた。せおったままの荷が舗装に衝突しないよう、わきからほかの者があわてて支えた。致命傷をおった同行者の体よりも、背中の荷物をかばっている――その動きのすばやさに、煌四は工員と使用人たちのせおう荷の中身に思い至った。

雷火だ。

製鉄工場から持ち出した固形の雷火なのか、燠火家の地下室に残してあった液体の雷火なのかはわからない。どちらにせよ、強い衝撃をあたえれば炸裂する。この男たちは、いかずちの打ちあげ後、燠火家当主とともに雷火をたずさえ、新たな目的のために動いているのだ――煌四の知らない目的のために。

すきだらけになっている煌四の前後に、いつのまにか二人のしのびが立っている。短刀をかまえたしのびに前後をかためられ、煌四はその場から動けなくなった。

「こんな干からびた子ども一人のために、また首都が焼かれるというのか」

〈揺る火〉の首をつかむ工員の手の動きにあわせて、輝きながら空を舞っていたはずの子どもはぐらりと揺れる。なめらかにくねっていた銀の髪が、血に染まって動きを鈍らせていた。

苦痛に声をあげることもできず、〈揺る火〉はただ弱々しく呼吸をつづけている。

「――手をはなしてください」

思わずそうさけんでいたのは、うつむいて顔の見えない痩《や》せた子どものすがたが、緋名子とかさなったせいなのかもしれなかった。このまま絞めあげつづければ、まもなく呼吸は止まる。

むせかえる血のにおいとは逆に、煌四の体からは血の気が引く。しのびにのどを斬られた使用人は、まだたすかるかもしれないのだ。それをだれも見むきもせず、煌四も無意識に、致命傷をおった使用人よりも、虫の息の〈揺る火〉を、千年彗星を心配している。

血まみれの顔の中に瞳《ひとみ》だけをぎらつかせ、油百七が煌四をにらんだ。

「なにを寝ぼけている？」

声に乗って気魄《きはく》がとどく。それは、煌四をひるませるのに充分な無慈悲さをやどしていた。油百七をとりかこむ男たちの目も、同じ色をしている。血だるまの顔に、見開かれた目だけがぬるぬると動く。

「口を出すな。神族に人間の怒りを思い知らせてやろう……大火災を生きのびてから、わたしはそれだけを考えてきたのだからな」

　鬼気せまる声と顔貌《がんぼう》から、いびつな感情が湯気のように立ちのぼる。油百七はそうして、〈揺るる火〉の細い首をつかんだ工員のひじを揺すった。ぐらりと、骨組みだけの人形のような体が動く。

「……これか。これをつぶせば、お前たちの統治はおわるのだな？」

「その手をはなせ」

　殺意をみなぎらせて言うのはひばりだ。〈揺るる火〉を姉と呼ぶ少年神が、強いまなざしを油百七とその周囲の人間たちにむけている。その視線をうけて、しかし油百七の目つきはいよいよ毒々しく輝いた。

「どうだ、紙人形をしもべにする異能が使えまい。血液ごときで異能を封じられるとは、神族もさしておそるべき存在ではないな。——異端者として汚れ仕事をさせられている者が、血を忌みきらうとはなんの冗談だ。人の上位に君臨するつもりでいるようだが、神族も動きの鈍った一つの組織にすぎない。排他的で同族の足を引っぱりあう、もはやどうしようもない集団だ。きみの不まじめな仕事ぶりを氏族の者へ報告しておいたおかげで、ずいぶんとやりがいのある任務がふえたのではないかね」

　油百七は、ただ少年神を言葉でなぶることを楽しんでいるようだ。

「風氏族の者たちは、紙人形を操る異能をたいそう忌まわしく思っているようだな。そのような異能は、神族本来の力ではなく、妖術《ようじゅつ》なのだと。わたしなら、異端者であろうと存分に有効利用するがね。……正統からはみ出した者には、ほかの者の忌みきらう仕事しかさせない。じつにくだらない統治集団だ」

ひばりがぎりっと音をさせて歯を食いしばるのが聞こえた。

「黙れ、人間」

「その人間なしには、神族は存続できないのではなかったかね」

銀色の髪が揺れを小さくしてゆく。煌四は足をなんとか踏みしめ、クンをかかえていることしかできなかった。なんの抵抗もしない〈揺るる火〉を、見ていることしかできなかった。……千年彗星〈揺るる火〉の息の根を止めれば、油百七の語っていたとおり、統治体制の転覆が訪れるはずだ。

しかし、言葉が霧散した頭蓋《ずがい》の中に、やめさせなければという警告が鳴りわたる。

ひばりの背後の空気がひずみ、疾風が駆けた。油百七のこめかみと耳から、血が飛ぶ。〈揺るる火〉の首をわしづかみにしていた使用人の手に肩口までの裂傷が生まれ、細い首から引きはがされる。〈揺るる火〉の周囲に立っていた全員に、風は切り傷を刻みつけてゆく。油百七が大きく目をむいているが、それは敵に挑みかかる、果敢な獣の目つきだった。煌四とクンの行く手をはばんでいたしのびたちさえ巻きこまれて消え、男たちのあげた悲鳴をも、風が後方へなぎはらっていった。

まったく重さを感じさせずに、〈揺るる火〉が舗装の上へ落ちる。上へむけてからみあいながらなびく髪が、はねあがった水のようだった。

「姉上！　はなれてください」

しかし〈揺る火〉は、動かなかった。降りかかるものを待ちうけるかのように、そのまなざしは堂々とすらしている。

「……もう、殺戮《さつりく》は見たくない」

絞めあげられていたのどから、思いがけずはっきりとした言葉が発音された。かすかな感情さえこめずに〈揺る火〉が懇願し、ひばりの顔がそれによってゆがむ。手の中にひそませていた紙人形を、袂《たもと》へしまう。

今度は返り血だけではない血にまみれ、荒い息をしながら、油百七が皮肉げに笑った。

「どうした？　穢《けが》らわしいのか。生きた人間の血が汚いか」

むき出した目が光る。こめかみに浮きあがる血管が、煌四のいる場所からもはっきりと見えた。深手をおい、あるいは恐慌をきたして姿勢を崩す男たちの中に、油百七だけが二本の足で立っている。

「人の血を忌みきらうような連中に、われわれの命運をまかせるわけにはいかん」

言いはなつすがたを、その足もとに転がった〈揺る火〉が見あげている。具合を悪くしてふせっている緋名子に、よく似ていた。頭痛に顔色を悪くし、嘔吐《おうと》をくりかえしてなにも食べられずに寝て息をしていることしかできないとき、あんな顔をして、母親や煌四を見あげていた。

痩せこけた子どもは、折れそうな腕で体を支え、よろよろと危うい足どりで立ちあがる。

「これはわたしが、もどったから？　今度はわたしが、殺戮の種になったの？」

寄る辺のない問いが、空気の中を漂って消え入る。そして宙に浮かびあがりながら、〈揺る火〉はひばりの耳になにごとかをささやいた。勢いをましてはためく髪に、血まみれの男たちがひるんでいる。

そうして不思議な色をたたえた瞳が、透過するようにこちらを見た。

「勝手に動いてはだめ。火に接触しない道を選ぶ。確実にあの子のところへ行かなくては──そうでしょう？」

抑揚を消した星の子の超然とした声が、煌四についてこいと伝える。

「──どこへ行くつもりだ」

油百七が声を暗くたぎらせ、前へ出ようとした。が、紙の人形を手にしたひばりが立ちふさがる。

長い髪を、あの彗星の銀の尾と同じになびかせて、〈揺る火〉が動きだす。煌四は歯嚙《はが》みしながら、そのすがたを追って駆けだした。

ただならない状況で、それでも〈揺る火〉のすがたには、燦然《さんぜん》とした輝きがやどったままでいた。この世界に、あるべきものではないかのように。

〈揺る火〉に導かれ、やがて工場地帯の西側、神宮へ至る手前の、建物のとぎれるあたりまでやってきた。神宮の直下には、建築物も植物もない、ぽかりと空白になった区画がある。石灰色に湿り気のあるねずみ色がにじむ、なにかに耐えるようなつめたい曇り空が工場地帯の上に張りつめている。

もうもうと立ちのぼっていた黒煙はかなり薄まり、工場はみな静まっていた。音がない。背後には無数の機械群が密集しているが、どれもでたらめな破壊をうけて動かず、同様に、眼前には人の形をしたものがたくさんたおれふしているのに、声も身じろぎもなかった。

うつぶせになり、あるいは上をむいて手をかざした恰好《かっこう》で、そこにいる者たちはみな死んでいた。空をおおう雲がぼやかした陽光が、黒装束に黒い毛皮の屍《しかばね》たちを、ふし目がちに見やっている。

工場地帯の西端。ひしめく建物がとぎれ、神宮を擁する崖《がけ》が高くそそり立っている。崩落を起こした崖の亀裂《きれつ》が生々しかった。そしてそれ以上に、累々とならぶ〈蜘蛛《くも》〉たちの死体が空気中に吐き出してゆく静けさが、いつからか現実感を失っていた意識の輪郭をくっきりさせてゆく。

雷瓶の埋めこまれていた場所の地面が、深くえぐれて漏斗状になっている。慰霊の巨樹が裂傷をむき出しにしてたおれ、砕けた枝が死体の横に、あるいは上にばらまかれている。

ここにあるのは、雷火のいかずちによって死んだ〈蜘蛛〉たちの亡骸《なきがら》だ。

においがする。黒い森の甘ったるい腐臭と、死んだ者たちのつめたい肉と皮膚のにおい。裂けた木の甘く青いにおい。〈蜘蛛〉たちの発した怒りや恐怖は、すでに死体からは一つ残らずぬぐい去られており、二度と読みとることができない。クンが身じろぎをしたので、空気を不用意にかき乱さないよう、ゆっくりとその場におろした。

灯子のすがたもかなたのすがたも、ここにはない。

ただ、死んでいる者たちのそのつき出された手や大きく開いた口、折りまげられたひざや生きていてはできない不自然な姿勢が、ここで、この場で起きたことを薄い空気に刻印していた。

地崩れを起こした崖の上から、曇り空に冴《さ》え冴《ざ》えと威容を輝かせた神宮が、足もとの惨状を黙って見おろしている。

「……………」

言葉を探ることができない。ここにならぶのは煌四のもたらした死だ。

宙に浮いていた〈揺るる火〉の足が、いまは死体の乱れてかさなる地面を踏んでいた。銀の髪が、折れそうに細い体を保護するかのように、その身のまわりをとりかこんで舞う。

かすかに息を呑《の》みながら、ちっぽけな顔がこちらを見た。漆黒とも銀色とも見える瞳《ひとみ》が、無表情にただ煌四を見つめる。その顔にいかなる感情も表れていないことが、かえって煌四を打ちのめした。

煌四を見、ぽつりと立っているクンを見て、天の子どもは不思議そうに首をかしげ——そして、空気に溶けるようにして消えた。この光景に耐えられなかったのだろうかと、煌四はぼんやりと考えた。あるいは、ここが導くつもりの場所だったのだろうか。消える寸前、小枝のような指が、地面のどこかを指さしていた。

つめたくよどむ静けさの中から、かりかり、かりかりかりと引っかくような音がする。〈揺る火〉の指がさしていたほうから。顔をあげるが、だれかのいるようすはない。それでも煌四はその音に引きつけられるように、死体のあいだを歩いていった。ずっとつづいている音が、近づくにつれ大きくなる。生きた者がいる。うしろにクンを置いてきたことも忘れて、足どりを早めながら進んだ。

折りかさなって死んでいる〈蜘蛛〉たちの、手足が、頭部が、人間と同じ形をしている。なにかをつかもうとした形の手。手には指がある。指には爪が。土のつまった耳、裂けてめくれたくちびるからのぞく、衝撃によって乱れた歯列。大半は黒い面をかぶったままだ。夜通し降りしきった雨のせいで地面はぬかるみ、死体は泥に埋もれかかっている。

熱い毒のような血流が、頭へめぐる。とがめられるべき者がここにいるのに、だれ一人として立ちあがらない。

吐き気もふるえも訪れなかった。自分にそのような反応をする資格はないのだと、煌四は思った。

かりかり、かりかりと音がつづく。——下から。煌四は砕けた生木の残骸《ざんがい》を持ちあげ、わきへどけた。その下に鉄蓋《てつぶた》がある。水路にはめられた格子状のものではなく、金具を入れて持ちあげるための穴だけが開いた蓋だ。地下通路への入り口だ。音はその蓋の内側からしている。本来なら鉤状《かぎじょう》の道具を使って持ちあげるものだが、手を入れて引っぱった。重い。煌四が来たことに気づいて、音が止まる。かわりに、地面の下から犬の吠《ほ》える声がした。狩り犬の声にしてはかん高い。頑丈な鉄蓋は、煌四の力で、しかも素手で動かすにはかなり無理があったが、それでも無我夢中で持ちあげて位置をずらした。地面に四角い穴が開き、地下通路へつながる床がその奥にのぞく。壁面に埋めこまれた梯子《はしご》の段の下に、白い小さな犬がいて、こちらを見あげて吠えながら尾をふった。ちっぽけな前脚を持ちあげ、吠えたてながらその場でくるくるとまわる。おどろくほど小さな、白い犬。——明楽の狩り犬、てまりだった。

ふりかえってクンが同じ場所にいるのをたしかめ、煌四は梯子をおりててまりを抱きあげた。被毛は汚れているが、やわらかい。片手で持ちあげられるほど小さな犬のそばに、主《あるじ》のすがたはなかった。温かい犬を連れて地上へもどり、クンのところまでまた死体のあいだをたどった。

「お姉ちゃんの犬」

クンがてまりの鼻先へ手をさし出す。てまりはにおいだけたしかめて、クンの指からぷいと顔をそむけた。

「明楽さんは……？　遣い虫は、まだ動いてるか？」

するとまだぼうっとした顔のクンが、かぶりをふった。

「――崖の上の建物に入っちゃった。そしたら、遣い虫が動けなくなった」

崖の上。それでは明楽は、神宮へたどり着いたのだ。しかし、まさかこんなに時間がかかっているとは思わなかった。〈蜘蛛〉や、神族の言う新人類を避けながら進んだせいか。なにより、天然の火を避けて通らなければ神宮へは近づけなかっただろう。炉六が追いついて同行していたとしても……深手をおった状態で、はたしてどこまで明楽をたすけることができただろう。

（だけど、なんで狩り犬を、こんなところへ置いていったんだ……）

疑問に思いながら、てまりの耳のつけ根を指ではさみ、汚れた毛をなでた。首に結わえられた汚れた布は、そのままだ。――と、中空にむけてあずき色の鼻をうごめかし、てまりがふたたびけたたましく吠えだす。

工場地帯の北寄りの方角から、走ってくる者がある。一方は速い四つ足の、もう一方はたよりない二本足の。一瞬、狩りから父がもどるときの安堵《あんど》を、手にとれるほど克明に思い出す。「おん！」とひと声力強く吠え、駆けてくるのはかなただ。灰色の毛並みが、垂れこめる曇り空と同じ色をしていた。そのうしろをついてくる、痩《や》せっぽちの影。泣きだしそうな顔で息を切らしているのは、灯子だった。

「お姉ちゃんっ！」

クンが大声でさけび、灯子のもとへ走ってゆく。そんな力がまだ体に残っていたのかと、煌四はおどろき、同時に胸をつきあげる強い安心感にとまどった。かなたがこちらへ来て、尾をふりながら、くぅとのどの奥で音を鳴らす。

「かなた……」

煌四が片腕に抱いているてまりが、かなたにむけてくしゃみをするように鼻を鳴らした。煌四のおさまりどころのない感情を嗅《か》ぎとって、かなたが首をかしげる。背後にあるものなど一顧だにせず、犬がただ自分を案じていることが、苦しかった。

「お兄さん、よかった、無事で――」

歩みよってきて、灯子は言葉を息といっしょに呑みこんだ。煌四の背後の光景を見て肩をこわばらせる。死体になってならぶ〈蜘蛛〉たちを。

灯子があわててクンを抱きよせようとする。目の前の惨状を見せまいとしているのだ。煌四もやっとそれに思い至るが、もう遅すぎた。曇った空にかすんで拡散する陽光に温められて、頭の中に無数の気泡が生まれてゆくようだった。

「ごめん、こんな……」

その先を言葉にすることができず、できない自分が人間でなくなってゆく気がした。

「――煌四さん」

ためらいながら、灯子がこちらへ手を伸ばす。煌四にふれようとする。煌四はわずかに体をずらして、その手から逃れた。ふれたら、灯子までなにかべつのものになってしまうと思った。

「……ごめん」

つぶやく声が、空々しく消える。

煌四のしたことは、ただの破壊だ。大がかりな装置で雷火を使い、ここに横たわるたくさんの死者を作っただけだった。夜のあいだに、幾度も空を破り裂いた稲光。おそらく本来の雷火は、あんなに禍々《まがまが》しい樹形をえがいたりはしないだろう。雷火を体内にやどした落獣は、きっとこんな無残な殺戮《さつりく》をしない。煌四はここにあるむごたらしさを生むために、必死になってきたのだ。父の残した雷火を使い、燠火家の力にたよって、自分ならできると思いあがってきたその挙句のはてが——ここに展開している光景だ。

「壮観だな」

声が、黒い骸《むくろ》たちの上に響きわたった。いつのまに追いついたのか、油百七が一人の使用人を従えて、骸のただ中に立っていた。血まみれの巨漢がおびただしい骸をながめわたしている光景は、現実のものとは思えなかった。灯子がそのすがたに驚愕《きょうがく》して、声にならない短い悲鳴をもらす。

こちらにほぼ背をむけているため、耳と頰しか見えないが、油百七の顔が満足げに笑っているのが容易に想像できる。……が、それは油百七に対しての想像ではなく、自分自身がいだいている達成感である気がして、煌四は体内に黒いしみが刻印されてゆくのを感じた。

燠火家当主のかたわらにいる使用人はたった一人。残りの者たちで、ひばりを足止めしているというのだろうか。いくらなんでも、神族を相手にそんなことができるのか。

……が、使用人たちが背中におっていた箱型の荷物の中身は、雷火にちがいない。固形の雷火も、機械の燃料として用意されていた雷瓶も、目くらましの閃光《せんこう》、あるいはふれるものを溶かす接近戦用の武器として充分使える。

「しかし、いかずちで撃てたのは〈蜘蛛《くも》〉ばかりか。――神殺しがはたせなかったのは、残念だ」

油百七がふりむくと同時に、かなたの気配がますます鋭くなる。灯子が、きつくクンを抱きしめる。

「まるで、過去の大火災のときのようだ。死体が転がっているのも、空気のにおいも同じだ」

おだやかさすらふくんだ声で、油百七が周囲へ視線を投げかける。煌四に聞かせているわけではない。それは、油百七の独白だった。ひばりの操る空気によって頭部を傷つけられたはずだが、全身が血で染まっているために、けがの程度すら見きわめられなかった。

「神族は昔から変わらない。人間を下等な生き物としか思っていない。わたしの母もあのとき燃えた。わたしのことだけを水路へ逃がして、人体発火を起こして死んだ。人の焼けたにおいが、何日も何週間も消えなかった。食べるものもない。住む場所のなくなった子どもたちは、そこらじゅうのものを漁《あさ》って食べるしかなかった」

独り言だ。聞いてはならない。雷火で死んだ〈蜘蛛〉たちに、よく通る声が降りかかる。

「わたしが生きのびたのは、燠火家当主として地位を得たのは……あのとき、焼けた肉を食べたおかげだ」

煌四の手の中で、さっきからてまりが敵意もあらわに身をこわばらせ、ちっぽけな牙《きば》をむいている。——明楽は。犬のもとへ、明楽はいつもどるつもりだろう。願い文は、姫神のもとへとどいたのだろうか。〈揺る火〉を、あの少女を、火狩りの王になる者は鎌で狩るのだろうか。

「身一つになるのは、子どものとき以来だ。ああ、せいせいする。製鉄工場にも神族の手が伸びてきたが、あそこで撃退できたのは、紙人形のしのびばかりだった。あの人形どもが血液で動かなくなるというのは、なんとも皮肉めいているではないか。神々は人間を統治しながら、その体を流れる血を穢《けが》らわしいと忌みきらう。……やつらにとってわれわれ人間はたんなる労働力、工場の機能を維持させるための道具にすぎないのだ。わたしはそれが許せなかった。神殺しをはたすことが、わたしの生涯をかけた目的だ」

ぞろぞろと、歩いてくる影がある。たくさんの生地を使った着物をまとったすがた。その色は鉄紺色と若葉の色だ。神族たちが、〈蜘蛛〉たちの骸のあいだを、うつむきながらこちらへ歩いてくる。どこから現れたとも知れないその数は、目視できる限り七人だ。

「これから、いよいよ目的をはたしに行く。——隠れていなさい」

油百七が煌四たちをふりむき、声をかけた。

「え……」

鈍い反応をする煌四を憎々しげににらみつけ、てまりをたすけ出した地下への入り口をさししめす。

「その下に隠れていなさい。きみに働いてもらう必要は、もうない」

油百七がそう言うなり、勢いよくふりむいた使用人が、こちらへせまってきた。手を伸ばして、てまりをつまみあげる。悲鳴をあげて暴れる犬を、そのまま地面の穴へほうりこんだ。

「てまり！」

灯子がさけんで入り口をのぞきこむ。かなたがあいだに割って入っていなければ、使用人の足は灯子を地下へ蹴落《けお》としていただろう。かなたは迷わずその足に食らいついた。けたたましい悲鳴があがった。狩り犬の牙が、一気に骨まで到達しているはずだ。使用人は犬の咬《か》みつく足をばたつかせ、混乱しきったさけび声を発しながら、身をかがめて周囲を手で探る。たまたまふれた〈蜘蛛〉の死体から、短刀をにぎりとってかなたにつき立てようとする。灯子が、鋭く悲鳴をあげた。

「やめろ！」

煌四は、犬の上におおいかぶさって使用人と油百七をにらみつけていた。足に〈蜘蛛〉の体がふれる。勢いを削《そ》がれた使用人は重心を失い、横ざまにくずおれた。いくつかの〈蜘蛛〉の死体が、重い荷をせおった体の下敷きになる。

「かなた、はなせ」

筋肉を緊張させた犬の体をなかば抱きかかえ、うしろへ引っぱる。かなたは敵意のために顔を豹変《ひょうへん》させながら、それでも煌四の言うとおりにした。

かなたに足を咬まれた使用人が、悲鳴をあげてのたうちまわる。そのとなりで、油百七は口ひげをゆがめて笑った。

「生きのびてみるがいい。かつてのわたしのように」

その体をおおう衣服の腹のあたりが、いびつな形にふくらんでいる。雷瓶だ。帯状の入れ物に固定した雷瓶を、油百七は腹のまわりに巻きつけて隠し持っている。とっさに煌四は身を引いた。

かなたとともにうしろへさがり、てまりをたすけようと梯子《はしご》をおりかけていた灯子に小さくうなずいた。クンを抱きあげ、灯子のあとにつづかせる。かなたを支えながら煌四が地下へおりてゆくと、頭上に肉のたるんだ顔がのぞき、重くつめたい音を立てて、鉄蓋《てつぶた》が閉じられた。

六　地下の川

「てまり、大丈夫？　けがは……」

灯子は舗装された床にひざをついて、てまりの体を抱きあげた。白い犬のまっ黒な目が、灯子の顔を見つめる。てまりの体はふるえ、鼻の両わきに濡《ぬ》れたすじがついている。顔に対して大きすぎる目の中の瞳孔《どうこう》が、黒々とひろがっていた。

「脚が折れてる」

かなたをかかえながらおりてきた煌四が、肩にかけたかばんから雷瓶を一本とり出した。色ガラス越しに、金色の明かりがさして閉ざされた地下の空間を照らす。雷火の明かりが、なつかしく思えた。〈蜘蛛〉の火に巻きこまれたのではないかと、ほとんど絶望的に思っていたが、煌四とクンは無事でいてくれた。

灯子は、てまりのほうへ身をかがめて後脚をたしかめ、ふれないようにかかえなおして、できるだけ慎重にその頭をなでた。小さな狩り犬は壊れそうなほどふるえている。首に、布が巻きつけられていた。風呂敷《ふろしき》づつみのように、なにかがくるんである。灯子がたくされたのと同じ、願い文の写しだ。

「……目は？」

煌四が、近寄らないまま、灯子の顔をのぞきこんだ。心配そうにたずねる煌四のほうが、顔色が悪い。凍りかかった水からあがった直後のようだ。

「へ、平気です……お兄さん、緋名子は？」

灯子は、そばへ寄ってきたクンの頭をなでながら問うた。煌四が重苦しく眉《まゆ》を寄せる。

「緋名子は、木々人のキリといっしょに、工場地帯にいるはずだ。……無事でいるかどうかは、まだ」

はっとして、灯子は煌四のほうへ身を乗り出した。

「木々人さんが――クヌギさんとヤナギさんが、キリを探しに行ってくれました。いっしょにおる、緋名子のことも」

しかし、それをたしかめることはここからはできない。灯子は自分の言葉が気休めにもならないことに気づいて、うつむいた。煌四は黙って、どこともつかない場所へ視線をやっている。なにかを懸命に考えているようにも、あきらめきっているようにも見え、その表情は灯子を不安にさせた。

〈蜘蛛〉たちの死体といっしょにいた、血まみれの男たちの一人。てまりをこの地下へ通じる穴へ投げ入れさせた、あれは、綺羅のいた屋敷で見た人物ではなかったか。

「お兄さん、綺羅お姉さんが」

言いかけて、視界がぐにゅうとゆがんだ。上下の感覚がわからなくなり、灯子はてまりを抱いたまま、その場にひざをつく。煌四の気配が一瞬こわばったが、すぐにそばにひざまずいて、灯子の背中をさすった。手がつめたい。夜のあいだに、煌四もどれほどの怖い思いをしてきたのだろう。クンが無言で灯子の肩に顔を押しあてた。

「ごめんなさい……」

暗い視界が、さらにぼやける。

「なにも謝らなくていい。神族の一人から聞いた。綺羅が、依巫《よりまし》というのに選ばれたんだって」

煌四はそう言って、灯子の背中をなでつづけた。情けなさに、ますます胸が苦しくなった。あまりにたくさんのものが、大きな力によって灯子たちの手からこぼれていった。必死に追いすがったつもりが、たいせつな者を一人もたすけることができなかった。どうすればよかったのだろう。

「明楽さんは、もう神宮へ着きなさったんでしょうか」

「そうみたいだ。クンが教えてくれた」

返事に、灯子は深く息を吐く。

「けど、まだ千年彗星は……」

〈揺る火〉は火狩りに狩られていない。狩り場へ――三日月鎌のとどく場所へ、導かれてもいない。灯子は懐の願い文を、ぎゅっと押さえた。

「……てまりとわたしに、願い文の写しを持たせなさったんです。もしも、明楽さんがとどけられんかったときに、たのむと」

煌四の目もとがこわばった。なにごとかを考えこむように指の背で口を押さえ、顔をそむける。

そのときふっと、雷瓶のほのかな明かりの外から、白い光がさした。銀の光が空中で揺らめく。顔をあげると、どこから現れたのか、痩《や》せて骨の浮いた少女が立っていた。

──〈揺るる火〉だ。

「こっち」

細い声で、痩せた子どもは言った。

「この下に、もう一つの地下道がある。神宮までつづいている」

「この、下？」

問いかえす煌四の顔は険しかった。〈揺るる火〉を見て、おどろくようすもない。こくりと、〈揺るる火〉がうなずく。

「案内できる。神宮にあった首都の地図を見て、記憶してきたから。人間たちには存在を教えていないみたい。地下通路のさらに下層にある道。そこへ案内する」

灯子は一瞬、頭の中に煙が満ちるように意識がぼやけかかるのを感じて、ぎょっとした。あわててきつくまばたきをし、かぶりをふる。まだ進むのだ。

「なんで、そんなことを教えるんだ？　ぼくたちが動いては、そっちには都合が悪いんじゃないのか」

煌四も、すでにこの星の子に会っているのだろうか。〈揺るる火〉は、まつ毛をふせてかぶりをふった。

「わたしは、神族ではないもの。過去の世界で、目的があって作られた。わたしは神族でも人間でもない。ひばりが教えてくれた。あなたたちが知っているかもしれないって。わたしがどうするべきかを」

「そうか。それじゃあ、ぼくの友達を解放してほしい。〈揺るる火〉のかわりに、神族に利用されようとしているらしい」

その声の鋭利さにびくりとして、灯子は煌四の顔を見あげた。煌四は〈揺るる火〉に、厳しい横顔をむけているばかりだった。〈揺るる火〉は、しおれるように顔をうつむける。

「……待ってほしい。あの子は関係ないと、わたしもわかっている。かならず無事に帰すから、すこしだけ猶予がほしい」

「猶予？　なんのだ？」

「決めるための。ここに、火がある」

細い指が、骨の浮いた胸もとをしめした。

「この火をどうするか、決めるための時間がほしい」

「火狩りにさし出せばいい」

つきはなすように、煌四はそう言った。〈揺るる火〉がうつむき、銀の髪の先がくるくるると渦を巻いた。
「神宮へ行く。道案内をたのむ。明楽さんの願い文を、姫神にとどける」
そう言うと、煌四はクンの手を引いて歩きだす。近寄りがたい雰囲気をはなっている
その背中を見あげながら、灯子もてまりを抱いて、それにならった。
かすかにうなだれ、それでも輝かしい髪を複雑になびかせながら、天の子どもは灯子
とかなたのわきをすりぬけ、煌四の前に立って進みはじめた。夜道を照らすささやかな
ともし火のように。

〈揺る火〉に先導されて地下通路をたどりながらも、灯子は、自分がここにいるべき
なのか自信を持つことができなかった。あとで知ったら、明楽はきっと怒るだろう。帰
れと言ったのに、万が一のときには炉六という火狩りにわたせと願い文をたくしたのに、
と。明楽が眉をつりあげて怒る顔、その足もとでてまりが目をすがめるようすすら想像
できた。早くそのときが来ればいい。――そのときが訪れるかどうかは、前を歩く銀色
の髪の持ち主にかかっているのだった。
明楽のそばにいるはずのてまりは、灯子にかかえられて、ちっぽけな体を小刻みにふ
るわせている。こぼれそうに目を見開いて舌を出し、思い出したように自分の鼻をなめ
て湿す。作り物のように早く打つ心臓の動きが、手首へ伝わってきた。
通路は暗く、曲がり角や辻《つじ》がところどころあるにせよ、景色は単調だった。排水がそ

そぎこまれているため、水路の水はひどくにおう。壁面に、工場と通じる階段や扉が現れるたび、煌四は照明で照らして確認していた。変わり映えしない暗い通路を、緊張しながら歩きつづけるのは、それだけでひどく消耗する。

やがて煌四が、髪を銀の煙のようにたなびかせて歩く〈揺るる火〉の背にむけて呼びかけた。

「〈揺るる火〉は、人々になぐさめをあたえるために浮かべられた星なのだと書かれたものを、読んだことがある」

ちらりと煌四をふりかえり、〈揺るる火〉はまた前をむく。白いまつ毛の長さが際立つ。

「でも、どうやって？　虚空へさまよい出してからだって――世界が一度滅んでからいままでのあいだ、どうやって生きてきたっていうんだ」

〈揺るる火〉の痩せ細った肩が、ため息をつくように上下する。

「そういうふうに作られた。気層の外へ出ても、生身で生きていられるように。養分を口から摂取することも、排泄《はいせつ》することもない。代謝で必要なくなったものは、皮膚といっしょにはがれて廃棄される。極度の高温にも低温にも、気圧の上下にも耐えられる。宇宙塵《うちゅうじん》は体表面にふれる前に、燃えつきる」

長い髪が、一対の翼のようにくるくるとはためく。とうとうと語るその声は、けれど、虚《うつ》ろをかかえてさびしく響いた。

「汚染と戦争でおわりかけていた世界を、空の上から救うためにわたしは浮かべられた。世界にまだ残る美しいものを探して人々に伝え、なぐさめるために。軌道上から、たすけを必要とする人々を見つけるために。孤立した集落。汚染区域。とり残された兵士。生き埋めの子どもと家畜たち。都市ごと住む場所を失った放浪者たち。水と食糧の供給を断たれた人々。圧政。酷暑。飢え。極寒。浸水。火災。略奪。包囲。暴動。感染拡大。意味のない対立」

ならべられる言葉がなにを意味するものか、灯子には見当もつかなかった。この子は、たくさんのおそろしいものを見てきたのだろう。しかし、それを想像することが、灯子にはできなかった。灯子が、そしておそらく森に点在する村に生まれた子どもの多くがおそれるのは、炎魔に襲われることと人体発火、一生涯結界の中から出られないことだ。幼い外見に似合わず孤独な声をした〈揺るる火〉の言葉の意味に、意識を寄りそわせることができない。

「その務めを投げ出したのは、どうしてなんだ」

眉《まゆ》を寄せる煌四の横顔に、なぜか灯子は自分がとがめられたようにどきりとした。

〈揺るる火〉は、ふいとまた前へむきなおる。

「……怖かったの。ほんとうならたすかったはずの者が、どんどん死んでいく。救助にむかえるはずの者が、べつのだれかを殺してゆく。まるで、この星が自分で自分の首を切り落としていくようだったわ。とても見ていられなかった。もう、わたしの通信をうけとる設備も、ほとんど残っていなかったし、救援要請を受信したとしても、動ける者はなかった。たすけるすべを持った者がみんな死んでしまって、けがをして、もういない……手遅れだった。見たくなかった。一人だけ、空の上に浮かんでなんて」

凍えるような声には、深い嘆きがこもっていた。しかし、煌四はかまわずにふたたび問う。

「なぜ、またもどってきた？」

いらだちのひそめられた声に思わず肩を縮めて、灯子はななめ前を行く煌四の顔をうかがった。眉をきつく寄せ、目は小揺るぎもせずに〈揺るる火〉の小さな背中を見すえている。が、そのおもざしの鋭さよりも、褪《あ》せた顔色のほうが際立っていた。一晩のあいだに、煌四はやつれきっている。

「書きかえが、うまくいかなかったの」

〈揺るる火〉はふりかえり、わずかに首をかしげて、人さし指で自分のひたいをさしめした。

「軌道上での務めがすめば、地上へ回収されるように設計されている。回収のための設備は、いま言ったように失われたけれど。それでも、わたしに組みこまれた指令は消えない。ほんとうは、二度ともどらないつもりだった。わたしがもどったところで、なに一つ意味がないだろうから。――ずいぶんと試してみたのだけど、自分では変えられないようにしてある。時間はうんとあったけど、指令を書きかえることはできなかった。

だから帰ってきた」

それがこたえになっているのかどうか、灯子にはよくわからない。が、煌四は苦々しげに息を吐くと、眼前にいる千年彗星のすがたを遮断するようにまぶたを閉じた。

神宮までは、あとどれほど歩くのだろう。すでに足は疲れを訴えることすら放棄している。意識は何度もすり切れそうになりながら、わずかに残った芯《しん》をどうにかたもっていた。煌四やクンはなにを見たのだろう。〈蜘蛛《くも》〉たちの死体のほかに。……夜が明けるまでに、おそろしいことが起こりすぎた。それをいまいっしょにいる者たちも、灯子も見てきた。悲惨なできごとと光景に行きあわせながらここへ来て、さらに先へ行こうとしている。それを思うと、急にもの悲しさがおおいかぶさって、ふりはらうことができなくなった。

かなたの足音だけが、かろうじて現実味をつなぎとめている。

しばらくは、だれも口をきかずに歩きつづけた。歩くうちに疲れて足を引きずりはじめたクンを、煌四が慣れたようすで抱きあげた。クンはくったりと煌四の肩に顔を埋《うず》め、眠ってしまったようだった。

やがて煌四が、ため息をつくかわりのように、ぽつりと灯子にむけて話しかけた。

「……灯子は、ほんとうならこんなことに巻きこまれなくてよかったのにな。村にいれば、すくなくとも、こんな危険な目にあわずにすんだのに」

まるで独り言のような投げやりな響きに、とりはらうことのできない失望がにじんでいる。灯子は煌四の色を失った横顔を見あげて、目をしばたたいた。言葉をつぐことのできない灯子の、ささやかな異変を感じとって、煌四が一瞬肩をこわばらせてふりむこうとする。その目を見なくてすむよう、灯子はうつむいて顔をそむけた。

　腕に抱いたてまりが、痛みのためにふるえながら、鼻からぴしぴしとしぶきを飛ばす。灯子は明楽の狩り犬の体がわずかでも温まるよう、白いにこ毛に顔を近づけた。つめたくなってはいけない。もう、シュユのようにつめたくなる者がいてはいけないのだ。

「……町に、首都までいっしょに来た友達がおって。その子は、生まれた村へ帰らずに、ここで暮らすと決めたんです。じゃから、首都がだめになってしもうては、こまる」

「友達……火穂のことか」

　その名に顔をあげると、煌四と目があった。とても大人びて感じられた煌四が、自分と同じにたよりない子どもなのだと、灯子はなぜか打ちのめされるように思った。

「なんで、知っとるん？　会いなさったんですか？」

「会ったよ。会った。照三さんや、そのご両親にも。工場から人を逃がすようにって指示してくれたのは、照三さんだ」

　煌四はそこまで言って、ふと思い出したようすでズボンの隠しへ手を入れた。

「そうだ、火穂から、これをわたされた。灯子のことをたのむって」

　てのひらに載せてこちらへ見せたのは、紐《ひも》につないだ水晶だ。火穂の守《も》り石《いし》だった。

灯子はおどろきをこめてその石と煌四を見くらべた。てまりを抱いたまま、守り石をうけとることはせずに、前をむき、言った。

「……みんな、大丈夫じゃろうか。〈蜘蛛〉みたいに火を使おうと思う人が、もし、町にも」

その先を口にするのは、はばかられた。もし、町にも火がはなたれたら。人から人へと発火がひろがり、首都にいる人間はみんな死んでしまうだろう。

しかし、煌四はどこか暗い目で前をにらんだまま、小さくこたえた。

「……たぶん、それは、神族がさせないと思う。人間がいなくなってしまっては、きっとこまるんだ」

重い声にこもるかたくなさにとまどって、灯子は煌四の顔をのぞき見た。水晶の守り石を隠しへしまい、煌四はまた、行く手の暗がりをじっと見つめている。

「あのう、お兄さん。綺羅お姉さんの住んどるお屋敷に、おりなさったんですよね？　緋名子もいっしょに」

「そうだよ」

「背の高い、きれいな女の人がおらした。あの人が、お母さんなんですよね？」

「ああ。そうだ」

そうこたえる声の、かすかに低まった調子から、煌四もあの人におびえているのではないかと灯子は感じた。灯子の知らないなにかが、声の底に押し隠されている。

「ついでに、さっきぼくらを地下へ押しこんだのが、綺羅の父親だ」

こわばった声を投げてよこされ、灯子はしばらく返事をすることができなかった。たしかに、綺羅の父親、旦那《だんな》さまと呼ばれる太った男が屋敷から出てゆくところを見た。あの血まみれの大男が、やはりそうだったのだ。

「……屋敷へ連れていかれて、わたし、お姉さんに話したんです。こっち側で起きとること。お兄さんのこと、心配しとりなさった。そいで、雷の音がして、走って外へ出て──水路の上の崖《がけ》まで。落ちなさったん。お姉さんの、お母さんが。お姉さんのこと、連れもどそうとして、崖から」

煌四のこめかみがゆっくりと引きつる。なにかをこらえるようにくちびるを嚙《か》んで、煌四はただうなずいた。

「……そうか」

「お兄さん、なんでですか？　火狩りさまのおかげで、この世はようなったと、わたしのばあちゃんはいつも言うとった。昔は、村もなし、家もなしに、人間は森の土の下に隠れて、炎魔におびえて暮らしておったって。火がないから、食べられるもんものうて、飢え死にする人もたくさんおったって。ばあちゃんは赤ん坊のころに、まっ暗でも働けるよう、親に目をつぶされて……世界は、ばあちゃんたちのころから、ちょっとでもましになっとらんのでしょうか」

「……なってないよ」

こたえる声が暗くひえていた。

「すくなくとも首都では、緋名子のように工場毒に汚染される人間がたくさんいる。子どものころから毎日毎日働いて……そうして、工場からの毒で死んでいくんだ。ぼくは、こんな世界はいやだった」

走る水の音が、声を暗闇の奥へさらってゆく。

「だから、なんとかしたかった。変えられるんじゃないかと思っていた。……ただの、思いあがりだった」

その声にこもる感情の正体を、灯子はとらえることができなかった。かなたが歩きながら煌四の顔をふりあおぐが、煌四は一度も犬を見おろそうとしなかった。しゅっ、とてまりが、ひときわ盛大に鼻からしぶきを散らした。傷に障ったのかと、灯子はあわてて腕の角度をたしかめる。

「あの子は親からなにをされても、家族を守ろうとする。わたしは一瞬見ただけだったけれど、それでもわかった」

ぽつりと、〈揺るる火〉が言った。

ふれられたくない部分をつまはじきにされたように、煌四が視線をあげた。飄々《ひょうひょう》としている天の子どもを、その目はほとんどにらみつけている。

「それは……綺羅が、自分で考えてやってることだ」

「ちがう。怖いからよ。自分が親にとってさほど重要でないと知ることが。あれほどおそれているのに、決して逃げない。子どもはみんなそうする。――生まれた家にいるにしても、神族の思惑に組みこまれるにしても、どちらにしたって、あの子は贄《にえ》にされてしまう」

〈揺るる火〉のとらえどころのない話し方に、煌四がいらだったようすで歯嚙みしている。

（……あのお母さんは、無事じゃろうか。怖い人じゃったけど、そいでも）

綺羅が悲しむだろうというのは、灯子でも想像することができた。

煌四はそれ以上口を開かず、ひたすら前へ歩きつづけた。だから、灯子もそうした。黒い森を行く火狩りと狩り犬がそうするように。

地下通路の景色は単調だが、道のりは地上と同じく、迷路のようだった。一人になれば、きっと灯子はすぐに迷う。

「かなり迂回《うかい》していないか？」

壁のところどころにある表示の文字列を読みながら、煌四が言う。文字といっても、短い記号の組みあわせばかりで、灯子にはそれがなにをしめしているのか、さっぱり意味がわからない。

「ええ、この下の層へおりるのに、火種をしかけられて、通れなくなっている通路がたくさんあるから。危険な道は避けていくから、遠回りになる」

一定の距離を置いて前を行きながら、〈揺るる火〉はそうこたえた。

地下へおりてから、どれほど時間がすぎただろうか。顔色の悪い煌四が心配になったが、きつく前を見すえる横顔には、声をかけがたかった。通路の前もうしろも、どこまでも暗い。

灯子たちを水路から守るように歩いていたかなたが、遅れはじめた。くり出す足が急に乱れ、尾を垂らして、灯子のうしろでとうとう立ち止まる。

「かなた？」

荒い息遣いをする犬の前へかがみこんで、灯子はその顔をのぞきこんだ。灯子がひざをついたことに安心したのか、かなたはそのまま、壁際にうずくまった。てまりが痛らないよう注意しながら、かなたの耳もとに手をふれた。体がいつもより熱い。

「どうした？」

煌四も足を止めてふりかえる。顔をのぞきこむと、かなたは大きく白目を見せてむかうべき方向へまなざしをむけながら、浅い呼吸をさかんにくりかえしている。灯子や煌四を見やって、なにかを乞《こ》うようなかん高い声を口蓋《こうがい》にからませた。

「……疲れたんじゃ。すこしだけ、休ませます。煌四さんたちは、先へ行って」

ため息をもらして、煌四が灯子のとなりに立った。

「置いていかない。灯子が迷子になる」

「でも……」

言いさす声が、煌四に聞こえていないのは明らかだった。灯子はあわてて口をつぐむ。

煌四の顔にも、重い疲れが影を落としている。休まなければならないのは、かなただけではない。歩みを止めた灯子たちを、〈揺るる火〉がふりかえる。

「もうすこし進むと、飲める水がある」

そう言って、〈揺るる火〉はまた、通路の先を指さした。煌四がため息をついて、かなたの首すじを軽くたたいた。その合図で、かなたは折りまげていた四肢をすみやかに伸ばして立ちあがった。体の自由がきかないことにとまどったような顔をしたまま、かなたは歩きだした。灯子も、てまりをかかえてそれについてゆく。

やがて、水路のわきに、機械と簡素な物置小屋のようなものが設置されているところへやってきた。水路からくみあげた水を、機械の中へ通す管がめぐっている。壁をくりぬく形で、大がかりな装置がならび、そのわきの物置小屋は、道具などをしまう場所と、働く者の休憩所を兼ねたものであるらしかった。

煌四がクンを壁際に座らせて、無数に入り組んで見える管の中から一つを選び、歯車状の把手《とって》をひねった。枝わかれしてのびた細い管の先から水が出る。うけ口はなく、低い位置から流れる水は、そのまま通路にこぼれて水路へとりこまれる。

ようすを見守っている灯子に、飲める水だとしめすためなのか、煌四が自分で手にすくって飲んだ。休憩するのだとわかると、かなたは管の口からじかに水をうけて勢いよく飲んだ。

灯子は手にすくった水を、てまりに飲ませる。壁に背をもたせかけたクンの口もとへも持ってゆくと、クンはぼんやりと視線をどこかへさまよわせたまま、くちびるを動かした。自分でも飲んだが、なんだか金臭い味のする水だった。

「お兄さん、これ、食べてください。動かれんようになってしもうてじゃ」

懐の紙箱を、青白い顔をした煌四にさし出した。

「……ごめん」

うけとりながら礼を言うのではなしに、煌四はなぜか、心底すまなそうに謝る。麦粉をかたく焼いた携行食を、一つだけぬきとって、残りをみんな灯子にかえした。

〈揺るる火〉だけは、水を飲まなかった。灯子たちから距離を置いて、骨ばったひざをかかえて座りこむ。

「緋名子も、置いていかなければよかったのかもしれない……」

煌四は立てたひざに顔を埋《うず》めるようにうつむき、自分の前髪をわしづかみにした。苦痛のにじみこんだ声と動作に、灯子は動揺して言葉をたぐることができない。

「煌四さん……」

たよりない呼びかけに、煌四が無理やりに顔をあげる。引きつった目じりのまま、口を開きかける。またつらそうに謝罪するのだと思って、灯子は自分からあわてて言った。

「大丈夫です。きっと大丈夫。緋名子はしっかり者じゃし、木々人さんがきっと行ってくれなさる。約束、してくれなさったんです。――そいですから、お兄さん」

そのとき水路を流れる水が、ざぶり、とどこかで泡を立てた。

はっとふりむく。その視界のはしに、立ちあがった〈揺る火〉の銀の髪がいっそうめまぐるしく揺れ動くのが見え、つぎの瞬間、髪の渦がばらりと足もとへとぐろを巻いてうずくまった。おどろきに顔をこわばらせてどこか一点を見つめた〈揺る火〉のすがたが、空間からかき消えた。銀の髪も、消え去る。

天の子どもが、突如、いなくなった。かなたもてまりも、その前兆を嗅《か》ぎわけなかった。

「……ここにいろ」

なにが起きたのかわからないまま、煌四が立ちあがる。

と、なかば眠ったように座っていたクンが、ふと顔をあげ、四つん這《ば》いになってよたよたと水のそばへ行こうとする。クンのそばにいるようにと、煌四が目で合図をよこす。うなずきかえしたが、灯子は指示どおりに動くことができなかった。

かなたが吠《ほ》える。四肢をつっぱって、立てつづけに声を発した。

水の音、流れのどこかで生じる泡の音。それが大きくなる。いくつもつらなる。

水中からずるりと、手が現れた。人の手が。節くれだった手が水中からつき出し、上へ伸びてくると、クンの足首をつかんだ。引きずられる。

「――クン！」

煌四がクンに手を伸ばそうとした。が、細い足首は濡《ぬ》れた手にがっちりとにぎりこまれており、幼い〈蜘蛛《くも》〉よりも水中にいる者の力のほうが、圧倒的に強かった。

悲鳴をあげるクンの胸ぐらを、もう一つの手がわしづかみにする。水路の中から、頑強そうな裸身をあらわにした老人のすがたが伸びあがり、もぎとるようにクンを捕まえたまま水面下へ消える。

一瞬のできごとだった。水路の暗い水が、牙《きば》のような白い泡を揺らしている。

「クンっ」

ひざをついて水路をのぞきこむ灯子を、うしろから煌四が引っぱった。

「さがってろ、まだいる」

「で、でも、クンが……」

水路へ引きずりこまれたクンのすがたは見えない。黒々と流れる水面に、新たな波が立つ気配すらなかった。

「クンが、死んでしまう」

手をふりはらうなり、灯子は水にむかって身を乗り出していた。どうするつもりなのか、自分でもわからなかった。願い文の一枚は、てまりが持っている。自分がなにをしようとしているのか、灯子は考えることも感じることも捨てた。

クンの息がつづかなくなる前に、水中から連れもどさなければ。

「灯子！」

煌四のさけぶ声が、ずいぶんはなれた後方から聞こえた。無視する。たすからなかったシュユのつめたさが皮膚に生々しく残っていて、灯子を動かした。なりふりかまわず、水路へ飛びこもうとする。

　が、通路の床から足がはなれる瞬間に、灯子はなにかに肩を殴打され、うしろざまに通路へはじき飛ばされていた。背中から通路へ着地し、たまらず、おかしな悲鳴がのどからもれる。かなたが吠えつづける声と、煌四が息を呑《の》む音が聞こえる。そして、高下駄《たかげた》の歯が勢いを殺しながら通路へおり立つ音が。

　灯子たちの前に立っているのは、布で顔をおおった黒装束――しのびだ。明楽に大けがをおわせたしのびが来た。

　血の気が引き、体を動かす力が消える。おわりだ、となにかが体の奥で告げる。ここで全員が死ぬのだろうか。

　かなたが下流へむけて駆けだす足音と、水のはねる音がかさなる。しのびに打たれた肩がずきりと痛んで、息が止まった。その肩を、煌四の手が押さえる。灯子はふりはらおうともがきながら、氷のようだった煌四の手が体温をとりもどしていることに、ぼんやりと気づいた。

　かなたが駆けていった先で、水路から再度、人の体が出現していた。クンをさらった老人とはべつの、背の高い男だ。ぼろをまとった体が、水の上へ立ちあがる。その顔がかなたを見すえている。

　カン、と下駄の歯がかたい床を蹴《け》る音が響いた。しのびが動く。

　しかし、しのびの手ににぎられた短刀は、灯子たちにも、かなたにもむけられなかった。通路に満ちる闇と見わけのつかないしのびは、一直線に駆けてゆく。水の上へ立つ男の首に、短刀をむける。男はとっさに身をかがめ、水で濡れた徒手をつき出した。単に身を守るための反応にすぎなかったかもしれないその動きで、しのびのすがたがかき消える。二つに裂けた紙人形が、はらりと水路へ落ちて流された。

まばたきもできずにいる灯子たちのうしろから、新たに二人のしのびが出現する。煌四がふりかえって、短いおどろきの声をあげた。

「〈揺るる火〉がもどったというのに、邪魔ばかり入る」

小鳥のさえずるような声が、不機嫌そうにつぶやく。白い着物が、まぶしいほどだった。現れたすがたに、灯子は呼吸が止まりそうだった。同じ通路の上、数歩ぶんのへだたりしかない場所に、風氏族の少年神ひばりが立っていたのだ。明楽を容赦なく傷つけた神族が。

〈揺るる火〉のことも、ひばりの操るしのびが連れ去ったのだろうか。あの長い髪をなびかせた細い体の子どもは、通路のどこにもういない。

「あの者たちは、水氏族の作った新人類だ。貧民区からでも拾ってきたのだろう。〈蜘蛛〉を見つけしだい始末するよう、血縁者や親しい者を人質にしたうえで命じられている。お前たちの連れている小さい〈蜘蛛〉も、目をつけられていたようだな」

しのびの一人が球状の武器を投げる。中から飛び出した無数の針が、男の体につき立った。何本かは貫通して、背中から先端をのぞかせる。水の上に立つ男は大きく体をかしがせたが、止まることなく動きつづけた。不安定にぐらつきながら、また腕をしのびにむけてつき出す。しかし今度は、距離がとどかなかった。すでに一方のしのびは対岸へ飛び移っている。

「……じゃあ、くれはさんの親も」

凍りつきそうな煌四のつぶやきが、なぜかはっきりと耳にとどいた。

ひばりがふやした二人のしのびと相対するため、水中からもう一人、さっきクンを引きずりこんだ老人が現れる。クンのすがたはない。しのびがせまっても、虚《うつ》ろな表情は変わらなかった。二人の人間はざぶりと水音を立て、見開いた目をしのびたちへむける。しのびはどちらも、水路からわずかに距離をとりつつ、足を静かに緊張させている。刃物を手にしたしのびたちを目で追い、煌四がひばりにむかって眉《まゆ》をつりあげた。

「やめろ！　あれは人間なんだぞ」

つめよる煌四に、ひばりは冷淡な顔をむける。

「見ればわかるだろう。もうまともな人間ではない」

「人間だ。神族が勝手に作り変えた……」

「だからどうした？〈蜘蛛〉の子は捨て置いて、人間をたすければいいか？」

灯子が息をつめる気配に、煌四がふりむく。涼しげに立つひばりとは逆に、煌四の顔は引きつってゆがんでいた。

派手な水音が灯子をふりかえらせる。しのびがくり出した短刀が老人の肩に深々とつき刺さり、かしいだ体がまさに水中へ呑みこまれるところだった。大きくはねた水が襲い、しのびの一方が紙人形にもどる。もう一人のしのびは、つかみかかってきた男の耳もとへ切っ先をつき出しながら、ふりまわされた血のついた腕にふれ、あっけなく消える。

軽く鼻を鳴らして、ひばりが袂《たもと》から新たな人形《ひとがた》をつかみ出そうとする。それを、煌四が止めた。

「やめろって言ってる」

着物の上から腕をつかまれ、ひばりは不快げに眉を動かしたが、つぎの瞬間にはひややかに笑う。

「お前たちだけでなんとかできるなら、そうしろ。小さい〈蜘蛛〉が死のうが、ぼくはかまわない」

耳が空気の動きを感じる。

真横に、体中に針のつき立った男がせまっていた。飛びあがってその足に食らいつこうとしたかなたが、蹴り飛ばされて水路へ落ちる。

が、ふりあげようとかまえられていた男の腕を、べつの細い手がとらえた。

まにあわない。

針の刺さった体が前のめりに転倒し、男はそのますさまじい力で水中へ呑みこまれた。入れかわりに、水路の中から新たに立ちあがる者がある。

はげしく揺れる水面に、長い髪をずるずると肩に貼りつかせた女が一人残った。その手にずだ袋のようにかかえているのは、クンの体だ。はずみをつけて、クンがこちらへ投げられる。通路へたおれこんだクンは、小さな背中をまるめて咳《せ》きこんだ。

灯子は足をすべらせながら、クンに駆けよった。名前を呼び、背中をなでさする。かなたが自力で水路から這《は》いあがり、身をふるう。すぐさま走ってきて、灯子とクンを背後にかばった。

水上へ現れたのは、若い女だ。水の上にうなだれて立ち、なぜかそのまま動く気配はなかった。

「……くれはさん」

呆然《ぼうぜん》としたようすで、煌四が声をこぼす。水の上に立つ者の名を呼んだのだと、灯子はずいぶん遅れて気がついた。

うつむいた顔は、ほとんど髪の毛で隠れてしまっている。それがだれであるのか、灯子には見当もつかなかった。すこしためらってから、煌四が水の上にいる者へ、言葉をかけた。

「これがおわったら、綺羅のところへもどってあげてください。どこへ行ってしまったのか、綺羅がずっと心配していました」

息をつめる音がし、女が顔をそむけた。泣いているのだ。体を作り変えられているが、あの人は敵対者ではないのかもしれない。クンがべそをかきながら、灯子に抱きついてくる。自分の体ではたよりないだろうと思いながら、灯子はずぶ濡《ぬ》れになったクンの背中を抱きしめた。

「……たすけてもらって、ありがとうございます」

煌四が言うと、水に立つ人はおそるおそる、片足を水面下へおろしはじめた。

顔が見えないほど深くこうべを垂れ、なにも言わずにうしろへさがってゆく。まちがえて人前へ出てきてしまった水棲《すいせい》の生き物のように、そのすがたは水の中へひるがえって、消える。にごった泡の揺れる水面から、もう出現する者はなかった。

しゅ、と衣擦《きぬず》れの音をさせて、少年神が着物のそでをさばいた。空気をむしばむような暗がりの中で、ひばりのすがただけが輝くばかりに白く見える。不機嫌そうに眉をひそめて、少年神は静まった水路の水をにらんだ。この地下通路そのものが、ひばりにとって不快でならないようだった。

「生かしておいたところで、あの者たちは、もうもとの人間にはもどれないぞ」

きれいな声が、吐き捨てるように言う。

灯子はクンをなだめて立ちあがり、あわてて煌四をこちらへ引っぱった。

「お前、むこう見ずも大概にしろ。ただの人間のくせをして」

灯子を視線だけで見おろして、少年神がくちびるをまげる。灯子は言われたことには一切こたえず、ただ、近くにいる神族の一員を見つめた。どうやらこれ以上しのびを生み出す気配はないが、なぜそのような不平をあっさり顔に表すのかと、少年神の心持ちのすなおさにおどろいていた。

クンが思いきり顔をしかめ、ひばりにむかってうなる。ひばりはうるさそうに、すらりときびすをかえしかかった。

「お前の仲間たちのおかげで、神宮の中もかなり引っかきまわされた。神族は、〈蜘蛛《くも》〉を一人残らず消し去るつもりらしいぞ。せいぜい気をつけることだ」

そうして少年神は、退屈のために機嫌を損ねた幼子のような無表情になる。壁際にうずくまるてまりにつま先をむけ、かがみこんだ。

「てまり……」

駆けよろうとする灯子を、煌四が止めた。

歯をむいて威嚇する小さな狩り犬に、ひばりがすっと手をかざす。それが傷を治すしぐさなのだと、灯子にもわかった。折れた脚がもとにもどるなり、てまりは立ちあがって毛を逆立て、少年神にむかって毒づいた。

明楽や、水路から現れた者たちをあんなに冷酷に傷つけたのに、なぜかいまはなにもしない。少年神のすることが、灯子には解せなかった。

「……〈揺る火〉はどこへ行った？」

煌四の問いに、ひばりはてまりから体をそむけ、ふてぶてしく鼻を鳴らす。

「ほかの神族たちのもとだ。依巫《よりまし》の支度が整いはじめ、〈揺る火〉はふたたび神宮へ呼びもどされた。ただいたずらに世界を永らえさせることしか考えない連中が、思うようにしている」

ひやりとつめたいものを感じ、灯子は無言で少年神を見あげた。

「地上へもどりながらも、〈揺るる火〉はまだ迷っている。迷う心のある者を、目的のために利用することは許されないはずだ。……なにを選ぶのか〈揺るる火〉は決めることになるが、せめて最後は、これでよしと思える選択でなければならない。ぼくは、姉上を大勢のための犠牲にするのは、もういやなんだ」

少年神のつめたい声が、煌四の感情を大きくかき乱す、その手ごたえさえ灯子に伝わってくるようだった。クンがしだいに、呼吸を落ちつかせる。

そうか、と煌四の口だけが動いたように見えた。煌四はうつむいて黙りこみ、もうそれ以上の質問をしなかった。

「この先から、下層へおりられる。おりたら上流へまっすぐに行け。やがて坂になる。そこをのぼると神宮に着く」

通路の先を指さしてそう告げると、ひばりのすがたは空気に溶けて、暗闇の中へかき消えた。

「……行こう」

やがて煌四が、荒い息をするかなたの頭を強くなでた。

「進もう。かなた、歩けよ。きっとあとすこしだから」

少年神の言ったとおり、下へおりる石段へはすぐに行き着いた。

　工場どうしをつなぐ地下通路の、さらに下層。そこにも水路がある。水路というよりは、それは自然の小川に近かった。工場とは関係のなさそうなこの小川は、いったいなんのためにあるのだろう。

　地下を流れる細い川のほとりには、岸の岩をぬめぬめとおおう地衣類と、息をしているかさだかでない苔《こけ》がこびりついていた。上の通路のように平らにかためられてはおらず、足もとは石や土がまろやかな形を作っていた。水ににごりはなく、浅い川の底がすっかり見えている。手をさし入れればひじまでほどしかつからないだろう。細かなきのこが密生し、水の中に白い花が咲きなびいている。さざめく川の音にまぎれて、みしみしと地中へ根の張る気配が立ちのぼっている。

　地上から隔絶された土の下へおりてきて、灯子はやっと、思うさま息ができる気がした。日もあたらず星も見えず、ここは暗く閉ざされた異界であるはずなのに。澄んだ水の、なつかしいにおいが肺を満たした。

（畑は、どうなっとるじゃろう……）

　ふいに、そんなことが心配になった。村の畑では、いまごろは虫の子や卵に目を光らせている時季だ。根を食い荒らす虫や葉の汁を吸う微細な虫を見つけるすべを、小さな子どもも背におぶわれながら、もどかしい指で手伝いながらおぼえてゆく。にぎわう土が、雨を吸って重くなる。そこへ肥やしをあたえると、みるみる菜の葉が育ってゆく……

……

みんなほうり出してきてしまった。

川の水はおそろしいほどに澄んでいる。流れの底を、上流へむかってすらすらと泳ぐ銀の魚の背が見えた。二匹、三匹の群れを組んで、ぼうと発光する体で川底の小石や水草を照らして泳いでゆく。地上の水路に魚など見なかったのに、地面の下の光のささない川には、生きて泳ぐ影がある。

ハカイサナのまわりを泳いでいた魚たちによく似た光る銀の魚は、静かにまっすぐに、流れをさかのぼってゆく。

押し黙ったまま、残りの道のりを進んだ。〈揺るる火〉のすがたが目の前にないと、とたんに、あんな子どもが実際にいたのかどうか、自信がなくなる。痩《や》せ細った体と、風もなしに揺れてはためく銀の髪。空に浮かんでいたのだという子ども――体内に神族宗家の火をやどした存在は、ほんとうに先ほどまで灯子たちのそばにいたのだろうか。

クンは煌四に抱きかかえられて、また眠っている。脚の治ったてまりが、尾をふり立てて先頭に立っていた。

先へ進むことが正しいのかどうか、もはやわからなくなっている。灯子は幾度も、来た道をふりかえった。水路を泳いでゆくのは銀の魚ばかりで、新人類と呼ばれる者たちが新たに追ってくる気配はない。引きかえしたほうがいいのではないか。せめて灯子か煌四、どちらかだけでも地上へ、町へもどったほうがいいのではないか……

てまりが苔のはびこる地面のにおいを嗅《か》いでは、前方のまっ暗闇にむかって高く吠《ほ》える。いまにもその声にこたえて明楽が現れるのではないかと期待し、そのすがたが決して見えないことに落胆するのをくりかえした。

と、鼻をこすりつけるほど熱心ににおいを探っていたてまりが、ふいになにかに反応して飛びあがった。身をひるがえし、あわてて駆けもどってきた犬を、灯子は抱きあげる。かなたも、煌四も足を止め、身動きを止めた。

なにかがいる。あるいはこちらへ来る。ひややかな予感に身がまえた灯子は、しかし、思いがけずなつかしい気配を感じとった。

おぼろげな玉の形をした白い光が、暗闇にとまどうように飛んできて、通路の上へおり立った。ほの白い光の中から、すう、と苔の上に現れる、白い稚児《ちご》すがたの小人――髪も着物も無垢紙《むくし》でこしらえたように白く、二つの目だけが若葉の色をして輝いている。

「――童《わらし》さま」

かなたの荒い息遣いが、いやに大きく聞こえる。見まちがえるはずがない。首都の地下道に現れたのは、村の祠《ほこら》にいる童さま――姫神の分身だった。

すがたを消した〈揺るる火〉になりかわるかのように、そのささやかな手が灯子たちを手まねく。若葉の色の目が、こちらを見あげて幾度かまたたいた。

煌四が灯子のかたわらで、静かなおどろきの声をあげる。首都に暮らす煌四は、姫神の小さな分身を見たことがないのだ。

童さまはころりと首をかしげる。村の祠の存在と同じく、なにもしゃべらない。この子どもに手をあわせて、灯子たちは暮らしてきた。神族へ、姫神への献上物をこしらえ、回収車を待って。結界から出ることなく、生きてきた。

　姫神のちっぽけな分身に対して、一気にこみあげる感情があったが、その正体はわからない。てのひらに乗るほどのまっ白な子どもの前にひざまずいて、灯子は呼吸を整え、そして懐から無垢紙をとり出した。

「こ……これを」

　さし出す手が小刻みにふるえる。淡い新緑の色に光る目が、じっとこちらを見つめている。

「明楽さんが、姫神さまに。手揺姫さまにとどけるために、書きなさりました。姫神さまに、とどけさせてください」

　こちらへ手を伸ばそうとしない童さまに、紙をひろげてみせる。明楽の乱れた走り書きがならぶ願い文の裏をこちらにむけ、書かれた手紙を童さまに見えるようささげ持った。明楽の言葉が伝わるようにと、一心に祈った。

　祈りながらずっと息をつめて、こうべを垂れていた。てまりの息があごにかかって熱いくらいだ。やがて肺が悲鳴をあげるころに目をあげると、童さまのすがたはそこになかった。

「――消えた」

　煌四が畏怖《いふ》につらぬかれた顔をして、白い小人のいた空間を凝視している。

川面《かわも》をくらくらと流れてゆく銀色のものがあった。ひれの動きを止め、横ざまに水に浮いて流れてゆくのは、水路を遡上《そじょう》してゆくあの銀の魚の一匹だった。

「……なんだったんだ、いまのは」

煌四が驚嘆したようすで、だれにともなく問いかける。灯子はひろげた無垢紙をかかげ持ったまま、童さまの消えたあとをじっと見つめていた。

「読んで、くれなさったんでしょうか――？」

願い文を折りたたむ。無垢紙を指からとり落とさないよう、ありったけの気力をふりしぼらなければならなかった。心臓がはねまわり、視界に細かな光がはぜた。

「わ、童さまは、字が読めるんじゃろうか。読みなさっとりましたか？　あ、明楽さんに、知らせんと」

ひざが言うことを聞かず、立ちあがろうとして灯子はぐらりとよろけた。川へ転がり落ちかけるのを、煌四がすんでにうけとめた。

「落ちつけ。――わからない。手紙を、一瞬見ただけで消えてしまった」

灯子は狼狽《ろうばい》した。童さまが文字を読んだり、口を開けて言葉を話すなどということは聞いたことがない。それでも、守《も》り神《かみ》の祠のない、童さまのいない首都に、姫神の白い分身が現れたのなら、ひょっとして――

ほとんど駆け足になりながら、灯子たちは通路の先へむかった。

通路の床や壁面を這《は》う苔が、しだいにその濃さをましてゆく。

やがては苔や地衣類ばかりでなく、細い草の根まで壁を伝いはじめた。足もとは、ゆるやかな上り坂になってゆく。少年神の言葉をそっくり信じるなら、この道で正しいはずだ。このまま進んでゆけば、神宮へたどり着く。そこに、きっと明楽がいる。

通路の壁にはびこる草の根が、徐々に太くなってゆく。泥の色をした根がだんだんと色を濃くしてゆくのが、雷瓶の明かりに浮かびあがる。

「お兄さん、これ……」

ささやく自分の口の中が、つめたく感じられる。煌四も眉《まゆ》を寄せ、愕然《がくぜん》と表情をゆがめていた。

見おぼえがある。よく知っている。眠っていたクンが目を開け、景色をにらむ。

甘ったるい腐臭をまとうそれは、地上のほとんどをおおう黒い森の木の根だった。

なぜ、神宮へ通じるはずの地下通路に、森の植物が根をおろしているのだろうか。進むごとに、黒くぬめる根の密度が濃くなってゆく。草の根どころではない、深々と壁に食いこみ、からまりあったそれはすでに木々の根の太さを持っている。やがてまだら模様の葉をやどし、上へ横へとよじれた枝を伸ばしはじめる。地下道の壁は、ついには完全に黒い木々の根や幹におおわれて見えなくなった。

「灯子、止まって」

煌四が、灯子の前に手をかざした。

てまりがしきりに周囲のにおいを探って、呼吸を速くする。てまりが駆けだしてしまいそうで、灯子はとっさに、ふたたび明楽の狩り犬を抱きあげた。

すでに立ち止まっている灯子たちの周囲に、木々はその数をふやし、そのすがたを太くしてゆく。

灯子はかなたの首すじに手をそえた。鼻を湿しながら、かなたがふりむく。疲れの消えないその目が、まっすぐ灯子の目をのぞきこむ。灯子たちのいだく当惑も狼狽も、かなたにはなかった。

つめたい腐臭が、鼻の奥を刺激する。つめたいのに甘ったるいにおいが、皮膚や髪の根にまつわりつき、にじみこんでくる。

足もとを流れていた水路も、気がつけばうねる木の根に侵食されている。蛇の大群のようにからみあって増殖する木の根の下から土が湧き、澄んだ水を吸いとってしまう。銀の魚が泳いでいた清水は、黒い土と根に吸われ、呑《の》まれて完全に消えた。

わらじの足が、ぐずっとぬめる朽葉を踏んだ。鬱蒼《うっそう》とした枝葉の伸びてゆく音が、聴覚をかき乱す。壁も天井もすでに遠くしりぞき、幾重にも折りかさなって視界をさえぎる木々と、病を患ったかのように重苦しく垂れた枝葉がどこまでもつづいている。

黒い森。まちがいなくそこは、黒い森の中だった。炎魔の棲息《せいそく》する、人の入ってはならない森——灯子たちは突如、異物として森へ迷いこんだのだった。

「な……なんで」

煌四がクンをかかえる腕に力をこめる。

なにが起きたのかわからないまま、灯子は目を細めた。……見えない。木々の黒さが目の底にやどる暗がりに溶けこんで、一度くらんだ灯子の目は、森の中でほとんど用をなさなかった。

身をこわばらせてうなったかと思うと、突然てまりが吠えはじめた。

「てまり、吠《ほ》えたらいかん。静かに――」

下手に音を出してはいけない。ささやきかけるのを無視して、てまりはつづけざまに声を張りあげる。吠えるのにあわせて、おもちゃじみた頭が小刻みに上下する。

かなたが低くうなったのを、耳ではなく全身が聞きとる。四肢をつっぱるてまりを抱いたまま、灯子は息をつめた。背後の煌四はクンをかかえていて、自由に動けない。

土を蹴《け》って、かなたが走りだした。木々のむこうに動く影がある。髪の根がぞわりとしびれて、それが炎魔なのだと頭より先に体が察知する。木立のむこうから、獣のわめき声があがる。かなたが炎魔と戦っているのだ。

たすけなくてはと思った。かなたは限界を超えて動きつづけ、満足に戦うことができないはずだ。しかし灯子の手に、炎魔を狩るための鎌はなかった。

ざ、と頭上で枝の揺れる音がした。それを耳がとらえたときにはすでに遅い。

山猫のすがた、三日月のような、爪と牙《きば》。燃える目の黒い獣が、樹上からこちらへおどりかかってきた。戦うすべがない。てまりが暴れている。力がぬけた。煌四が灯子の頭をかばっておおいかぶさる。まただ。また森の中で、自分をたすけて人が死ぬ。それだけはいやだ。

（かなた、かなたのだいじな人を、もうこれ以上、死なせたらいかんのに）

訴えるための言葉はつかまらず、灯子はさけび声をあげただけだった。

しかし、炎魔は到達しなかった。

あざやかに火花が散った。黄金の一閃《いっせん》が、ねばりつく闇を切り裂いた。炎魔ののどから火が飛び散り、千もの火花がきらめかに舞う。その光芒《こうぼう》が森の空気を焦がす。

金色の三日月――火狩りの鎌が、炎魔をしとめていた。

「……あ」

舞い散る火。黄金の火花。その光芒の一つ一つが、たしかに見えた。同時に、黒い森のさらに暗澹《あんたん》とした陰影が。灯子の目が、力をとりもどそうとする。獣の体から飛び散る炎を焼きつけようとする。

べしゃりと音を立てて、絶命した炎魔が土の上に落ちる。黒い被毛の上に、金の液体がしずくを落とした。静まる。灯子は、三日月鎌をにぎって立つ者を見る。

「ほんとに言うこと聞かないんだから。まさか、ここまで追いつくとは」

あきれたように、けれどもどこかたのもしげに笑う顔。高くくくりあげた赤い髪。てまりが尾をふるだけではたりず、全身をはげしくくねらせてよろこびを表現する。

「――明楽さん」

名前を呼んだのは煌四だった。かかえあげられたクンが、その声に反応して顔をあげる。

「お姉ちゃん！」

煌四の手をふりほどくように飛びおりると、クンは明楽に突進していった。汚れた袴《はかま》に、ありったけの力をこめてしがみつく。明楽がその頭をなでる。

てまりが尾をふりまわしながら灯子の顔を見た。黒い目をまるく見開き、牙をのぞかせて笑っている。灯子が手から解放すると、てまりは転げるように主《あるじ》のもとへ走った。ありったけの力をこめてすねに頭や体をすりつけるてまりを、明楽の手がなでた。

明楽がしとめた炎魔は朽葉の上にふして、傷口からとろとろと金色の火をあふれさせている。その体はもう二度と動かない。息をはずませて、藪《やぶ》のむこうからかなたがもどってきた。体の側面にべっとりと森の土がこびりついている。

「……よし、けがはしてないな。いい子だ」

もどってきたかなたの体をあらためて、明楽が自分と犬の鼻をふれあわせた。血をはらった鎌を腰にさし、灯子とてまりに体をむける。

「せっかく願い文を分散させたのに、かたまっちゃだめじゃないか」

灯子のつむじへ降ってくる声には、ちっともとがめる響きがない。明楽は、うれしさのあまり腰が砕けたような姿勢で尾をふるてまりをくまなくなでてから、立ちつくす灯子の目をのぞきこんだ。

「見える?」

問いは、ごく短い。頬にそえられた明楽の指が、細かくふるえていた。

「……はい」

灯子はうなずく。つづく言葉が出ないかわりに、キリの薬が効いたとしめすために、一心に明楽を見つめた。そうか、とうなずきながら、明楽は泣きだすのをこらえるように顔をゆがめる。そんな顔を見てしまったのをすまなく感じて、明楽が灯子を抱きよせて視界がふさがれると、安心した。

朽ちた花のにおいが立ちこめる、いびつな黒い森の中であるのに、灯子は安全な場所へ逃れてきたような気持ちがした。

「明楽さん……」

「ばか、泣かないの。体力なくなるよ」

灯子の前髪をかきあげて、明楽がひたいをさする。

「い……生きとってくれなさったから」

うなずいてクンを抱きよせ、明楽が笑った。あの咲きほころぶような、あどけない笑みだ。

泣きながら、灯子は安堵《あんど》と不安を一度に呼吸していた。森へたどり着いた理由はわからないが、明楽にまた会うことができた。しかし、森には綺羅も緋名子も、地下居住区の木々人たちもいない。火穂も照三も、おじさんとおばさんも、水路をへだてているとはいえ、火がもたらされた首都にいるのだ。

「おんちゃんが来てくれて、神宮へやっとたどり着いたんだけどさ。急に建物の中に森の木の根が這《は》ってきて、気がついたら森に来ていた。その前に地下から木々人が出てくるのを見たから、あれも神族の異能だと思ったんだけど――」

そのとき、下生えを揺らすあるかなきかの音がして、新たな獣がこちらへ歩いてきた。細い体つきの犬だ。おそろしく長い脚の犬が現れると、てまりがふたたび身をくねらせて尾をふった。

「みぞれ」

煌四が犬に呼びかける。そして、はっとしたようすで犬の背後、いびつな木々が幾重にも陰をこびりつかせる藪へ視線をむけた。

犬のあとから森の土を踏みしだいて、鋭い顔つきの男がすがたを現した。火狩りだ。うしろで縛った長い髪と、身になじんだ狩衣《かりぎぬ》。森の空気よりもなお、その火狩りのまとう気配は鋭利で暗かった。

「よう坊主、まだくたばっていなかったか」

口のわきにくっきりとしわを刻んで笑う。

はい、と重くうなずく煌四に、火狩りが歩みよる。わらじの足が通ったあとに、人の踏んだ痕跡《こんせき》は一切残っていなかった。けがをしている。右手に巻きつけた布へ、どす黒く血がにじんでいた。

「上出来だ」

狩人《かりゅうど》の手が、煌四の頭に載せられる。うろたえた顔をしながらも、煌四は深くうつむいた。きつく目をつむったその顔は、きっとふだんならばかなたにしか見せない表情なのだろうと、灯子は思った。

「明楽さん、願い文を――さっき、童《わらし》さまに見せてきました」

灯子が顔をあおぐと、明楽は目をみはって、しばらく表情を動かさなかった。

「童さま……？　それって、姫神の分身の？」

灯子はうなずく。その拍子に、腹の中がきしんだ。ここへ来るまでに見てきたものが眼前によみがえり、灯子をのぞきかえしたような気がした。無事をたしかめずに来た者たちの、手もあわせずに来た死者たちのたくさんの目が、こちらを見ている。

「灯子は、中身を読んだ？」

苦笑いしながら首をかしげる明楽に、いいえ、と灯子は返事をする。姫神に宛てて書かれたものを、盗み見ることなどできない。

「灯子に託してよかった」

明楽が抱きあげると、もうすでにクンは手足をだらりとぶらさげて、寝息を立てていた。

「ここは、森のどのあたりなんですか？」

煌四が顔をあげ、周囲を見まわす。森の木々は奇妙にくねって、見あげるだけでめまいを引き起こす。

「首都からすぐのところだ。お前が大けがをした、〈蜘蛛《くも》〉の拷問場がすぐそこにあったからな」

細い犬を連れた火狩りが、肩越しに木立のむこうをさししめした。

「……すこし休もう。首都へ、またもどらなくちゃならない。ちょっとでも力を温存しておかないと」

そう言って明楽は、マントのかわりにまとっていた裂いた布で、クンの体をくるんだ。


夢を見なかった。

なんの夢も見ずに眠っているのに、暗い意識は不安で充満している。横たえた体の中をぐねぐねとした異物がうごめきまわって感じられるのは、ここが黒い森の中であるせいだろうか。

灯子は無理やりまぶたを開けて、いやな眠りから這いずり出た。

寝ているかなたの顔が、すぐそこにあった。灯子の腹に自分の体を沿わせてまるくなり、地面に顔をくっつけて眠っている。灯子がわずかに身じろいでも、起きなかった。背中側にはクンがおり、完全に力をぬいて寝入っている。休む前に、若木の枝を削ってわずかの水気をかじったので、口の中が青臭い。

「……いまは、昼間なんですよね？」

声がする。ここは森の中の、地表に顔を出した大きな岩のそばだ。〈蜘蛛〉が操ったせいで炎魔の数はすくないが、背後から襲われることをふせぐために、明楽たちがここで休めと指示したのだった。岩にもたれて体を休めているのは、細い犬を連れた火狩りだ。首都へなだれこんだ炎魔と戦う明楽を、まっ先にたすけに駆けつけた人だった。炉六という名の、明楽がもしものときには願い文を託すよう書いていた火狩りだ。

手のけがが相当にひどいのだろう。明楽に見張りをまかせ、背をかがめて眠っている。ひりひりとするような濃い色の肌が特徴的だった。

「昼間だよ。あんまりそれらしく見えないけどね。首都に住んでると、森なんてまったくの別世界だよね」

明楽と煌四がならんで座り、むこうをむいてひそめた声で話している。明楽のひざからは白い尾がのぞき、てまりが乗っているのがわかった。主との再会によって、てまりがすっかり安心しているのがわかる。

「地下通路は〈蜘蛛〉や体を作り変えられた人間だらけで、逃げて地上へ出た。そのときに、ばかでかい人の影が見えたけど、あれは木々人なんだよね？　おんちゃんが、首都の地下には巨人化した木々人が幽閉されてると言ってた。生まれは首都のあたしも、そんな話は聞いたことがなかったけど」

クヌギだ。明楽たちも、あのすがたを見たのだ。木々人たちは火に行きあわずにすんでいるだろうか。緋名子のところに、行ってくれただろうか。

「願い文は……姫神に読まれたことになるんでしょうか？」

ややあってから煌四が問うと、明楽は自分の頭を乱雑にかきながらうなった。

「うーん、それがなあ……童さまっていうのは、各地の村にいて結界を守っている、手揺姫の分身だ。あたしも流れの暮らしをしてきたから、あちこちの村で見たことがある。だけどあれは、ただ結界をたもつためだけの存在なんだよ。姫神が分身を通して村を直接見守っているとか、そういうことじゃないはずなんだ。そんな形で監視ができているなら、すでに謀反の罪に問われていてもおかしくない村や、流行《はや》り病や大きな事故が放置されてるはずのない村が、両手の指じゃ数えきれない。だけど、あんたも知ってのとおり、姫神の分身は首都にはいないんだ。本体が鎮座しているんだもの、分身のいる理由がない」

「じゃあ、あのとき現れたのは——」

「もしかすると、結界の役割とはべつに遣わした分身だったのかもしれない。〈揺るる火〉が突然消えたあとだったんでしょ？　だったら、神宮にいる姫神が、現状をとうとう見かねて直接分身を遣わしたとも考えられる」

「それなら、灯子が見せた願い文は、姫神の目にとどいたということですか？」

「……そう願うよ。聞いてると、あたしとおんちゃんは、あんたたちと同じような状況で森へ来ているんだ。神宮の入り口にいたのに、あるはずのないところへ森の木々が生えてきて、気がついたら森の中に迷いこまされていた。神族のだれかが、恣意的《しいてき》にやったことだとしか思えない。地下通路とちがって、明るい建物の中だったから、よけい異様に感じたな。神族の異能のせいで、先へ進めなくなったんだと思ったけど……いいように解釈すれば、危ない場所から遠ざけられたということなのかもしれない。〈蜘蛛〉が毒虫で操ったおかげで、いまこのへんには、ほとんど炎魔がいないみたいだから」

こんなときに冗談じゃないけどね、と、明楽は首を深くうつむけ、てまりのにおいを吸いこんだ。

「さもなければ、首都から排除されたということですね」

煌四の声には、まるで感情がこめられていなかった。その声音のせいか、重みを失って見える背中を、明楽が力をこめてはたいた。虚をつかれたらしい煌四が、勢いよく前にのめる。

「排除されたんだとしても、もどればいいんだよ。あたしたちは流れの経験のある火狩りだ。未登録者をそう簡単に意のままにできると思いなさんな」

その声の響きの明るさも、すぐさま森に吸いとられ、枝葉のやどす暗さに食いつぶされてゆく。

「だけど、崖《がけ》のトンネルは……」

「うん。一応たしかめに行ってみたけど、あれはだめだな。地崩れでつぶれて、通れない。崖は落ちたら死ぬ高さだ。おんちゃんはあの手だし、どのみち崖を越えるのは無理だ」

それじゃあ、と声音をかたくする煌四に、明楽はどこかいたずらっぽく笑みをこめて返事をした。

「海からもどるんだ。遠回りだし、かなり消耗するだろうけど。潮が引く前に動けば、水路から首都へもどれる。犬たちはみんな泳げるし、幸か不幸かたいした荷物もない」

おどろくよりもあきれているのが、煌四の背中から読みとれた。明楽はそれをまるで気にせず、首をかしげるように頭上の見えない空をあおいだ。

「あんたたちの言う、〈揺るる火〉が生身の子どもだっていうのが、あたしは見ていないから、うまく信じられない。そっくり生きてるように作られた機械人形ってわけじゃないの？」

ちがうと思う、とこたえる煌四の声もまた、あちらで見聞きしたものがほんとうであったのか、自信を失っている。

「あれは——すくなくともぼくの目には、ほんとうに生きているようにしか思えませんでした」

「はっきりしないなあ……だけど、どっちにしろ、〈揺るる火〉の形を気にしてはいられないな。〈蜘蛛〉に、新人類。おまけに、発火もおそれず〈蜘蛛〉に協力する人間だって？」

「それから、神族の中でも、相当意見の食いちがいがあるみたいです。火を必要としない体に人間を作り変える氏族もあれば、〈揺るる火〉をつぎの姫神にするのだという氏族もあるみたいだ。綺羅が神族に連れていかれるのを灯子が見たという。〈揺るる火〉の入れ物にするのだと……無事でいるのかどうか、わかりません」

　その声に、うまく感情をこめられないのが伝わってきた。折りかさなる〈蜘蛛〉たちの死体の前で再会してから――煌四の声は、ずいぶんと平坦《へいたん》になっている。

「あのねえ、だいじな者のことくらい、もっと死に物狂いで心配しなさいよ。あそこはいやな家だ。あそこで育ってきた一人娘だっていうのに、綺羅が気を許せていたのは、あんただけだったじゃない」

　おどろいて明楽の顔を見つめる煌四に、てまりがふてぶてしく鼻を鳴らす。明楽のひざの上で、白い尾が揺れるのが見えた。

「信じられないのに、こう言うのも変だけれど――ほんとに〈揺るる火〉があんたの言うとおりの存在なら、一つ気をもむ問題がなくなった。……過去の世界を救えなかったことを悔いているなら、きっと星が、今度こそ正しい王を選ぶ」

　首をのけぞらせて、明楽が頭上をあおぐ。陰鬱《いんうつ》に垂れさがる枝葉がおおい隠して、空は見えない。呼吸している自分を、灯子はふいに不思議に感じた。世界をおおう、死の象徴のような黒い森。立ち入れば即座に死ぬ、人が踏み入ることを禁じられた忌まわしい場所が――腐りかけ、ぬめりながらも、当然のごとくに呼吸しているのが全身に感じられた。炎魔の棲《す》む黒い森も、村の緑の木立や畑や川と同じに、呼吸して循環している。そうでなければとっくに森は消えている。

生きたものの中にいるのだ。いびつで不吉な、それでも生きた森の中に。そのことに気づいたとたん、黒い森を忌む気持ちはわずかに薄れ、自分よりも偉大なものに対する畏怖《いふ》が、しびれのやどる体を満たした。かなたの呼吸の音が、とても安らかだ。

「〈揺る火〉の、千年彗星の誘導は……いつ、どこへさせるつもりなんですか？」

そのことを明楽は、願い文に記したはずだ。もし綺羅が依巫《よりまし》として〈揺る火〉の入れ物にされていても、姫神に星を狩り場へ導いてもらうことはできるのだろうか……？

「工場地帯。夜に、工場地帯の南端──トンネルの付近へ誘導してくれと書いた」

煌四が顔をあげて明楽を見る。横顔を下へむけ、まだなにかを言いたそうなようすだったが、明楽はそれをはばむように高く結わえたくせっ毛を手ではらい、肩を揺すって息をついた。

「寝てろ。じきに出発するから。海で疲れて動けなくなったら、水ん中に置いていくよ」

明楽が低く言い、それで会話はしまいになった。煌四がこちらへふりむこうとするのを気取《けど》り、灯子はあわてて、ふたたび目をつむった。

七樹海

眠ったのかどうかもよくわからない休息から浮きあがると、煌四はクンとかなた、そして灯子がまだよく眠っているのをたしかめて、そっと立ちあがった。炉六と見張りを交代し、明楽はクンと灯子に寄りそうように体を横たえている。

「あまりはなれるなよ」

こちらをむかないまま、炉六が低くつぶやいた。

なにもこたえずに、煌四は足音を立てないよう気をつけながら、歩きだした。かなたとみぞれが目をあげる。みぞれは退屈そうにあくびを一つしてそっぽをむいたが、かなたは体をまるめて土の上に寝ている灯子を起こさないよう、すばやく立ちあがった。明楽やクンのそばを音をさせずにすりぬけて、煌四のもとまで来る。

ついてくるなとしめすために首をふったが、かなたはこちらを見あげて軽く尾をふる。その顔が、笑っているように見えた。

炉六が横目にこちらを見て、肩をすくめる。かなたについてこさせるつもりではなかったが、もたもたしていると明楽を起こしてしまう。そうなれば、むかおうとしている場所へ行けなくなる。犬がはなれても灯子がちゃんと眠っているのをたしかめて、煌四は黙って歩きだした。軽やかに、かなたがかたわらをついてくる。

まもなく動くと明楽が言っていたから、休息をとりはじめてからさほどの時間はたっていないはずだった。森の中で、煌四は完全に時間の感覚を狂わせている。太陽の位置をたしかめようと頭上をあおぐが、森の木々が暗い天蓋《てんがい》となってかぶさり、空が見えない。黒と灰色の、ぼつぼつとどぎついまだらの模様をまとった枝葉。あの木々の天蓋のむこうも、首都をおおうのと同じ、鈍い曇り空だろうか。

首都がどうなっているか、まともに考えることができなかった。緋名子や綺羅。親しい者たちの無事を願う資格が自分にまだ残されているのか、疑わしかった。

木々の形はおぼえていないが、わずかなにおいをたよりに進んだ。むこうにあった、と炉六が指さした方角へ、ねばりつく朽葉を踏みしめてむかってゆく。

となりを歩くかなたの足どりには、煌四のようなためらいはない。時間や距離の感覚を失わせる森の景色も、木々の肌や土の質感も、かなたにはなじんだものなのだ。父ともこうして歩いたのだろうか。人の力のおよばない森の中を、二人で炎魔を追ったのだろうか。

(……狩りをするところを、そういえば一度も見たことがないんだ)

灯子が首都までとどけてくれた、いまは緋名子が持っているはずの火の鎌。灯子が炎魔と戦うために使ったという金色の武器。あれを使って父が収穫を得るすがたを、煌四はついに知らないままだった。

鎌も、ほかの武器も手にしていない煌四を守ってやるつもりでかなたはついてきたのかもしれないと、そのとき思い至った。視線をむけると、かなたはやや頭をさげて、周囲の気配を探りながら進んでいる。

〈蜘蛛《くも》〉が首都襲撃の陽動に使ったために、森に炎魔がすくないのはほんとうらしい。森へ入ってきたときの二匹をのぞいて、黒い森の中は、工場地帯同様に静かだ。

あのとき空気に強く混じっていた血なまぐささは、すでにない。かわりに強烈な腐臭が、こちらを威嚇するかのようにとどいてくる。確実に〝そこ〟へ近づいているのだ、と煌四はどこかひとごとのように確信した。

炉六たちのいる場所からは、すでにかなりはなれているはずだった。念のため、手の中に雷瓶をにぎりこんでおいたが、危険がせまったときには、かなたの邪魔にならないことを考えるほうがいいのかもしれない。

息をするのがためらわれるほどの悪臭の源——行く手をはばむ丈の高い下生えをかきわけると、唐突にそれにたどり着いた。あまりにきついにおいに、かなたが自分の舌で鼻を湿す。

ねじくれた木の一本に、くさびと矢じりが食いこんでいる。

根方の土の上に、黒い毛皮がひとかたまり落ちている。火狩りに火をうけわたした炎魔の死体にそっくりなそれは、もともと毛皮に加工されていたものだ。

怪訝《けげん》そうに、かなたがのどで短い音を鳴らした。

煌四は手でよけているためたわんだ下生えの枝を解放し、一歩骸《むくろ》へ近づく。体にはおる形に仕立てられた炎魔の毛皮の周辺には、幾片かの骨が散乱している。肉はすでに、森の獣たちに貪《むさぼ》られたあとらしく、骸と呼べるほどの形はもう残っていない。それでも大量の羽虫が空中にひしめいて飛びかい、神経をどろどろと鈍らせるほどの悪臭がこの場にこごっている。

燠火家当主に雇われた火狩りたちによる、〈蜘蛛〉の拷問場。

火狩りたちが使った矢や小刀、〈蜘蛛〉の身につけていた武器や衣服の切れはしなど、ここで起きたことの残骸《ざんがい》が、なかば土と朽葉に埋もれながら散らばっている。栽培工場で死んだ〈蜘蛛〉は、ヲンという名だった。ここで拷問をうけて死んだ〈蜘蛛〉の名は、なんといったのだろうか。

飛びかう虫たちに目をこらす。飛びながらたがいにぶつからないのが不思議なほどの数だ。……どれも、町でごみや小動物の死骸にたかるのと同じハエだった。

さらに踏み出そうとする煌四に、かなたが短くうなって警告した。ここにいるようにと鼻先に手を出して犬に指示し、煌四は異臭のただ中へ歩を進めた。

靴の下を、ぞろぞろっと得体の知れない虫が這《は》って逃げる。思わず飛びすさりそうになりながら、口もとを手で押さえてあたりを調べた。ハエの羽音がなにかの声に聞こえる。骸を食い荒らした炎魔の足あとが、いくつか土の上に残っていた。その上を新たに何者かが通ったような形跡はない。

拷問場のあとを歩きまわる煌四を、かなたがじっと見つめている。

「うん……やっぱり、ここじゃないのかもな」

半分はかなたへかけた声であり、半分は独り言だった。

「もどろう、かなた」

煌四はふたたび下生えの細い枝をかきわけて、きびすをかえさずうしろへさがった。惨状の断片が散らばる空間に背をむけず、ぐねりと低く垂れた枝をくぐる。くぐるとき、背をかがめる動作が頭をさげさせた。同時に目を閉じる。

顔をあげると、煌四は来た道へむきなおり、かなたとともにまた森の中を歩いた。


煌四たちがもどると、すでに明楽は起きあがり、その肩にくっついてクンも目をさましていた。

「お兄ちゃんだ」

クンが知らせると、髪をなでながら灯子を起こそうとしていた明楽がこちらへふりかえった。

「どこほっつき歩いてんの、こんなときに」

眉《まゆ》を寄せる明楽のそばで、てまりが前脚で土をもむようにつま先を動かしながら、伸びをした。後脚が折れるほどのけがをおった恐怖は、明楽のそばではきれいに忘れ去られているようだ。

かなたが駆けよって頬をなめると、ようやく灯子はまぶたをあげた。ほんとうなら、休息はまるでたりていないだろう。まともな食事もとっていない。限界を超えて疲れはてた体は、まだ横たえていたほうがいいはずだった。

「悪いな。手がこのざまでなければ、チビの二人くらいは担いでいってやるんだが」

炉六は、片手で器用にベルトをしめて、鎌の入れ物と短刀の柄《つか》のむきを調整しなおしている。右手ではもう武器をとることができない。蠟《ろう》の色をして脂汗を浮かべていた顔は、いくらかもとの色をとりもどしている。それでも失われた血液は補われていないうえに、疲労は癒《い》えきらず、鋭利な顔貌《がんぼう》はやつれて、幾年ぶんか年老いて見えた。

炉六の声にはっとしたようすで、灯子がその場にはね起きる。土の上にひざをそろえて、全員の顔を見まわした。浅い眠りの残滓《ざんし》を引きずりながら、灯子は目をしばたたいた。

「す、すいません、寝とりました」

「ばか、全員寝てたよ」

明楽が笑いながら、灯子のひたいをこづく。

「寝てないばかは、なにしてたの？」

赤毛が揺れて、とび色の目が煌四を見た。荒廃を具現化したような森の中で、明楽だけが色彩をたもって見える。煌四はぴったりと明楽の背中に体をくっつけているクンを見つめた。

「……クンは、まだ動けますか？」

名前を呼ばれて、幼い顔がきょとんとふりかえる。遣い虫の目を借りていない瞳《ひとみ》は、愛嬌《あいきよう》のある動き方をした。明楽の片方の眉が、怪訝そうにひそめられた。

「動くよ、おいら」

〈蜘蛛〉の子は、自分の顔を指さした。だから煌四は、明楽にむかってではなく、クンの目を見て言った。

「たのみたいことがあるんだ。──クン、〈蜘蛛〉が隠したという特別な虫を見つけることはできないか」

「……は？」

明楽が表情を険しくし、炉六が吐き捨てるように短く笑った。

「またくだらんことを思いつくな」

煌四は、自分の告げようとする言葉が体から逃げてゆかないよう、両の手をこぶしにかためた。

「〈蜘蛛〉が手に入れた燃えない体にする虫を、どこかへ隠してあるんだという。黒い森は〈蜘蛛〉の生活圏でした。首都の近くであっても、神族の力はほぼおよんでいません。ぼくが〈蜘蛛〉なら、森の中に隠す」

不安そうに息をつめている灯子のまなざしが、煌四の目を射ぬく。

「まだ首都には、〈蜘蛛〉がひそんでいるはずです。〈蜘蛛〉の手足となって、捨て身で火をつける人間たちもいる。〈揺るる火〉を狩る前に、打てる手は打っておかないと」

明楽が立ちあがり、いらだたしげに頭を引っかいた。

「……そういう連中も全部なんとかするために、〈揺るる火〉を狩るんだ。ガキの思いつきに、つきあっていられない。いっしょに首都へもどれ。崖《がけ》のトンネルは使えない。ついてこなきゃ、このまま森で死ぬよ」

主《あるじ》の声に反応して、「ビャン」と作り物じみた鳴き声をあげるてまりに、みぞれが細長い鼻の先をむける。

灯子が周囲の者たちの顔をかわるがわる見あげる。

「──明楽さん」

中途半端に火狩りの名を呼びさして消えた声にふくまれる疑問と同じものを、きっと煌四も持っていた。火狩りの王が生まれるには、〈揺るる火〉の体内に埋めこまれた火が必要だという。しかし、あれを狩ることができるのか。あの痩《や》せ衰えた少女のすがたをした星を狩ることでしか、火狩りの王は生まれないというのなら……

その王をこの世に呼ぶことは、不可能なのではないか。

煌四はあるだけの気力をかき集めて、明楽の険しい顔を見つめた。

「首都の戦いがおさまって、首尾よく火狩りの王が生まれたとしても、〈蜘蛛〉の幾人かは森へ逃げのびるかもしれない。虫は回収されてしまう。そのあとは──今度は森に点在する村の人々が、首都に〈蜘蛛〉を手引きし、火の種をしこんだ者たちと同じにされるかもしれない。そうなれば、また同じことのくりかえしです」

それを避けるため、〈揺るる火〉が世界を焼くのかもしれない。それでもあの銀の髪の子どもは、迷っていた。どうすべきかを決められないと、心細そうに。

「お願いします。クンに危険がないようにします。……殺したんです。首都へ入った〈蜘蛛《くも》〉たちを、ぼくの作った道具で殺した。せめて、これ以上世界が混乱しないように、できることをしたい」

声は最後までうまく響かず、ふるえながら消え入った。のどもとから、苦い味がせりあがる。手にぬらぬらと、見えない汚れがまとわりついている気がした。

不安げな灯子の衣服のそでを、小さな手が引っぱった。

「おいら、できるよ。特別な虫、見つけれる」

「クン……」

灯子はほんとうはたくさんの言葉を隠していそうなおもざしで、ただクンの肩をなでる。おびえた色の浮かぶ目が、いくつもの問いをたたえて煌四を見つめた。灯子は、指先をかすかにふるわせながらクンの肩を抱きよせる。

「……そいでも煌四さん、あの虫は」

「わかってる」

煌四がうなずくと、灯子はどこか愕然《がくぜん》として肩をすくめた。膨大な量の文字を読みとろうとするかのように、その瞳が小刻みに動く。

〈蜘蛛〉が発火を無効にするため生み出したという虫は、クンのことは仲間と同じにしなかったのだという。そのためにクンは森に捨てていかれ、灯子たちが見つけなければ、そのまま死んでいたにちがいない。……だから、煌四の提案は、クンに対しても灯子たちに対しても、これ以上のない無礼なのだとわかっている。

「ぼくでは、虫を見つけられない。時間がかかりすぎる。クンについてきてほしい。見つけて回収したら、すぐに追いつく。約束する」

即座に叱るか否定するものだと思っていた明楽は、眉根を寄せたまま、なにも言わなかった。かわりに、結わえた髪を左右に揺らしてかぶりをふったのは、灯子だ。

まっすぐこちらを見すえ、つめていた息を吐き出す勢いで、灯子は思いがけないほどはげしい声を発した。

「なんで……なんでじゃ！　お兄さん、緋名子や綺羅お姉さんのこと、たすけるのとちがうんですか。きっとどっちも無事でおる、お兄さんが来てくれるのを、きっと待っとるのに。……森で、死になさったんじゃ、お兄さんのお父さんは。そ、そんな、すぐ追っかける、って、簡単そうに……」

怒りのために顔をまっ赤にして、灯子はわななく手で口もとをこすった。まだこぼれようとする言葉を、ぬぐいとっているかのようだ。投げかけられる言葉の一つずつに、煌四は他者の生傷にふれているようなおそれをいだいた。それでもただ、灯子の声を耳

にうけとめていることしかできなかった。目をまるく見開いたクンが、おそるおそると
いった手つきで、灯子の着物のそでをつまんだ。
ひくっと身をふるわせながら、灯子は息を吸いこむ。
「……わ、わたしが、クンと行きます」
なにかに耐えるように口を結んでいた明楽が、灯子の肩に手を載せた。狩人《かりゅうど》の厳しい
まなざしが、煌四にむけられる。
「願い文は、三つある。全部に同じことを書いた」
明楽はひざを折って、てまりの首に巻いた布切れをほどく。首に巻きついていた異物
から解放されて、てまりはうれしそうに尾を立てて身をふるった。
「一つは、おんちゃんにたのむ。分身の目を通して、姫神本人に伝わっていることを願
うけど……それはこっちの願望であって、たしかじゃないから。神宮へ、やっぱりとど
けなきゃ。もう一つは」
明楽は傷を隠すためにはおっている、マントがわりの裂いた生地を背中へはねあげた。
体に密着させてくくりつけた、帯状の布切れがある。その結び目をほどいて、中にしま
われている四角い形のものといっしょに、煌四にむけてつき出した。
「もう一通の願い文。あんたが持ってて」
布切れにつつまれたものの正体に、煌四はまなじりをこわばらせる。が、それよりも、
布をにぎる指のふしがまっ白になるほど、明楽が手に力をこめていることが胸をざわつ

かせた。

でも、と言いさす煌四を、明楽がにやりと笑って制した。

「つまんないこと思いついた罰として、先に危ないほうへ行けって言ってるんだよ。工場地帯には、まだ火があるかもしれないんでしょ？　第一、森の中じゃ、あんたより灯子のほうがよっぽど役に立つ。炉六のおんちゃんは片手が使えない。せめて、腕のかわりになれ」

明楽はほとんどたたきつけるほどの強さで、願い文を煌四の手に押しつける。

「あとの一つは灯子が持ってる。あたしは、クンと灯子についていく。おんちゃんと煌四は先に首都へもどって。だけど、虫が見つからなくっても、日没前にはこっちも首都へもどる」

煌四が願い文の入った布切れをうけとるのを見守ってから、炉六は口のはしをゆがめて笑った。

「虫採りに夢中になって、時間を読みちがえるなよ。下手をすると引き潮にさらわれて、二度と首都を拝めなくなるぞ」

身につけた革製の入れ物から、炉六が左手で予備の雷瓶をぬきとった。中身は空だ。海から首都へもどるため、願い文が濡《ぬ》れないように瓶に封じておくのだ。炉六はガラスの瓶を、明楽にも一つわたす。

灯子がくちびるを嚙《か》みしめている。泣くまいとして、呼吸すらこらえている。

うけとった布の静かな重みに打ちのめされながら、煌四はそれを慎重に、かばんにしまった。

「灯子」

「ごめん。勝手なことを言って。かなたがそっちについていく。それと、これ」

ずっと自分が持っていた水晶の守り石を、ポケットからつかみ出した。灯子を守ってくれとわたされたものだから、再会したとき、すぐ灯子にわたしておくべきだった。火穂、と小さく友達の名前を呼んで、灯子は堰《せき》を切ろうとする感情にあらがうように、ぎゅっと目をつむる。貧弱な手が伸びてきて、煌四の手に、ふたたび石をにぎりこませた。

「持っとってください。……お願いがあるん」

煌四の手をつつむ灯子の手が、小刻みにふるえている。そのふるえ方は、しかし、緊張から生じるものではどうやらなかった。ずっといっしょにいて、なぜいままで気づかなかったのだろう。これは、痙攣《けいれん》だ。灯子の意思や感情に関係なく、手に継続したふるえがやどっている。このふるえは、どこから来ているのだろう。考えさして、煌四ははっとした。効くかもしれない、と不確かな言い方をしていたキリの薬。灯子の目に使われたあれは、ちゃんと効いているのか。一度視力を断たれた目は、ほんとうに——もとどおりに、見えているのだろうか？

のぞきこもうとする目が、逆に煌四を深く見つめかえした。

「生きとってください。お願いです」

灯子はそう言い、ふるえる手に痛いほどの力をこめて煌四に守り石をにぎらせ、深々と頭をさげた。ゆっくりと尾をふるかなたは、もうちゃんと灯子のとなりから煌四を見あげていた。

クンと灯子と明楽、てまりとかなたは、そうして、森に残ることになった。すぐさまクンは、ほかの〈蜘蛛〉が隠した虫の気配を探して歩きだし、犬たちを連れて、灯子たちは歩き去った。

「さて。では、こちらも出発するとしよう」

すがたが木々に完全に隠れるまで見送って、炉六はかたむけた首を軽くまわす。みぞれはてまりのうしろすがたを名残り惜しげに視線で追っていたが、主《あるじ》の呼びかけに一度だけ不服そうな声を立て、するりと前に立って歩きだした。

炉六はとなりを歩く煌四を、いつもと変わらないどこか皮肉げな笑みで見やる。

「姫神へわたす願い文などと、いやなものを持たされた。実際にこれを姫神にわたすようなことになったら、まっすぐ明楽のところへ誘導しろと書きくわえてやる」

森の中はあまりに静かで、ふつうに話す声がこだましそうなほどだ。かすれをふくんだ炉六の声が、森の甘ったるい空気に吸収されてゆく。二通の願い文は空の雷瓶に入れ、しっかりと蓋《ふた》をしてそれぞれ身につけてあった。

「お前、〈蜘蛛〉の虫から、人間に効く薬でも作るつもりか？」

炉六の足が、ぬめる地面を呼吸よりも自然に踏みしめてゆく。いびつな黒い森に、狩人の気配はなんとつつましくなじむことだろう。

「……不可能ではないと思う。〈蜘蛛《くも》〉に人体発火を無効にすることができたのなら、人間や神族にもできないはずがない。虫が手に入れば、それを手がかりに人に効く薬を作ることも、ずっと容易になる」

炉六があきれたようすで、あくびにも似た嘆息をもらした。左手で首のうしろをさするしぐさはあまりに自然で、利き手を失っていることを忘れさせるほどだ。

「……ただ」

煌四は、せめて火狩りと狩り犬の目と耳をたすけようと、周囲に気をくばりながら歩く。歩きながら、腹の底からつめたいものをたぐり出すように、言葉を継いだ。

「もしもそんなことが実現したとして、火をとりもどすことが、この世界にとっていいことなのかどうか、わかりません」

栽培工場で死んだ〈蜘蛛〉、ヲンのぎらついた目がよみがえる。――人間は力を使ってものを作り、争い、破壊をつくしたあとに立ちなおる、そういう生き物なのだと。それこそが、あるべきすがたなのだと。ほんとうに、そうなのか。それでは人間はふたたび、すでに壊れかけている世界を、完全に消し去ることになるのではないか。

あるいは煌四の脳裏には、うつむきがちに地下通路を歩く灯子のたよりないすがたが、いまも目の前にあるかのように浮かんでいた。灯子の祖母は、火狩りが現れる前に生まれ、生まれてまもなく目をつぶされたのだという。燃料も照明もない世界で、生きるためにそうされたのだろう。

なにを選ぶことが正しいのか、選んだ道がさらに破滅を呼ぶのではないか——だから〈揺る火〉は、決められないのかもしれない。破壊を空から見ていた星の子は、自分がなにを選ぶことが最善であるのかを、迷いつづけているのかもしれない。

「だけど、〈蜘蛛〉が首都から逃げる状況になったとき、特別な虫というのは、やっぱり先に回収しておいたほうがいいと思う。クンたちだけで、全部は無理かもしれないけど……」

緋名子はどうしているだろうかと、煌四はやっと、胸の底へ抑えこんでいた不安を感じとることができた。どくりと、痛いほど心臓がうごめく。熱があがっていないだろうか。火に行きあってはいないか。神宮へ連れていかれたという綺羅は。——火華は崖《がけ》から落ちたという。綺羅はその瞬間を見たのだろうか。

灯子の言ったように、待っているのだろうか。たくさんの者を殺した自分が、妹や友達に再会することは、会いたいと願うことは、まだ許されるのだろうか。

許されないとしても、二度と会うことがないとしても、自分はなぜかまだ生きているのだと、煌四は思った。それならばできることをしつづけなくてはならない。体が動かなくなるまで。

ふとみぞれが立ち止まって、鼻面をあげる。煌四はそれにつづいて、炉六の後方から来る獣のすがたをみとめた。――狐のすがたの炎魔だ。〈蜘蛛〉の虫による毒が狂わせているためか、走り方が安定していない。蛇行しながら、それでも獣は一心に狩人《かりゅうど》をめざして駆けてくる。

みぞれが走りだし、炉六は利き手ではない左手に鎌をにぎった。

「雷瓶は使うな、とっておけ」

短く命じる声が、煌四の動きを制した。

まっすぐ炎魔にむかって加速したみぞれが、勢いを殺さず襲いかかる。狩り犬の突進に、炎魔が威嚇をこめた悲鳴をあげる。体格差をそのまま威力に変えて、炎魔を牙《きば》で捕らえて引きずりまわそうとするみぞれに、炉六が舌の音で合図した。即座に、細い犬は暴れる獲物をあごからはなし、うしろへ引いて距離をとる。すでにみぞれのあごに背骨のどこかを傷つけられたらしい炎魔は、それでも地にふした姿勢で牙をむく。二匹の獣が、顔をゆがめてうなりあった。

三日月鎌を手に、炉六が駆けてゆく。煌四には、みぞれが炎魔を近づかせないつもりだったのがわかった。致命的な傷をおっている主を守ろうと、犬はいつもとちがう戦い方をしていた。それを止めさせた炉六は、鎌をふりあげて迷いのない弧をえがいた。

黄金の火花が飛び散る。昼間であるはずだが、黒い森の中では、そのあざやかなしぶきが一つも残らず見わけられた。

疲れはてたように、炎魔がくたりと地にふせる。

「よしよし。まだなんとか、使い物になるな」

死んだ炎魔を見おろし、炉六は手にした鎌の弧をたしかめた。帯に固定していた火袋《ひぶくろ》をはずすと、ひろげて口を開いた。

「……これはできんか。坊主、手伝え」

煌四は駆けよって、なめし革製の袋をうけとる。地面にたおれふした炎魔のそばにひざまずくと、炉六が指示するとおりに獣の傷口からあふれる火をかき入れた。〈蜘蛛〉のまとう毛皮と同じにしか見えない炎魔は、ふれるとまだ熱いほどに体温を残していた。素手でふれる炎魔の火はとろとろとした熱い液体のようで、しかし、ふれるそばから手ざわりが霧散してゆく。

獣からの収穫を、上出来だとはいえない手際でとり入れ、とにもかくにも袋の口を縛った。煌四はたいした中身のない火袋を持って、森の土に抱きつくようにたおれた炎魔から顔をそむけて立ちあがった。

歩きだそうとすると、骸《むくろ》にふれた手が意思とは関係なくふるえだし、煌四はあわてた。体のふるえが、そのまま腹の底、胸の内へおよんで、言葉を口からこぼれさせる。

「父が遺《のこ》した雷火を使って――ぼくは、〈蜘蛛〉を大勢殺した」

煌四の動揺など意にも介さず、みぞれが先に立って、ふたたび歩きだす。泳ぐような、美しい足どりだ。

「お前は妹に機械を壊されて、手をくだしておらんだろうが」

炉六の声は、あの波の気配をまとっていた。島をとりかこむ波音は、この火狩りの体に深く刻印されていて、海をはなれても消えることはないのだろう。

「ちがいます。……ぼくがあの機械や雷火の使い道を考えて、燠火家当主に提案した。だから、首都に入った〈蜘蛛〉たちは死んだ」

炉六から波音が消えないように、煌四の網膜にも、目にしたたくさんの死体が焼きついている。クンの知る者も、崖下《がけした》に累々とたおれた亡骸《なきがら》の中にいたのではないか。ヲンのように――あるいは、もっと親しい間柄だった者も、いたのではないか。

クンはなにも言わなかった。名前のわかる亡骸もあっただろう。しかし、クンは一つの名前も呼ばなかった。

「あそこで〈蜘蛛〉を生かしたままにしておけば、人間も神族もさらに死んでいたぞ」

火狩りの足は音もなく、腐った葉と土を踏みしめてゆく。煌四は、明楽といっしょに行った灯子の足もそうだったと、いまになって思い出す。

「そうです。そうやって旧世界の人たちも、きっと殺しあっていた」

ふるえる声を、無様だと思いながら、自分の耳が聞いている。

敵対する者たちの手から、だいじなものを守るために。もしそれぞれが似たような理由で殺戮《さつりく》をくりかえし、そのはてに世界を一度死なせたのだとしたら……〈揺るる火〉が虚空へさまよい出した理由も、あの深々と虚《うつ》ろな目をして帰ってきた理由も、想像がつくかもしれなかった。

「雷火は、お前の親父どのが残していったものなのだろうが。落獣を狩るのは、きついぞ。きついが、仕事以上の見返りが、雷火にはある。ふつうの炎魔の火の、何十倍という力が。……それをどう使うかを考えろ」

炉六の声から、煌四の見たことのない波の気配がする。ここが黒い森の中であっても。

「明楽の言ったとおり、お前は森の中ではあの灯子というチビ娘より能無しだが、頭を使うのは得意なんだろうが」

みぞれが一瞬こちらをふりむき、気取ったような視線をよこした。

煌四は森のよどんだ空気を、一心に呼吸した。いびつに病み患った森。ここが、自分の生まれた世界だ。

「……この先の世界が、生きるのに値するものか、見てみたい。そんな世界が、もしほんとうにあるなら――ぼくも、見てみたい」

すがるように、祈るようにそう言った。空腹も疲れも、すでに感じる必要がないほど体に染みついていた。

やがて前方の木の間《こま》に、暗い色の波打つ水が見え隠れしはじめる。汚染によって封鎖されている海だ。みぞれが空気の中を泳ぐような足どりでわずかに先を行く。しなやかに揺れる尾が、星の子の長くなびく髪を連想させる。

「ならば、生きることだ」

木々がまばらになってゆき、眼前に重たげに揺れるすがたを現した海を前に、火狩りがそう言った。

空はうなだれるように曇っていた。日はかたむきかかり、森のはて、低い岩壁へ寄せる波も暗い色に沈んでいる。そのむこう――ここがなにもかものおわりだと告げるような水平線が、世界をおおう不吉な森よりもなお黒々とした虚無をたたえて、煌四たちを待ちかまえていた。

解　説

山《やま》中《なか》由《ゆ》貴《き》（ＴＳＵＴＡＹＡ中万々店）

すごい作品を手にとってしまった……、というあなたの嘆息が聞こえてきそうだ。まさにわたしもいま、この長い長い物語をここまで読んできて、おなじように放心しているところだから。

「物語」と型にくくってしまうことにさえ、違和感がある。

日向理恵子《ひなたりえこ》さんは、なにかとてつもないものを生み出した。作者の手中におとなしく収まって計算どおりに物事が運ぶような、どこかで見たことがあるもの、読んだことがあるものを超えてしまっている。暴れる生きものたちをひたすら見つめ、手に負えない流れをねじ伏せ、必死で紙に写しとってゆく、そんな闘いの果てに綴《と》じられたこの数冊の本がいま、じぶんの手のなかにある。それはもしかしたら本の形にとどまっていられるような封じられたものではなく、いつ元の荒ぶる世界となって広がり、わたしたちが生きる現実をのみ込んでもおかしくないのかもしれない。

そんな圧倒的な「世界」こそ、わたしたちが待っていたものだ。

前作『火狩りの王』二巻の終わりから、いったい灯子《とうこ》がどうなってしまったのかと三巻を急いで開く読者に、作者はまだ安らぎを与えてはくれない。

よくある時間をとばしてストーリーを仕切りなおすという都合のよさが、この作品にはほとんどない。灯子の視界が暗転したあとも気の休まらない状況がつづき、わたしたちはまたすぐにその真っただなかに放り込まれる。正直楽な読書ではない。なぜか息をするのを忘れてしまうのだ。息継ぎのタイミングがわからないまま、灯子や煌四《こうし》たちと這《は》いずり回って道を探すように、一ページ一ページ進むしかない。

灯子は一時見えなくなった目をゆっくり癒《いや》す間もなく、避難所から綺羅《きら》のいる燠火家《おきび》へ、煌四はいかずちを呼び寄せる雷火を打ち上げに工場へ――、ふたりの視点を交互に行き交いながら、わたしたちはこの世界のいびつさを目の端にとらえていく。

それにしても、なんてこんがらがった社会だろう。

わたしたち人間が原始から恩恵にあずかってきた火が、灯子たちの世界では使えない。それどころか、火に近づきすぎてしまった人体を内側から燃やしてしまうのだという。人類最終戦争のまえ、旧世界の人間たちは増えすぎた人口を抑えるため、あるいは敵対する者たちを排除するために「人体発火病原体」を利用した。大きな戦争のあとも、その呪いは人々を縛っているのだ。かわりに、火狩りと呼ばれる狩人《かりゅうど》が黒い森に棲《す》む炎魔を仕留め、黄金に輝く液体状の〈火〉を集め、統治者である神族によって民衆に分配される。

生活に必要なものを生産するのにも、食事をつくり体を温めるのにも、なくてはならないものが、自在にあつかえない。そんな世界で営まれるくらし、そこで生きる人々の描写は静かだがショッキングだ。火の明かりがない暗闇でも働けるように赤ん坊のころに目をつぶされた灯子のばあちゃん、働いていた工場の毒に侵されて死んだ煌四の母。なんだこれは……。なにかがどこかで大きく間違っている。だれかの犠牲の上に見せかけの平穏があるなんて。

そして、その平穏も破られてしまった。というより、腐敗して崩れてしまった。

長寿と異能を持ち、民衆を守るはずの神族は、火・水・風・土・木の氏族に分かれ、それぞれに違う思惑を抱えて一枚岩ではないようだ。一方、神族の血筋であるにもかかわらず森に追放された〈蜘蛛《くも》〉は、虫をあやつり、天然の火を使っても発火しない体を手に入れた。彼らは炎魔を狂わせ、明楽《あきら》や炉六《ろろく》ら大勢の火狩りを襲うよう仕向けたうえ、火を放って神族ともども首都を陥落させようという魂胆らしい。その〈蜘蛛〉を首都に手引きしたのは、死による救済を望む人間たちだ。かたや、火を必要としなくなった不気味な新人類までもが跋扈《ばっこ》する。彼らを生み出した神族の正体を知って絶句したのは、わたしばかりではないはずだ。彼らによって緋名子《ひなこ》は体をつくり替えられ、綺羅は姫神《ひめかみ》の依巫《よりまし》となるべく連れ去られた。首都の地下に隔離されていた〝失敗作〟の木々人《きぎびと》らは、居場所を失いながらも灯子たちを助ける。油百七《ゆおしち》は煌四につくらせた雷火の砲弾でいかずちを呼び寄せ、どうやら〈蜘蛛〉の動きを止めたようだ。

できごとをまとめるのも大変なくらい、事態はあちこちで急速に膨らみはじめた。包み隠さずいってしまえば、解説を書かせてもらっていながら、わたしだって何度読み返しても十分に把握できている気がしない。だけどそれはそうだ。これは、誰にも制御できない「世界」のありさまなのだから。

混乱した因縁に立ち向かおうとする、あまりにちっぽけな存在。それが灯子であり、煌四であり、明楽だ。


なぜそんなにも重いものを背負うのか。

灯子、十一歳、煌四は十五歳。まだ大人に守られるべき子どもだ。世界がこんなふうにゆがむまでは、苦労しながらもごく平凡に生きてきた子たちだ。それなのに、その歳で自分たちの生きる世界の核心に触れ、いくつもの局面に対峙《たいじ》する。目のまえの光景をなすすべなく見つめることが、どれだけあっただろう。できることなら本のなかに手を差し入れて引っ張り上げてやりたい。あたたかい食事と寝床で疲れや苦しみをやわらげてやりたい。立ちすくむ彼らがこれ以上背負わずにすむように、わたしたちはずっと祈りながら物語を追っていくことしかできない。

明楽もまた、すべてをひとりで抱えて、自分に倒れることをゆるさない人だ。火狩りだった兄が神族に殺されてなお、兄の遺志を継いで姫神に願い文を届け、〈揺《ゆ》る火《ほ》〉

を狩る道すじを築こうとしている。明楽がどんなに苦しい場面でも明るく笑ってくれるから、灯子や煌四だけでなくわたしたちまで勇気づけられる。彼女の揺るぎなさは光だ。火狩りと同音の、まぎれもない光。

そしてもうひとつの光が、ついにこの星に還《かえ》ってきた。

〈揺るる火〉の姿に胸を衝《つ》かれた人も多いのではないだろうか。

旧世界の技術と神族の異能によってつくられた人工衛星、千年彗星《せんねんすいせい》〈揺るる火〉が、機械ではなくしなびた子どもの姿をしているなんて。そしてその星の子は、全知全能の存在ではない。どうすればいいかわからない、と戸惑う痛ましいひとりの少女だ。

〈揺るる火〉を火狩りの鎌で狩れば、その火狩りは「火狩りの王」となり、人は火を取り戻せるかもしれない。しかし〈揺るる火〉をつぎの姫神にすることで統治を永らえていきたい神族の者には、それはとうてい受け入れられるものではない。

〈揺るる火〉がどちらを選ぶのか、それはこの先を見届けなければならないけれど、少なくとも少女は救世主などではなく、灯子たちと同じ感情を持った命だ。


灯子は幾度となく〈揺るる火〉の心と触れあう。

それはきっと灯子が、もっとも少女と似ているからだろう。灯子は自分のことより人のことを想って体が動いてしまうような子だ。そんなときの灯子は頑として意志を押し通す。自分をかばって死んだ火狩りの命に報いなければと思いつめることも、灯子のかたくなさをより強くしているにちがいない。宇宙をさまよいながらも人々の安らぎを願いつづけ、それなのに地上が破壊されるのをただ眺めているしかなかった〈揺る火〉もまた、なにもできない自分を自分で戒めている。ふたりはおなじように自分自身の小ささを知っている。自分がゆるせないから人のために懸命になれる。その部分できっと深く共鳴するのだろう。

そしてもうひとり、煌四の苦悩も重くのしかかってくる。

油百七にいわれるがままつくった雷瓶、それに導かれたいかずちによって、多くの命が奪われた。そのとんでもなく大きな枷《かせ》は、煌四に絡みつく。彼が変えてしまったものを少しでもよりよいほうへつなげていけるのか、必死で見守るしかない。

そしてどうしても触れておかなければならないのが、この世界で闘う者と運命をともにする犬たちだ。それぞれに個性の違いがくっきりしていて、ふとしたしぐさで読み手を微笑ませてくれる。かなたもみぞれも、そして小さなてまりも、人の心を敏感に察して寄りそう。どんなにしんどい窮地でも絶対的味方でいてくれる彼らは、れっきとした物語の柱だ。彼らがいなければ誰もここまでたどりつけなかった。きっと、わたしたちも。

彼らとともに駆ける灯子や煌四、明楽は、みなで生きるため、どんな選択をするのだろう。

人はどう生きるのか。世界にとって小さな小さな人間は。世界はそれによって変化することなどあるのだろうか。

それは灯子たちだけに限られた命題ではない。物語のなかから絶えず問いかけ襲ってくる、わたしたち自身へ向けられた獣の牙《きば》だ。きっとそれぞれ獣の姿は異なるだろう。そしてその問いは作者に対しても大きな負荷を強いたはずだ。苦悩しながら獣に触れたはずだ。その答えを、わたしは知りたい。

さあ、この計りしれない奔流の終わりを見にいこう。

本書は、二〇一九年十一月にほるぷ出版より刊行された単行本を加筆修正のうえ、文庫化したものです。

イラスト／山田章博
目次・扉デザイン／原田郁麻

火《ひ》狩《か》りの王《おう》

〈三〉牙《きば》ノ火《ひ》

日向《ひなた》理《り》恵《え》子《こ》

令和５年　１月25日　初版発行

発行者●山下直久

発行●株式会社KADOKAWA
〒102-8177　東京都千代田区富士見2-13-3
電話　0570-002-301（ナビダイヤル）

角川文庫 23498

印刷所●株式会社暁印刷
製本所●本間製本株式会社

表紙画●和田三造

●お問い合わせ
https://www.kadokawa.co.jp/（「お問い合わせ」へお進みください）
※内容によっては、お答えできない場合があります。
※サポートは日本国内のみとさせていただきます。
※Japanese text only

ISBN 978-4-04-112890-9　C0193

◇◇◇

角川文庫発刊に際して

角川源義

第二次世界大戦の敗北は、軍事力の敗北であった以上に、私たちの若い文化力の敗退であった。私たちの文化が戦争に対して如何に無力であり、単なるあだ花に過ぎなかったかを、私たちは身を以て体験し痛感した。西洋近代文化の摂取にとって、明治以後八十年の歳月は決して短かすぎたとは言えない。にもかかわらず、近代文化の伝統を確立し、自由な批判と柔軟な良識に富む文化層として自らを形成することに私たちは失敗して来た。そしてこれは、各層への文化の普及滲透を任務とする出版人の責任でもあった。

一九四五年以来、私たちは再び振出しに戻り、第一歩から踏み出すことを余儀なくされた。これは大きな不幸ではあるが、反面、これまでの混沌・未熟・歪曲の中にあった我が国の文化に秩序と確たる基礎を齎らすためには絶好の機会でもある。角川書店は、このような祖国の文化的危機にあたり、微力をも顧みず再建の礎石たるべき抱負と決意とをもって出発したが、ここに創立以来の念願を果すべく角川文庫を発刊する。これまで刊行されたあらゆる全集叢書文庫類の長所と短所とを検討し、古今東西の不朽の典籍を、良心的編集のもとに、廉価に、そして書架にふさわしい美本として、多くのひとびとに提供しようとする。しかし私たちは徒らに百科全書的な知識のジレッタントを作ることを目的とせず、あくまで祖国の文化に秩序と再建への道を示し、この文庫を角川書店の栄ある事業として、今後永久に継続発展せしめ、学芸と教養との殿堂として大成せんことを期したい。多くの読書子の愛情ある忠言と支持とによって、この希望と抱負とを完遂せしめられんことを願う。

一九四九年五月三日

角川文庫ベストセラー

西の善き魔女1 セラフィールドの少女　荻原規子

北の高地で暮らすフィリエルは、舞踏会の日、母の形見の首飾りを渡される。この日から少女の運命は大きく動きだす。出生の謎、父の失踪、女王の後継争い。RDGシリーズ荻原規子の新世界ファンタジー開幕！

西の善き魔女2 秘密の花園　荻原規子

15歳のフィリエルは貴族の教養を身につけるため、全寮制の女学校に入学する。そこに、ルーンが女装して編入してきて……。女の園で事件が続発、ドラマティックな恋物語！　新世界ファンタジー第2巻！

西の善き魔女3 薔薇の名前　荻原規子

女王の血をひくフィリエルは王宮に上がり、宮廷デビューをはたす。しかし、ルーンは闇の世界へと消えてしまう。ユーシスとレアンドラの出会いを描く特別短編「ハイラグリオン王宮のウサギたち」を収録！

西の善き魔女4 世界のかなたの森　荻原規子

竜退治の騎士としてユーシスが南方の国へと赴く。フィリエルはユーシスを守るため、幼なじみルーンへの思いを秘めてユーシスを追う。12歳のユーシスを描く特別短編「ガーラント初見参」を収録！

西の善き魔女5 闇の左手　荻原規子

フィリエルは、砂漠を越えることは不可能なはずの帝国軍に出くわし捕らえられてしまう。ユーシスは帝国の兵団と壮絶な戦いへ……。ついに、新女王が決まる!?　大人気ファンタジー、クライマックス！

角川文庫ベストセラー

西の善き魔女6
金の糸紡げば
荻原規子

8歳になるフィリエルは、天文台に住む父親のディー博士、お隣のホーリー夫妻と4人だけで高地に暮らしていた。ある日、不思議な子どもがやってくる。フィリエルとルーンの運命的な出会いを描く外伝。

西の善き魔女7
銀の鳥 プラチナの鳥
荻原規子

女王の座をレアンドラと争うアディルは、帝国の動向を探るためトルバート国へ潜入する。だがそこには巧妙に張り巡らされた罠が……事件の黒幕とは!? 幻の短編「彼女のユニコーン、彼女の猫」を収録！

西の善き魔女8
真昼の星迷走
荻原規子

フィリエルは女王候補の資格を得るために、ルーンは騎士としてフィリエルの側にいることを許されるために。お互いを想い、2人はそれぞれ命を賭けた旅に出る。旅路の果てに再会した2人が目にしたものとは!?

過ぎ去りし王国の城
宮部みゆき

早々に進学先も決まった中学三年の二月、ひょんなことから中世ヨーロッパの古城のデッサンを拾った尾垣真。やがて絵の中にアバター（分身）を描き込むことで、自分もその世界に入り込めることを突き止める。

ブレイブ・ストーリー (上)(中)(下)
宮部みゆき

ごく普通の小学5年生亘は、友人関係やお小遣いに悩みながらも、幸せな生活を送っていた。ある日、父から家を出てゆくと告げられる。失われた家族の日常を取り戻すため、亘は異世界への旅立ちを決意した。